（しょうがないから、オレで暖取っていいよ、ジーン。なんたって、オレはジーンのユタンポだからな）　（本文より）

BBN
B●BOY NOVELS

竜人と運命《さだめ》の対3

紅蓮の誓い

櫛野ゆい
イラスト／高世ナオキ

この物語はフィクションであり、実際の人物・団体・事件等とは、一切関係ありません。

CONTENTS

竜人と運命《さだめ》の対3
紅蓮の誓い

目の前には、真っ白な砂漠が広がっていた。

照りつける日差しは刺すように強く、陽炎《かげろう》の揺らめく大地に生き物の気配はない。

（……なっつかしーの）

ぐるぐると頭に巻いた赤い布、ルガトゥルから目元だけ出した陽翔《はると》は、小高い砂丘の上に立って辺りを見渡した。少し離れたところにある黒い影に目を凝らし、その影がわずかに揺れたのを見て、くるっと後ろを振り返る。

「アースラ！　ジーン！　木陰あった！」

叫ぶなり丘を駆け下りていく陽翔に、黒髪の少年が続く。

「陽翔兄ちゃん、待って！」

「転ぶなよ、ニャム！　……っと！」

振り返りつつ笑った陽翔だったが、言ったそばから自分が転びかけてしまう。

「うわわわ！」

「兄ちゃん！」

どうにか転倒はまぬがれたものの、勢いあまってダダダダッとものすごい勢いで駆けていく陽翔に、ニャムが慌てて声を上げた、次の瞬間。

「っ!?」

真っ白な一陣の風が陽翔を背後から包み込み、ふわりと抱き上げる。

突然足が宙に浮いた陽翔は、咄嗟《とっさ》に自分の下腹を支える力強い腕に摑《つか》まり、そのさらさらとした感触に気づいてパッと顔を輝かせた。

「ジーン！」

「ニャムよりお前の方がよほど危なっかしいな、陽翔」

苦笑混じりにそう言うのは、陽翔の恋人、ジーンである。しかしその姿は、普通の人間とはあきらかに異なっていた。

隆々とした逞《たくま》しい巨軀《きょく》は人間離れしており、その全身は真珠色の鱗《うろこ》に覆われている。強い日差しを反射して煌《きら》めく鱗はひんやりとしていて、一つ一つが宝石のようだった。

その背には翼竜のような大きな翼があり、力強く羽ばたいている。太い尾は先端にいくにつれ細くなっており、宙でゆらゆらと揺らめいていた。

青いルガトゥルを巻いた、長い首。大きな口からは鋭い牙が覗《のぞ》き、そのうなじと顔の周りにはいくつも突起が生えている。

小柄とはいえ、それなりに筋肉のついている陽翔を軽々と片腕で抱える膂力《りょりょく》。

燃えさかる炎のような、紅蓮《ぐれん》の瞳。

竜と人が入り交じった姿をした彼、ジーンは、人間とは異なる種族、――竜人である。

「へへ、ごめんごめん。足がもつれちゃってさあ」

がっしりした腕は決して自分を危険な目に遭わせたりしないと分かっているから、陽翔は運ばれる仔猫のように四肢を投げ出して、ぷらんぷらんと揺られるままになる。

助かったあ、と声を上げる陽翔を抱えて降下したジーンが、半分本気の声音で唸《うな》った。

「本当に、陽翔は目を離すとなにをするか分からないな。やはり俺が抱いて歩いた方が……」

「じ、自分で歩くってば！」

このままでは強制的にジーンに抱っこされたまま移動させられてしまうと悟った陽翔は、慌ててぴょんと地面に飛び降りた。

いくらジーンの腕の中が安全でも、四六時中くっついたままなんて恥ずかしい。特に今は、自分にとっては家族のような仲間たちと一緒なのだから――。

「陽翔兄ちゃん、大丈夫？」

「まったく、そそっかしいよな、陽翔は！」

追いかけてきたニャムに続いて、陽翔と同い年のラビが歩み寄ってくる。その後ろから、ラクダに乗った女頭領、アースラが悠々と砂丘を下りてきた。

「陽翔、木陰が見えたって？　どっちだい？」

砂漠の旅は、木陰から木陰への移動が基本だ。わずかな木陰を見つけたら、そこに天幕を張って早めに休む。

陽翔はアースラに先ほど見えた木陰を指し示した。

「あっち！　ほら、あの影！」

「ああ、あれかい。あんたは本当に目がいいねえ」

よくやった、と微笑《ほほえ》んだアースラが、ラクダの上から身を乗り出して陽翔の鼻先をつまむ。

照れ笑いを浮かべて、陽翔は解けてしまっていたルガトゥルをしっかりと巻き直し、隣の恋人を見上げた。

「これでよし、と。行こ、ジーン！」

「ああ」

深紅の瞳を細めたジーンが、その大きな翼で陽翔の方に影を作ってくれる。

強い日差しを遮ってくれる頼もしい竜人の恋人にありがとと、と声を弾ませて、陽翔はニャムと手を繋《つな》いで歩き出した——。


——ことの起こりは、一ヶ月前に遡る。

手が届きそうに近い、真っ青な空の下に広がる草原で、陽翔は構えた木刀をきゅっと握りしめた。

すう、と深く息を吸って呼吸を整え、間合いを取ったジーンにまっすぐ切っ先を向けて告げる。

「行きます……！」

「いつでもかかって来い」

剣の稽古の時はなんとなく敬語になってしまうのは、いつからだろうか。数え切れないほど重ねてきた手合わせを思い返して、陽翔は大きく木刀を振りかぶった。

「やあ……っ！」

打ち込むなり、カンッと高い音を立てて木刀が弾《はじ》き返される。じぃん、と手に走った重い痺《しび》れに怯《ひる》むことなく、陽翔はすぐさま第二撃を繰り出した。

――陽翔がこの異世界に来て、早いものでもう一年が経った。

様々な困難を共に乗り越えて結ばれた恋人、ジーンは竜人族の次期王となることが確定しており、戴《たい》冠式《かんしき》も三ヶ月後に迫っている。

現竜王の助言もあって、二人は戴冠式と同時に結婚式も挙げることになっており、陽翔はそこで正式に竜王妃として認められることになっていた。

（オレが王妃様って、ガラじゃないけど……っ）

元の世界にいた時、陽翔はまだ高校生だった。勉強は苦手だが体を動かすことは好きで、誰とでもすぐ仲良くなるのが取り柄の、ごく普通の学生だったのだ。

そんな自分が異世界に迷い込み、竜人と恋に落ち、その上異種族の王妃になるなんて、一年前には想像もしていなかった。けれど、ジーンと両思いになって、王となる彼の伴侶として竜人族に迎えてもらえると決まってからは、少しでもジーンにふさわしい人間になれるよう、努力を重ねてきた。

ジーンと一緒にいることを決めたのは自分だ。

最初こそ偶然この世界に飛ばされてしまった陽翔だが、その後思わぬアクシデントで一度元の世界に戻り、離れればなれになっていた家族と再会することができた。だが、悩み抜いた末にジーンと共に生きることを選び、自分の意思でこの世界に帰ってきたのだ。

家族に悲しい思いをさせてまで選んだ道を、努力もせずに投げ出すわけにはいかない。

その時その時、自分にやれることを精一杯やる。そうすれば、その頑張りが次に繋がる。

亡くなった祖母の教えでもあるその言葉を胸に、陽翔はこの世界や竜人族のことを学び、読み書きの練習や剣術の稽古に励んできたのだ。

そして、その才能が一番開花したのはやはり、得意の分野で――。

「っ、く……！」

「いい打ち込みだな。だがまだ浅い」

力いっぱい叩《たた》き込んだ一撃をなんなく受け流され、軽々といなされて、陽翔は息を荒らげながらもすぐに次の攻撃に移る。

(悔しがってる暇なんてない！　ジーンから一本取るには、なりふり構ってられない……！)

竜人族きっての戦士であり、かつて王の牙と称される近衛《このえ》隊長だったジーンは、比類ない強さの持ち主で、体格も力も技量も自分より遙かに勝っている。格上も格上の彼に勝つには、弱点を突くしかない。

そして、ジーンの唯一の弱点は――。

「今度は俺から行くぞ」

陽翔の攻撃をかわしたジーンが、少し体勢を低くして告げる。瞳を眇《すが》めたジーンが突進してきた瞬間、陽翔は素早く腕を上げ、わざと彼のいない場所を狙って大きく木刀を振り下ろした。

「どこを狙って……」

「あっ、うわ……っ」

「っ、陽翔！」

バランスを崩してよろめきかけた陽翔を見たジーンが、咄嗟に腕を突き出して陽翔を抱きとめようとする。陽翔はすぐさま木刀を地面に捨て、サッと腰に手をやった。

「隙あり！」

腰布に挟んでいた短剣の鞘《さや》を素早く抜き、その切っ先をジーンの喉元に突きつける。

ぴたりと寸止めされた短剣に、ジーンが呻《うめ》いた。

「……やられた……」

「やった！　初めてジーンから一本取った！」

喜ぶ陽翔から身を離して、ジーンが少し悔しそうに唸る。

「最初からこれを狙っていたな、陽翔？」

「ジーンの唯一の弱点だからな！」

竜人族最強の戦士である彼の弱点、それは他ならぬ自分に甘い、ということだ。

「ジーン、オレが転びそうになると、いっつも助けようとするだろ？　だから、その隙を突けば一本取れるかなって思ったんだ」

　体格でも力量でも劣る自分が真正面から挑んでも、ジーンには到底勝てない。だが、身の小ささと素早さを活かし、更に彼の弱点を利用すれば、出し抜くことくらいはできるかもしれない。そう考えて、今日の手合わせに臨んだのだ。

　転ぶフリの練習いっぱいしたんだぜ、と顔をほころばせる陽翔に、ジーンが苦笑する。

「少々卑怯《ひきょう》な手段だが、確かに一本は一本だな」

「へへー、やったね！　ま、他のやつには通じないんだけど！」

　ジーン限定の手段だから、実戦では当然使えない。短刀を鞘にしまいながら笑った陽翔だったが、ジーンは穏やかに目を細めて言った。

「だが、相手の弱点を突くのは戦いの基本だ。それに、剣技自体も最初の頃に比べて随分上達しているからな。今の陽翔なら、並の人間相手にそうそう負けることはないだろう」

「本当に!?　やった！」

　お墨付きをもらって喜ぶ陽翔に、ジーンが釘《くぎ》を刺す。

「だからといって、一人で突っ走るなよ。そばにいれば俺が必ず守るが、お前は目を離すとすぐ無茶をするから……」

「うわ、ヤブヘビ。もー、気をつけるって」

　過保護で心配性な恋人に首をすくめて、陽翔は木刀を拾いに走った。

　出会った当初は孤高を貫き、寄るな触るな懐くなと取っつきにくいことこの上なかったジーンだが、本当は誰よりも優しく、思いやり深い性格をしている。番《つがい》である陽翔を少しでも危険な目に遭わせたくない、ひと欠片《かけら》も悲しませたくないと思ってくれているのは承知しているが、陽翔としてはただ黙って守られているだけなのは嫌だった。

（オレだって男なんだから、いざという時はちゃん

とジーンのこと守れるようになっておかないと）

もちろん、それで自分が怪我《けが》をしたり、危険な目に遭ってジーンを悲しませては本末転倒だということは承知している。だからこそ、まずはしっかり自分の身を守る術《すべ》を身につけなければならない。

陽翔はジーンと向かい合わせに立つと、再び木刀を構えて言った。

「もう一度、お願いします！」

気合い十分の陽翔に、ジーンがああ、と頷《うなず》きかけた、――その時だった。

「ジーン、陽翔ー！」

高い空から、自分たちを呼ぶ声が降ってくる。見上げた陽翔は、青緑色の竜人の姿に首を傾《かし》げた。

「ゼノス？　どうしたんだ？」

それは、ジーンの幼なじみで、現近衛隊長でもあるゼノスの姿だった。城の方から飛んできた彼は、二人の近くに下りて告げる。

「よ、っと。二人とも、陛下《へいか》がお呼びだよ。城の大広間まで来てくれって」

「陛下が？」

陽翔は思わずジーンを振り仰ぐが、どうやらジーンも呼び出しに心当たりはないらしい。

「分かった。なんのご用件かは聞いているか？」

「さあ、俺はなにも。ただ、話があるって」

「話……」

いったいなんだろうと首を傾げる陽翔に、翼を広げたジーンが腕を開いて促す。

「陽翔、とりあえず城に戻ろう」

「あ、うん。よろしく」

木刀を腰布に挟み込んだ陽翔は、ぴょんとジーンに飛びついて、その太い首元にしがみついた。すかさず自分を抱えたジーンの片腕に腰かけるようにして、もぞもぞと体勢を整える。

「……慣れたもんだねえ。前はすぐ恥ずかしがってたのに」

からかうような笑みを浮かべるゼノスに、陽翔はフンと鼻を鳴らして言った。

「オレだって成長してるからな！」

これくらいのスキンシップでいちいち照れたりなんかしない、とドヤ顔をする陽翔だが、すぐにジーンがネタバラシしてしまう。

「ただの移動手段だと、俺が何度も言い聞かせたからな」

「あっ、言うなよジーン！　恥ずかしくなっちゃうだろ！」

「コレハタダノイドウダ……」

遠い目をしたジーンが、棒読みで呟《つぶや》く。

苦労してるなあ、と笑ったゼノスが、先に翼を羽ばたかせて宙に舞い上がった。

「俺は別件で行くところがあるから、二人で戻ってくれ」

じゃあな、と飛び去る彼を見送って、ジーンが陽翔を抱え直して言う。

「俺たちも行くぞ」

「うん！」

ぐんっと力強く翼を羽ばたかせたジーンが、上空へと舞い上がる。

陽翔は一層強くその首元にしがみついて、眼下に広がる光景に目を輝かせた。

（いつもながら、すっげー眺め）

高山の奥地にある竜人族の里は、周囲を高い山々に囲まれている。うっすらと雪の残る青い山肌、少し離れた窪地には大きな湖があり、その湖面は降り注ぐ日差しに煌めいている。

黒々と深い緑を繁らせている針葉樹林の森、木々の間を飛び交う鳥の群れ、涼やかな風に揺れる高原と、小さな野の花――。

（……オレの故郷とは違う場所、違う世界だけど）

それでももう、ここが自分の居場所だ。

他ならぬジーンの隣こそが、自分の生きていく場所なのだ――。

「降りるぞ、陽翔」

ほどなくして、ジーンがそう声をかけてくる。翼を広げた彼は、ごつごつとした岩場に大きく開いた裂け目へと迷うことなく降下していった。

洞窟を利用して作られている竜王の城には、いくつか自然の出入り口がある。この裂け目もその一つで、城の大広間に直接繋がっていた。

「お呼びと伺い参上しました、陛下」

トッと大広間に降り立ったジーンが、待っていた巨大な黄金の竜に一礼する。陽翔もその腕からぴょんと降りて、竜王に歩み寄った。

「待たせてごめん、竜王様。ジーンに稽古つけてもらってたんだ」

「おお、そうかそうか。どうだ、修業の成果は出ているか？」

大きな瞳を細めた竜王が、ゆったりとした口調で聞いてくる。ジーンに王座を明け渡すことを決めたとはいえまだまだ壮健な竜王は、少し食えないところがあるものの、堂々たる一族の要だ。

「うん、今日はジーンから初めて一本取ったよ！」

「なんと。それはよくやったな！」

「へへ、騙《だま》し討ちみたいな感じだったんだけどね」

照れ笑いを浮かべると、竜王がその巨大な尾を揺らしながら言う。

「それでも一本は一本だろう。うむ、それを聞いて安心した」

「安心？」

次期竜王であるジーンが、正攻法でないとはいえ人間の陽翔に一本取られたのだ。安心したとはどういうことかと疑問に思った陽翔だったが、竜王は少し表情を改めて告げる。

「実は正式に王位を譲る前に、そなたたちに一度ソヘイルに行ってもらえぬかと思っていてな。陽翔の剣の腕前が上がったのなら、安心して送り出せると思うたのだ」

「ソヘイルに？」

思いがけない一言に、陽翔は驚いてジーンと顔を

見合わせてしまった。

ソヘイルは、陽翔たちにとって親交の深い人間の国だ。竜人族の里がある高山の南東に位置する国で、国土の大半は砂漠に覆われている。

陽翔は一年前、最初にこの異世界にやって来た時に、ソヘイルでキャラバンを率いている女長《おんなおさ》、アースラに助けられた。その頃キャラバンに用心棒として加わっていたジーンが、砂漠で倒れて死にかけていた陽翔を見つけ、救ってくれたのだ。

アースラはソヘイルの王、ラヒムの元側室という経歴の持ち主で、王室を離れた今も陰ながらラヒム王を支えている。キャラバンの仲間たちは陽翔にとっては家族のような存在で、陽翔は彼らと共に数々の苦難を乗り越えてきた。

「またソヘイルに行けるのは嬉《うれ》しいけど、なんで改まって？」

首を傾げる陽翔に続いて、ジーンも竜王に尋ねる。

「我々にお命じということは、ラヒム王になにかお伝えすることがあるのでしょうか？」

竜王の名代として、次期竜王の自分を使者として遣わしたいということかと聞いたジーンだったが、竜王は首を振ってそれを否定した。

「いや、そうではない。実は一族には内密に、会ってきてほしい者がいるのだ。ジーンというより、むしろ陽翔にな」

「え、オレ？」

てっきり自分はジーンのおまけなのだろうと思っていた陽翔は、名指しされて驚いてしまう。

（オレに会わせたい人？　しかも、竜人族には内密にって……）

竜王がそう言うなんて、いったいどんな人物なのか。

緊張に少し身構えた陽翔だったが、隣のジーンは竜王の言葉に思い当たる節があったらしい。

「……彼ら、でしょうか」

ぐっと表情を硬くしたジーンに、竜王は重々しく頷いた。

「ああ。陽翔は彼らに会っておかなければならぬ。そうだろう、ジーン？」

竜王の問いかけに、ジーンがハ、と一礼する。

陽翔はジーンを見上げて瞬きを繰り返した。

「彼らって……、一人じゃないってこと？　ジーンはその人たちのこと知ってるのか？　オレが会っておかなきゃならないって、どういうこと？」

「陽翔……」

次々と湧き上がる疑問をぶつけた陽翔に唸ったジーンが、竜王に向き直って聞く。

「陛下、私から話してもよろしいでしょうか」

「ああ、そうしてくれ」

頷いた竜王に一礼して、ジーンは陽翔を見つめて口を開いた。

「陽翔。以前、竜王妃の逆鱗《げきりん》が欠けた時のことを話したのを覚えているか？」

「うん。十一年前、ナジュドとの戦いで欠けちゃったんだよな？」

今から十一年前、竜人族の里はナジュドという人間の国に攻め込まれた。多くの方術使いを擁したナジュドは強敵で、本来人間など敵ではないはずの竜人族は思わぬ苦戦を強いられた。

その戦いで狙われたのが、竜王と竜王妃の逆鱗だ。逆鱗は竜人にとっては力の源であり、代々受け継がれている竜王と竜王妃の逆鱗は特に強大な力を秘めている。

ジーンは、竜人族の至宝でもあるそれらを敵の手に渡すまいと奮戦し、竜王の逆鱗を異世界に飛ばした。幼い頃にそれを偶然拾った陽翔は、竜王の逆鱗を巡る戦いに巻き込まれて、この世界に召還されてしまったのだ。

そして、竜王の逆鱗と対でもある竜王妃の逆鱗は、戦いの最中にその一部が欠けてしまった。

（竜王はその戦いで最愛のお后《きさき》を亡くして、今の竜の姿に変わってしまった……。ジーンは逆鱗を喪失

させ、竜王妃を守れなかったことに責任を感じて、竜人族の里を離れたんだ）

竜人たちは、心の底から深く愛した相手を運命《さだめ》の対《つい》と呼んでいる。彼らはオラーン・サランと呼ばれる赤い満月の夜、運命の対を求めて発情し、その衝動は相手と身も心も結ばれなければ決して癒えることはない。ジーンもまた、陽翔を運命の対として深く愛してくれている。

魂の半身とまで思える相手と巡り会えた喜びはかけがえのないものである一方、竜人にとってオラーン・サランの発情は呪いのような側面も併せ持っている。

互いが存命で、寄り添いあって生きていられるうちはいいが、運命の対と引き離されたり、死別した竜人の中には、繰り返されるオラーン・サランの苦しみのあまり竜に姿を変えてしまったり、命を落とす者もいる。竜王もまた、運命の対である后を失って、今の巨大な竜に姿が変わってしまったのだ。

その彼の前で竜王妃の逆鱗の話をすることが躊躇《ためら》われて、ちらりと竜王を見やった陽翔だったが、竜王は陽翔の視線に気づくと穏やかに告げた。

「……后を失った悲しみは癒えることはないが、それも愛の証《あかし》と思うておる。我がこの姿でこの世にとどまれたのも、后と一族の者たちのおかげだ。王としての責務を全うせなんだら、向こうで后にどれだけ叱られるか分からぬからな」

たとえ竜に姿が変わろうとも、命があるからこそ愛する者への想いを失わずにいられる。愛する者と共に導いてきた一族を、守り続けていける。

苦しみも悲しみも、相手を愛しているからこその感情なのだと言う竜王に深く頷いて、ジーンが話を続ける。

「戦いの最中に行方が分からなくなった竜王妃の逆鱗の欠片だが……、実は六年前、その欠片の持ち主が名乗り出てきたんだ」

「え……!?」

驚く陽翔に、竜王が告げる。

「その者の名は、レイ。彼はごく普通の人間だが、左の瞳に逆鱗の欠片が封じられている」

「封じられている？　なんで……」

いったいどうしてそんなことになったのか。混乱する陽翔に説明してくれたのは、ジーンだった。

「実は欠片は、ナジュドの方術使いに奪われていてな。その方術使いが一時的な隠し場所として、レイの瞳に欠片を封じたらしいんだ。だが彼は、記憶を失っていた」

おそらく欠片の影響もあったんだろう、とジーンが唸る。

「しかし、方術使いを追っていた竜人……、俺の前に近衛隊長だったアーロン隊長がレイを保護し、欠片を取り戻そうと襲ってきた方術使いを倒した。そこでレイの瞳に欠片が封じられていることが判明して、竜人族の里に報《しら》せに来たんだ」

「へー……。え、じゃあ欠片はもう竜人族の元に戻ってるってこと？」

竜人がレイを連れてきたのなら、彼の瞳から欠片を取り出したのではないのだろうか。

（あれ？　でも竜王妃の逆鱗は今も欠けたままだし、欠けた部分は行方不明のはず……）

それは、つまり。

「……まさか、欠片はまだそのレイって人が持ってる、とか……？」

「察しがよくなったのう、陽翔」

目を細めた竜王が、その通りと頷くのを見て、陽翔は慌ててしまった。

「いや、そんなこと言ってる場合じゃないよ！　えっ、なんで？　なんで逆鱗の欠片、預けたままなの？」

欠片とはいえ、強力な力を秘めた竜人族の至宝の一部だ。かつてそうとは知らず、竜王の逆鱗をお守り代わりに持ち歩いていた陽翔が言えた義理ではないが、それにしたってごく普通の人間に欠片を預けたままなんて無防備すぎやしないだろうか。

（竜王もジーンも承知の上で預けてるくらいだから、そのレイって人はきっといい人なんだろう。でも、その秘密が外に漏れたら？　悪いこと考える奴がレイを襲って、欠片が奪われたりしたら？）

かつて陽翔も、竜王の逆鱗の欠片をナジュドの王ザラームに奪われたことがある。あの時も、欠片の力を利用したザラームに苦戦を強いられた。

またあんなことになったら、と青くなった陽翔を、ジーンがなだめる。

「落ち着け、陽翔。俺も最初に陛下からこの話を聞いた時は、あまりにも危険すぎると思った。だが、そうするしかなかったんだ」

「そうするしかなかったって……」

どういうこと、と視線で問いかけた陽翔に、ジーンが大きく息をついて打ち明ける。

「……実は、逆鱗の欠片はレイの魂と深く結びついてしまっているんだ。欠片を取り出せば、彼は命を失ってしまう」

「え……」

思いがけない一言に、陽翔は言葉を失ってしまう。

二人を見守っていた竜王が、落ち着いた声で告げた。

「いくら逆鱗が我が一族の至宝とはいえ、人の命を奪うわけにはゆかぬ。だが、一族の中にはそうは思わぬ者もいるだろう。それ故、我はこのことを一族に秘すと決め、アーロンにレイの護衛を命じたのだ。一族に危険が及ばぬよう、必ず守れ、となし」

「……そうだったんだ」

竜王が自分に会わせたいのは、そのアーロンとレイということなのだろう。

やむにやまれぬ事情があったのだと聞かされて、陽翔は納得すると同時にほっと安堵《あんど》した。

（竜王様が人間を尊重してくれる王で、よかった）

かつて竜人族は、人間と距離を置いていた。自分たちに比べて圧倒的に弱い人間を軽んじ、中にはその存在を忌避する者もいたらしい。

だが竜王は、レイの命を奪うのではなく、彼を守ることを選択した。命を奪う方が簡単なのに、そうはしなかったのだ。

（オレもこの先、ジーンと一緒に竜人族の命運を預かることになる。もちろん王様になるのはジーンだけど、でもオレも責任ある立場になるんだ。オレは人間だし、人の命を軽んじることは絶対にしないけど……、それと同時に、竜人族に危険が及ばない方法をちゃんと考えないといけない。……オレにそれが、できるのかな）

陽翔が元いた日本と比べて、この世界は争いがとても多い。

当然のように弱者を奴隷として虐げたり、悪事のために簡単に人の命を奪う者もいる。他人など虫けらのようにしか思っていない者が王となり、暴走の末、国が滅亡に追いやられることもある。手段を問わず、こちらに害をなそうとする者はこの先も現れるだろう。

「……っ」

これから背負うことになる重責を改めて感じ、緊張にぎゅっと拳を握った陽翔だったが、その不安な気持ちは匂いとなってジーンに伝わってしまったらしい。

「……陽翔」

隣に立つジーンが、そっと陽翔の手を取って言う。

「大丈夫だ。お前は一人じゃない。……俺がいる」

「ジーン……。うん、そうだよな」

なにも言わなくてもすべてを察してくれる恋人に、陽翔はありがと、と微笑んだ。

（そうだ。オレにはジーンがいる。オレは悲しみも苦しみも幸せも、全部をジーンと分かち合うって決めて、この世界を選んだんだ。不安な時は不安だってちゃんと相談して、迷った時は二人で悩んで、それで前に進めばいい）

ジーンが自分のように悩むことは少ないかもしれないけれど、そんな時が来たら自分も彼の荷物を一緒に持てばいい。

大切なのは、一人でなにもかも抱え込まないことだ。

(……うん。そこさえ間違わなければ、きっと大丈夫だ)

陽翔はぎゅっとジーンの手を握り返すと、竜王に向き直って問いかけた。

「竜王様。オレ、その二人に会いたい。二人はソヘイルに住んでるの？」

「いや、彼らは普段、カーディアで暮らしていてな。今回はソヘイルまで出てきてもらう手はずになっておる」

どうやら竜王はすでに、彼らと連絡を取って話を進めているらしい。ゆったりと尾を揺らしながら、竜王が続ける。

「二人のことは一族には秘密ゆえ、そなたらの旅の表向きの目的も、ソヘイルのラヒム殿に正式に結婚の報告をしに行く、としてはどうかと思うての。護衛も、アースラ殿に頼むつもりでおる」

「っ、アースラに!? じゃあ……！」

パッと顔を輝かせた陽翔に苦笑して、竜王は大きく頷いた。

「ああ。すでに彼女のキャラバンからは了承の返事をもらっておる。正式に王座につけば、なかなか自由がきかなくなるからのう。その前に、かつての仲間たちと新婚旅行を楽しんでくると言えば、誰も不審には思うまい」

婚前だがな、と茶目っ気たっぷりに笑う竜王に、陽翔は歓声を上げて飛びついた。

「やった！ ありがとう、竜王様！」

「はは、なかなかよい思いつきだろう？」

「最高だよ！」

またアースラたちと旅ができるなんて、思ってもいなかった。竜王の太い首にぶら下がって喜ぶ陽翔だったが、その時、背後からべちんと聞き慣れた音が響いてくる。

ニヤリと笑った竜王が、己の後継者である白い竜人に問いかけた。

「なんだ、ジーン。妬《や》いておるのか？」

「……陛下でなければ絞め殺しているところです」

ベンベンと細くなった尾の先を床に打ちつけて仏頂面で答えるジーンに、陽翔は呆《あき》れてしまった。

「物騒だなあ、ジーン。いいじゃん、ぶら下がるくらい」

「ぶら下がりたいのなら、俺の腕でも尻尾《しっぽ》でもいいだろう……！」

「えー。……また今度ね」

確かにジーンの腕にぶら下がるのも楽しいけれど、自分から彼に抱きつくような真似《まね》をするのはまだちょっと恥ずかしい。

相変わらず恋人同士でいちゃつくことに抵抗のある陽翔が視線を逸《そ》らして断ると、ジーンが勢い込んで聞いてくる。

「今度とはいつだ!?　今夜か、明日か!?」

「……そなたら、本当に番同士か？」

憐れむようにジーンを見つめつつ呆れたように言った竜王が、それはともかく、と改めて告げる。

「ジーンがいれば滅多なことはないと思うが、道中くれぐれも気をつけよ。近頃は目立った動きはないが、バーリド帝国もまだ警戒しておかねばならぬからな」

「……うん」

竜王の一言に、陽翔は表情を引き締めて頷いた。

バーリド帝国は、竜人の里の北方にある国だ。レオニードという皇帝が治めており、かつて多数の方術使いを従えてソヘイルに攻め込んできたことがある。

その時は竜人族もソヘイルに力を貸して戦い、激闘の末どうにか勝つことができた。だが、皇帝レオニードは混乱に乗じて逃げおおせており、おそらく今も、虎視眈々《こしたんたん》と復讐《ふくしゅう》の機会を狙っている。

今のところ、またソヘイルに戦いを仕掛けてきたり、妙な動きがあったりという話はないが、なにをするか分からない相手だ。竜人族の里を離れる以上、十分に気をつけなければならない。

「無茶なことはしないし、ずっとジーンと一緒にいるよ。バーリド帝国の動きも、気づいたこととか変なことがあったらすぐ報せる」

そう言った陽翔に、竜王は黄金の瞳をやわらげて頷いた。

「うむ。とはいえ、今回の旅の目的はあくまでもレイに会うことだ。正式に竜王妃の逆鱗の持ち主となるにあたって、欠片の持ち主である彼のことを知っておいてほしい」

相手を知ることで変わることもあるからのう、と呟いて、竜王は続けた。

「実はレイは、前世の記憶があるらしくてな。それが陽翔、そなたの世界の記憶のようなのだ」

「……っ、オレの世界の……？」

驚く陽翔に、竜王が頷く。

「ああ。そしてレイとアーロンはそなたたちと同様、赤き月の縁《えにし》で結ばれた番だ。彼の話はきっと、これからのそなたの糧になるだろう」

「そうなんだ……」

自分と同じ世界の記憶を持ち、同じように竜人の運命の対となった人間。

そしてこれから自分が受け継ぐ、后の逆鱗の欠片を持つ、いわば運命共同体のような存在。

彼は一体、どんな人なのだろう。もしかしたら故郷の、日本の話もできるだろうか。

「ありがとう、竜王様！　行ってくるね！」

瞳を輝かせた陽翔がもう一度竜王に抱きついた途端、背後で一際大きくベチンッと音が鳴り響く。

もー、と肩をすくめて、陽翔は竜王と顔を見合わせ、くすくすと笑みを弾けさせたのだった。

◆◆◆

色とりどりの鮮やかな薄布が、真っ青な空にはためいている。

町の入り口に立てられた木製の柱に幾枚もくくりつけられたそれを見上げて、陽翔は思わず感嘆の声を上げた。

「うわ、なんか鯉《こい》のぼりみたいだな！」

「コイノボリ？」

陽翔の隣にいたニャムが、不思議そうに首を傾げる。陽翔は頷いて説明した。

「オレのいたとこに、子供の日っていうのがあったんだよ。子供の成長を祝う日なんだけど、その日は鯉っていう魚の形をした布を、こんなふうに飾るんだ。それが鯉のぼり」

懐かしいなあ、と目を細めて、陽翔は鯉のぼりモドキを見上げた。

——竜王から旅の提案をされた三週間後、陽翔とジーンは迎えに来たキャラバンと合流し、竜人族の里を出発した。

久しぶりに会った面々は、相変わらず賑《にぎ》やかで和《わ》気《き》藹々《あいあい》としていて、竜王と竜王妃となる予定のジーンと陽翔にも以前と同じように気さくに接してくれた。変わらない彼らにほっとした陽翔だったが、そんな中、一緒に旅をしていた頃から変わったことももちろんいくつかあった。

その一つが、ニャムだ。

出会った時に八歳だったニャムは、一年の月日を経て随分成長していた。もちろんまだ子供なのだが、それでも一年前のニャムしか知らない陽翔からしてみたら、随分大人になったように感じる。

（オレの呼び方も、『お兄ちゃん』じゃなく『陽翔兄ちゃん』になってるし）

隣に立ってはためく織物を見上げているニャムを見やって、陽翔はこっそり頬をゆるめた。

商人の両親の息子である彼は今、親元を離れてキャラバンで修業をしている。頼もしい大人たちと一緒に各地を巡る彼は背も伸び、ちょっと逞しくなったようだった。

（子供の成長は早いって、本当なんだなあ）

かつて自分も、両親や祖父母によくそう言われていたことを思い出し、感慨深いものを感じながら、陽翔は呟いた。

「鯉のぼり、うちも毎年飾ったなあ。母さんもばあちゃんもたくさんご馳走《ちそう》作ってくれて……」

「ご馳走!?」

その一言に反応したニャムが、キラキラと目を輝かせる。陽翔は苦笑して頷いた。

「子供が主役の日だから、なんでも好きなもの作ってもらえたんだよ。あとは柏餅《かしわもち》っていう、中に甘い餡《あん》こが入ったお餅を食べたりしてさ。ばあちゃんが作ってくれた柏餅、美味《うま》かったなあ」

おばあちゃん子だった陽翔は、祖母の作るご飯が大好きだった。思い出して懐かしくなった陽翔に、町に入るため人間に姿を変えたジーンがやわらかく目を細めて言う。

「そのカシワモチがあるかは分からないが、ここの祭りは各地から珍しい料理が集まることで有名だからな。広場に行けば、美味い屋台がたくさんあるだろう」

「ご馳走！」

わーい、とニャムが歓声を上げる。大喜びの弟分に負けず劣らず食いしん坊な陽翔は、楽しみだな、とニャムとハイタッチして喜んだ。

竜人の里を出発して一週間、ソヘイルに入った一行は、王都にほど近いオアシスにある大きな町に立ち寄っていた。この町では毎年この時期に大規模な祭りが開催されるらしく、アースラたちキャラバンも例年祭りに参加しているらしい。

今回は陽翔を王都に送り届ける途中ではあったが、ちょうど旅路で通る町であるため、一泊して鋭気を養おうという話になっていた。

「あー、久しぶりにおっさんの作った飯以外のモンが食える」

　ひょろりと痩せているくせにキャラバン一の大食らいであるラビが、その薄い腹を撫《な》でながら言う。キャラバンの副隊長であり、料理番でもあるワドゥドゥが、太い腕を組んでじろりとラビを睨《にら》んだ。

「不満なら、お前だけ明日から食事抜きにしてもいいんだが？」

「いつも美味《おい》しいご飯、ありがとうございマース！」

　素早く手のひらを返したラビが、片言でお礼を言う。分かればいいんだ、と頷くワドゥドゥに、少し離れたところからアースラが声をかけてきた。

「ワドゥドゥ、ラクダを宿に預けてきておくれ。いつもの宿に話はつけてあるからね。さて皆、こっちに来とくれ」

　後方からやって来たアースラが、そう言いつつラクダを降りる。その肩には彼女の愛鷹、クアールも乗っていた。

　信頼する副隊長にラクダの手綱を預けた女長は、金庫番に視線で合図して、集まったキャラバンの者たちに小遣いを配らせる。

「ラビ、あんたは残って陽翔の護衛を頼むよ。他の者は自由に祭りを楽しんできな。今日は一日羽を伸ばしといで」

「やった！　ありがとうございます、長！」

　大喜びの面々に鷹揚に頷きつつ、女長が皆に釘を刺す。

「言っておくが、祭りだからといって、くれぐれも騒ぎを起こすんじゃないよ。あたしらは陽翔とジーンの護衛の最中なんだからね。いつもみたいに酔っぱらってケンカなんてした奴は……」

　そこで言葉を切ったアースラが、一同を見回し、煙管《キセル》に口をつける。すうっと深く煙を吸い込んだ彼女は、ふわりと紫煙をくゆらせて艶然と微笑んだ。

「……分かってるね？」

その一言に、数多《あまた》の死線をくぐり抜けてきた歴戦の猛者《もさ》たちが震え上がる。

「もっ、もちろんです、長！」

「誓って騒ぎなんて起こしません、長！」

「いただいた小遣いで健全に遊んできます、長！」

背筋を正してそう言った部下たちに、アースラが頷いて言う。

「分かってりゃいいんだよ。お行き」

ひらりと指先で払われた面々が、蜘蛛《くも》の子を散らすようにいなくなる。

陽翔は苦笑してアースラに歩み寄った。

「相変わらずだね、アースラ」

「こういうのは躾《しつけ》が肝心だからね。……おや」

と、その時、アースラの肩に乗っているクアールが急にそわそわと足踏みし出す。

「どうしたんだ、クアール？」

落ち着かない様子の彼に陽翔が問いかけた次の瞬間、高い空の上からピーッと鳴き声が聞こえてくる。

上空を仰いだ陽翔は、鳴き声の主を見て首を傾げた。

「……鷹？」

大きく翼を広げて下降してくるその鷹は、クアールより一回り大きく、少し灰色がかった翼をしていた。こちらに向かって飛んできた鷹が、迷うことなくまっすぐ降り立った肩の主を見て、陽翔は驚く。

「え……」

――それは、その場にまだ留《とど》まっていたキャラバンの仲間の一人だった。

褐色の肌の者が多いキャラバンの中では珍しい、白い肌。短く切り揃《そろ》えられた髪は濃い鼠色で、鼻が高く、彫りの深い精悍《せいかん》な顔立ちをしている。瞳の色は水色で、鋭く切れ上がった目尻をしていた。

マントの下の体躯はがっしりしていて逞しく、簡素な革の鎧《よろい》を身に纏《まと》っている。得物は大剣で、重く大きなそれを彼は布袋に包み、ベルトで固定して背負っていた。このキャラバンには国籍や性別を問わず様々な者が加わっており、得意とする武器も多種多様だが、あそこまで大きな武器を扱うのは、他には槌《つち》を愛用しているラビくらいなものだ。

年は確か二十八歳という話だったが、寡黙で滅多に口を開くことがなく、年齢以上に落ち着いた雰囲気をしている。

彼こそが、陽翔が一緒に旅をしていた頃から変わったことの中で最も大きな変化、キャラバンの新しい用心棒、ロディだった。

「……イリーナ」

目を細めて愛《いと》おしそうに鷹を呼んだロディが、指先で嘴《くちばし》を撫でる。ピィ、と甘えた声を上げた鷹の足にくくりつけられた手紙を外すロディを、陽翔は少し意外に思いながら眺めた。

(へー、ロディもアースラみたいに鷹飼ってるんだ)

まだ知り合って数日だが、口数の少ないロディは、表情も滅多に変わることがない。そのとっつきにくさは、出会った頃のジーンとそう変わらないんじゃないかと思っていただけに、あんな優しい顔をするなんて思ってもみなかった。

(なんか色々謎なんだよな、ロディ。でも多分、すっごく強い)

ロディはレオニードとの戦いの後、アースラがどこからか連れてきた傭兵《ようへい》だということだったが、そもそもこのキャラバンは腕の立つ者揃いで、平時であれば用心棒など必要ないほど強い。かつてジーンが用心棒をしていたのも、彼が竜人で、その強さが人間離れしていたからこそだ。

そのジーンの後に用心棒として雇われたロディは、身のこなしも常に油断なく、竜人のジーンほどとはいかないまでも、並外れた戦士であることは疑いなかった。

(一回手合わせしてくれないかなあ、ロディ)

自分の腕前がまだまだなことは重々分かっているが、それでも強い相手に挑んでみたいというわくわく感は抑えきれない。

再会したキャラバンの皆とも手合わせして、腕が上がったと褒めてもらっているし、駄目元で頼んでみようかと思った陽翔だったが、その時、手紙を読み終えたロディがアースラに向き直る。

「すまない、アースラ。少し離れてもいいだろうか？」

「構わないよ。宿の場所は知ってるね？」

ああ、と頷いたロディが、鷹と共に去っていく。

アースラは、バサバサと翼を広げて興奮しているクアールを苦い顔でなだめた。

「静かにおし。まったく、あんたにあのお嬢さんは高嶺《たかね》の花だよ」

どうやらクアールはイリーナにお熱らしい。陽翔はロディの後ろ姿を見送りつつアースラに聞いた。

「ロディも鷹飼ってるんだね。今はあのイリーナがラヒム王と連絡取ってるの？」

「いや、あの子はロディの故郷との連絡用さ。そんなことより陽翔、あんたにも」

クアールを落ち着かせたアースラが、小さな包みを陽翔に手渡す。先ほど皆に配っていた小遣いと同じ包みだと気づいて、陽翔は慌ててしまった。

「そんな、もらえないよ、アースラ。オレはもうキャラバンを抜けたんだし……」

「水くさいこと言うんじゃないよ。言ったろう、一度懐に入れたからには、あんたらはあたしの息子みたいなもんだって」

いいから取っておおき、と陽翔に小遣いを渡して、アースラが微笑む。

「さすがに護衛は外せないが、せっかくの『新婚旅行』だ。あんたもちょっと羽を伸ばしておいで」

「アースラ……」

キャラバンの他の面々は旅の本当の目的を知らないが、アースラだけは事情をすべて知っている。にもかかわらずわざわざそう言う彼女は、王都に近づくにつれ、欠片の持ち主と会うことを意識して少し緊張しつつある陽翔に気づいていたのだろう。

相変わらず細やかに気遣ってくれる女頭領に、陽翔は少しくすぐったくなりながらも頷いた。

「うん、そうするよ。ありがとう、アースラ」

「なにかあったらすぐジーンに言うんだよ。キャラバンの連中も近くにいるだろうから、すぐに皆駆けつけるからね」

あたしは町長に挨拶してくるよ、と踵《きびす》を返したアースラが去っていく。見送る陽翔に、ジーンが声をかけてきた。

「俺たちも行こう、陽……」

「陽翔兄ちゃん、お話もう終わった!?」

しかしその声は、駆け寄ってきたニャムに遮られてしまう。

「終わったなら早く行こ！　あっちから美味しそうな匂いするよ！」

あっちあっちと陽翔の袖を引っ張るニャムに、ジーンが仏頂面で唸った。

「……新婚旅行なんだが」

「つっても婚前じゃん」

頭の後ろで腕を組んだラビが、ニヤニヤとジーンをからかう。竜人姿の時と同じ赤い目を鋭く眇めたジーンが、ラビに唸った。

「百歩譲ってニャムは仕方ないとしても、何故お前までいるんだ」

雪のように白い肌に、後ろで一つに束ねられた白銀の髪。人間姿だと恐ろしく美形なジーンが睨むと、竜人姿の時とはまた違った迫力がある。

しかしラビはまったく怯む様子はなく、のらりくらりと答えた。

「そりゃ、長に護衛命じられたし」

「俺がいれば必要ないだろう」

そうかもしんないけどぉ、と間延びした声で言ったラビに、ジーンがますますその眦《まなじり》を鋭くする。

「うわ怖っ！　陽翔、ジーンが怖い！」

わざとらしく喚《わめ》いてサササッと自分の後ろに隠れたラビに、陽翔はため息をついた。

「ジーン……」

「……番を他の雄に取られて黙っている竜人などいない」

「雄って……、ラビとニャムだぞ？」

「雄は雄だ」

すっかり拗《す》ねてしまった恋人に、陽翔がどうしたものかと天を仰ぎかけた、その時だった。

「……あの、ひょっとして君、『陽翔』くん？」

唐突にそう声をかけられる。陽翔は驚いてそちらを振り返った。

「え？　うん、そうだけど……」

「やっぱり！　いや、名前が聞こえてきたし、キャラバンの人と一緒だから、もしかしたらと思ってね」

そこには、にこにこと笑みを浮かべた一人の男がいた。

年齢は三十代前半くらいだろうか。日に焼けてはいるが、陽翔と似たような肌の色をしており、髪も瞳も黒い。

身に纏っているのはソヘイルでよく見かける白い貫頭衣だったが、その顔立ちはこの辺りでは非常に珍しい、だが陽翔にとっては見慣れた、いわゆる塩顔をしていた。

「えっと……、あなたは？」

見覚えのない人物に少し警戒しつつ問いかける陽翔を、ジーンがさりげなく自分の後ろに庇《かば》う。

「……何者だ？」

深紅の瞳を油断なく光らせたジーンに、男がふんわりと笑う。

「ああ、すみません、突然。僕、雨宮《あめみや》と言います。雨宮俊樹《としき》です」

「え……？」

聞こえてきた名前に、陽翔は驚いて目を瞬かせた。なんだかものすごく……。

「……日本人っぽい」

陽翔の呟きが聞こえたのだろう。雨宮が苦笑して言う。

「っぽいじゃなくて、日本人なんだ、僕も」

「え……」

大きく目を瞠《みは》った陽翔に、雨宮が笑う。

「僕も君と同じ世界から来たんだ。君と同じ日本から、この世界に飛ばされてしまったんだよ」

「……っ！」

強い風が、二人の間を駆け抜ける。

熱く埃《ほこり》っぽいその風に、色鮮やかな薄布がバタバタと音を立てて舞い上がった——。


どうぞ、と雨宮に椅子《いす》を勧めて、陽翔は緊張しながらテーブルを挟んだ向かいに腰かけた。

階下からお茶を運んできてくれた宿の主人が、ごゆっくり、と愛想よく笑って出ていく。

町で雨宮に声をかけられた後、動揺して固まってしまった陽翔を見かねて、とりあえず詳しい話を聞きたいと言ってくれたのはジーンだった。

宿をとっているからそこで話を聞かせてもらいたい、陽翔もそれでいいかと言うジーンに一も二もなく領けば、雨宮も是非と応じてくれたので、こうして自分たちの部屋に招いたのだが。

（この人が、本当に日本から……）

お茶を呑《の》む雨宮を前にしても、どこか夢を見ているような心地がしてならない。

この世界に、自分と同じように日本から飛ばされてきた人がいたのだ——……。

「自己紹介がまだだったな。俺はジーン、今は人間の姿をしているが、竜人だ」

口火を切ったジーンにハッと我に返り、陽翔も慌てて自己紹介する。

「あ……、オレは陽翔って言います。あの、雨宮さんは、どうしてオレたちのことを？」

先ほど雨宮は、自分たちのことを知っていて声をかけてきた様子だった。面識はないはずなのに何故と不思議に思った陽翔に、雨宮が苦笑して言う。

「知らないのかい？　君たちはソヘイルでは有名人なんだよ。なにせラヒム王と一緒に、あのザラームとレオニード帝を倒したんだからね。アースラ様のキャラバンも人気があるし、白い竜人と異世界人の噂《うわさ》は、この国にいれば自然と耳に入ってくるさ」

「……そうなんだ」

まさかソヘイルの人たちに噂されているなんて、思ってもみなかった。驚く陽翔の隣に座ったジーンが、雨宮に問いかける。

「陽翔がこの世界の人間ではないということも、噂で知ったのか？」

「ええ。別の世界から来た人間なんて珍しいですから、噂になってましたて。陽翔くんの名前を聞いて、もしかしたら日本人なんじゃないかなと思ってたんです」

それで声をかけたんですと微笑む雨宮に、陽翔は少し緊張しながら聞いてみた。

「あの、雨宮さんはいつ頃この世界に飛ばされてきたんですか？」

確か自分がこの世界に来た当初、アースラが言っていた。

『時々いるんだよ。この世界とは違う、異世界から落っこちてくる人間が』

結局その後、陽翔がこの世界に飛ばされたのは、竜王の逆鱗を巡る争いに巻き込まれたからだったことが判明したが、あの時アースラが言っていた『落っこちてきた人間』こそが、この雨宮なのだろう。

（それにしても、同じ日本から飛ばされてきた人がいるなんて）

だが、考えてみれば日本にいた頃も、行方不明者や失踪者が意外と多くいるというニュースを耳にしたことがある。もしかしたらそのうちの幾人かは、自分たちのように別の世界へ飛ばされているのかもしれない――。

「僕がこの世界に来たのは、もう十年くらい前になるかな。駅のホームから線路に落ちてしまってね。

電車に轢《ひ》かれたと思ったら、この世界にいたんだ」

　陽翔の問いかけに答えつつ、雨宮が懐かしそうに目を細める。

「僕は日本にいた頃は、パティシエを目指して製菓学校に通っていたんだ。今はその頃学んだことを活かして、王都でパン屋をやっているんだよ」

　といっても、市場に小さな屋台を出店してるだけなんだけどね、と笑う雨宮に、陽翔は更に尋ねた。

「あの……、他にオレたちみたいに異世界から来た人って……」

　この世界に来た当初、陽翔は自分のような境遇の人が他にもいるかもしれないと思い、訪れる町々で聞いて探し回っていた。しかし、そういった人は結局見つからず、陽翔はこの世界で生きていく覚悟を決めたこともあって、いつしか同じ境遇の人間を探さなくなっていたのだ。

　この世界にもう十年もいる雨宮ならなにか知っているだろうかと思った陽翔だったが、彼は表情を曇らせて首を横に振る。

「僕も散々探したんだけど、残念ながら他にはいなかったよ。過去にいたという話は聞いたけれど、実際に会ったのは君が初めてだ」

「……そうですか」

　やはり、自分や雨宮はかなり特殊な例らしい。同じ世界の人間が他にいないというのは少し寂しいが、突然見も知らぬ世界に放り出され、苦しむ人が他にいなかったのはいいことだ。

「よかったです、オレたちみたいな人が他にいなくて。今まで生きてきた世界となにもかも違う世界に放り出されるのって、やっぱりすごくキツいから」

　実際陽翔も、この世界に来た当初は奴隷として売られたり、砂漠で死にかけたりした。鞭《むち》打たれたりして身体的にもつらい目に遭ったが、なによりもつらかったのは、ここがどこなのかも分からず、誰も知り合いがいないという状況だった。

　たくさんの仲間と知り合い、ジーンという特別な存在と巡り会って、ようやくこの世界に来てよかったと思えるようになったけれど、それまではずっと元の世界に帰りたくて仕方なかった。

「……そうだね。僕もそう思うよ」

やはり雨宮も、この世界に来て相当苦労したのだろう。陽翔の言葉に深く頷いて、尋ねてくる。

「陽翔くんはいつ頃この世界に？」

「オレは一年くらい前です。今は、ジーンと一緒に竜人族の里に住んでます」

陽翔がそう答えると、雨宮は頷いて言った。

「ああ、噂で聞いてるよ。次期竜王の后になるんだって？　すごいね、陽翔くんは。君はこの世界に来るべくして来たんだろうね」

にこにこと感心されて、陽翔はなんだか照れてしまう。

「いや、そんなことは……。でも、そういう人間になりたいって思ってます」

ジーンが自分を必要としてくれたように、この世界に必要とされる人間でありたい。この世界に自分が来た意味を、見つけていきたい。

そう言った陽翔に、雨宮が微笑んで頷く。

「君ならなれるよ、きっと」

お茶に口をつけた雨宮は、苦笑しながら続けた。

「でも、本当にすごいなあ、陽翔くんは。僕はここに来て一年でそうは思えなかったな。とにかくわけが分からなくて、生きていくのに必死で、ここが自分のいた世界と違う世界だって分かってからも、帰る方法をずっと探していたから」

「あ……」

雨宮のその一言に、陽翔は思わず俯《うつむ》いてしまう。

――帰る方法を、自分は知っている。

それどころか、一度は元の世界に戻ったことさえあるのだ。だが、陽翔は自ら選んでこの世界に戻ってきた。

つらいとか、苦しいとか、一言で片づけられるような選択ではなかった。それでも、生きる世界を自分で選べてよかったと思っている。

　けれど、それを告げたら雨宮はどう思うだろう。

　彼がずっと帰りたくて仕方がなかった世界を、自分は選ばなかったのだ――。

「……こちらに家族は？」

　その時、それまで黙っていたジーンが雨宮に尋ねる。

「先ほど王都でパン屋をやっていると言っていただろう。こちらで家族はできたのか？」

「いえ、そんな余裕はとても」

　ジーンの言葉に静かに首を振って、雨宮は言った。

「金銭的な問題だけでなく、精神的にもずっと余裕がなかったんです。命が無事だっただけよかったんだって思おうとしても、この世界に来なきゃこんな目に遭わなかったのにって、そう思わずにはいられなかった。どうにかして元の世界に帰りたい、帰るんだって、どうしてもそればかり考えていて」

「……っ」

　覚えのある感情に、陽翔は息を呑んで雨宮を見つめた。

　自分もかつて、砂漠で行き倒れていたところをジーンたちに助けられた時、命があってよかったのだと思おうとして、どうしてもそう思えなかった。

　この世界に来なければそう思う必要なんてなかった、何故自分がこんな目に遭っているのかと、全部を恨めしく思った――。

「でも、さすがに十年も経てば諦めもついてね」

　陽翔に向かって、雨宮が苦笑混じりに言う。

「いい加減こっちの世界に腰を落ち着けないとと、ようやく思うようになって、それで自分の店を持ったんだ。この世界で、生きていくために」

「雨宮さん……」

　穏やかに微笑む雨宮を前に、陽翔は俯いてしまった。

（……言えない）

　陽翔がこちらの世界に戻ってこられたのは、ジーンが竜王の逆鱗の力を使い、二つの世界を繋いでくれたからだ。

しかし、竜王の逆鱗は竜人族の至宝だ。その力について、おいそれと人に話すわけにはいかない。

加えて、二つの世界を繋ぐのは相当難しい術で、方術を得意とする竜人族の中でもジーンと竜王くらいにしか扱えない術だと聞いている。ジーン自身も、陽翔を強く想う気持ちがあったからこそできたことだったと言っていて、二度は使えないだろうと言っていた。

雨宮は十年かけて、ようやくこの世界で生きていくことを受け入れられたのだ。その彼に、今更帰る方法があるとは言えない。ましてやそれは、実際には実現不可能な方法なのだ。

「でも、こうして同郷の人と巡り会えて、本当に嬉しいよ」

弾むような雨宮の声にハッとして陽翔は顔を上げた。柔和な笑みを浮かべた雨宮が、遠慮がちに頼んでくる。

「よかったら向こうの世界のこと、色々教えてくれないかな。もちろん、君がこちらの世界に来るまでのことでいいから」

「……っ、もちろん！」

勢いよく頷いた陽翔に、よかった、と雨宮が嬉しそうに笑う。

和気藹々と話し始めた二人を、ジーンがその赤い瞳でじっと、見守っていた。


リーリーと、どこからか虫の鳴く声が聞こえてくる。

暗闇の中、宿のバルコニーに出た陽翔は、無数の星が瞬く夜空をじっと見つめていた。

オラーン・サランを一週間後に控えたこの夜、空には白い三日月と、膨らみつつある赤い月が浮かんでいた。

周期が反対の二つの月は、自分の元いた世界にはなかったものだ。

ここが紛れもない異世界である、証――。

(まさか今になって、オレと同じ日本人に会えるなんて……)

昼間出会った雨宮のことを思い返して、陽翔はバルコニーの手すりに肘をついた。

あの後、雨宮とは色々な話をした。

陽翔が語る元の世界の話を、雨宮は懐かしそうに、嬉しそうに聞いてくれた。

もっとも、雨宮がこちらに来たのは十年前で、陽翔がまだ小学生の頃だ。その頃世間でどんなことが起きていたかなんて、陽翔は当時あまり興味がなかったし、ほとんど記憶にない。

だが、それから首相が何人変わったとか、その頃日本で活躍していたサッカー選手が海外チームに移籍して大活躍したとか、大ヒットした映画の続編がイマイチだったとか、十年間の中で覚えている限りのことを思いつくままに喋《しゃべ》った。特に、当時大人気だったアイドルが電撃引退して話題になったこと、今は結婚、出産もしてママタレントとして活躍していると話した時には、彼女のファンだったという雨宮は感慨深そうにしていた。

『そうか、お母さんに……。そうだよな、もう十年経つんだもんなあ』

当然のことながら、陽翔はこちらの世界に来る前の雨宮を知らない。駄目元で聞くけれどと尋ねられた、元の世界にいるであろう彼の家族や恋人のことについては、なにも答えることができなかった。

すみませんと謝る陽翔に、雨宮は穏やかに頭を振った。

『君のせいじゃないんだし、謝らないで。それに正直もう、家族の顔も住んでいたところの風景も、記憶が曖昧なんだ。……もう、十年経つしね』

寂しそうに言う雨宮は、別れ際、王都に来たら是非自分の店にも来てほしいと誘ってくれた。

『僕はもう数日ここで祭り見物をするつもりなんだ。帰ったらまた市場で店を出すから、是非寄っていってよ』

美味しいパンをご馳走するから、と笑っていた雨宮を思い出して、陽翔はふうと息をつき、夜空に浮かぶ二つの月をじっと眺めた。

――砂漠の夜は、驚くほど寒い。

昼間の暑さが嘘《うそ》のような冷たい夜風は、いつも少し埃っぽかった。

この風の匂いにも、冷たさにも、赤い月の光にも、もうすっかり慣れた。

けれど、故郷の風景を、家族の顔を、忘れたことはない。目を閉じればいつだって、はっきりと思い出せる。

だがそれも、今だけなのだろうか。

十年も経てば、自分も雨宮のように、元の世界の記憶が曖昧になってしまうのだろうか――……。


「……陽翔」

と、その時、背後からそっと声がかけられる。

振り返った陽翔は、月光に照らされた真っ白な竜人に肩の力を抜いた。

「ジーン……。ごめん、起こしたか？」

砂漠を渡る間、夜は皆一緒の天幕で休んでいたが、この宿屋では二、三人ずつに分かれて部屋を取っている。ジーンと二人部屋の陽翔は、昼間のことが頭に浮かんで寝つけず、隣で眠るジーンを起こさないよう、そっとバルコニーに出てきていた。

なるべく音を立てないようにしたつもりだったのにと申し訳なく思った陽翔だったが、ジーンはこちらに歩み寄ると、背後からすっぽり陽翔を抱きしめて言う。

「気にするな。それより、こんなところにいたら体が冷えてしまう」

サラサラの鱗に覆われた逞しい胸の中に陽翔を包み込んだジーンが、尻尾まできゅっと巻き付け、すりすりと鼻先を擦《こす》りつけてくる。

「お前は俺のユタンポだろう。ユタンポがこんなに冷たくてどうする」

後ろから陽翔の手を取り、その大きな手で優しくさすって体温を移そうとするジーンに、陽翔はくすくすと笑みを零《こぼ》した。

「ユタンポをあっためるなんて、普通逆じゃない？」

「そう思うなら、早くあたたかくなって、俺を安心させてくれ。……部屋に戻るぞ」

陽翔の指先の冷たさに顔をしかめたジーンが、ひょいと陽翔を抱き上げ、自分の片腕に腰かけさせる。

他に誰もいないこともあって、陽翔は大人しくされるがまま、ジーンの首に掴まって部屋の中まで運んでもらった。

「ごめん。ちょっと考え事しててさ」

すっかり冷え切ってしまった寝台に降ろされながら謝ると、ジーンが少し声を強ばらせる。

「……昼間のことか」

いつも寝付きのいい陽翔が、夜中に起きている時点で察しはついていたのだろう。陽翔の後ろに座り込んだジーンが、足の間に陽翔を抱え込むようにしてそっと聞いてくる。

「帰りたくなったか？　元の世界に……」

緊張を滲《にじ》ませつつも気遣ってくれるジーンに、陽翔は躊躇いつつも頷いた。

「……うん。だってやっぱり、オレの故郷だから」

匂いで自分の大体の気持ちが分かってしまうジーンに隠しても仕方がないし、なにより嘘はつきたくない。ぴく、と震えたジーンの膝を、なだめるようにぽんぽんと軽く叩いて、陽翔は正直に告げた。

「ジーン、オレはこの先も、元の世界に帰りたい気持ちが消えることはないと思う。ジーンと正式に番になっても、……雨宮さんみたいに元の世界の記憶が曖昧になっても、それはきっと変わらない」

元の世界は、自分にとってかけがえのない場所だ。思い出すと寂しいし、悲しくもなるけれど、それも大切な感情だと思っている。

もしかしたら、いつか自分も雨宮のように、故郷の記憶が曖昧になるのかもしれない。

でも、たとえ記憶が曖昧になっても、故郷や家族を懐かしく思うこの気持ちは変わらないだろう。

「オレはこの先何度も、日本に帰りたいって思うんだと思う。でも、帰らない。たとえ帰る方法が見つかっても、帰らないよ」

「陽翔……」

「だって、オレにとってはこの世界ももう、大事な場所だから」

くるりと体を反転させて、陽翔はジーンと向かい合った。静かに光る紅の瞳をじっと見つめながら告げる。

「オレさ、今回の旅で皆と一緒に砂漠に出た時、懐かしいなって思ったんだ。多分、この旅が終わって竜人族の里に帰っても、同じこと思うんだと思う。懐かしいなって。……帰ってきたんだなって」

懐かしいと思える場所。帰ってきたと安心できる場所。

そう思えるのは、そこが自分にとって大切な場所だからだ。

にひっと笑みを浮かべて、陽翔は胸を張る。

「すごくない？　オレ、あっちの世界にもこっちの世界にも故郷があって、大事な人がいるんだぜ！　大切なものがいっぱいあんの！」

確かに向こうの世界には帰れなくなったけれど、それでも自分はこの世界でたくさん大切なものを見つけられた。この世界に来なければ、ジーンや仲間たちとは出会えなかったのだ。

二度と帰れない場所、二度と会えない人たちのことを思うと、今でも苦しい。でもその苦しさは、自分にとって大切なものがたくさんある証だ。

こんなにも多く大切だと思えるものがある自分は、やっぱり幸せ者だ。

「オレがそう思えるのは、ジーンのおかげだよ。ジーンが一緒にいてくれるから、オレはちゃんと前を向ける。……ちゃんと、歩いていける」

陽翔、と呟いたジーンが、こちらに手を伸ばしてくる。頬を包む大きな竜人の手に、陽翔は恋人を真似て顔をすり寄せた。

「……雨宮さんも、そう思えるようになったらいいな」

自分はジーンや仲間たちのおかげで、前を向くことができた。

だが、雨宮は十年かけて、ようやくこちらの世界に腰を落ち着ける気になったと言っていた。きっとまだ葛藤もあるだろうし、元の世界を諦めきれない気持ちもあるだろう。

「雨宮さんにとってもこの世界が大事な場所に、もう一つの故郷になるように、オレにできることがあれば手伝いたい。……いいかな、ジーン」

今日は自分が元の世界のことばかり話したが、この世界のことや彼自身のことについても聞きたい。

少しでも雨宮が前向きな気持ちになれるように、なにかあれば協力したいと言う陽翔に、ジーンが目を細めて頷く。

「お前ならそう言うと思っていた。俺も、できることがあれば協力しよう。だから、雨宮と話す時は俺も同席させてくれ」

自分の片手にすっぽり納まる陽翔の顔をやわらかく見つめて、ジーンが言う。

「俺も陽翔の世界の話が聞きたいし……、それに、お前を他の雄と二人きりにさせるわけにはいかないからな」

「……ジーンはなんでもかんでも嫉妬しすぎだと、オレは思う」

思わずスンッと真顔になって、陽翔は言う。

「嫉妬深い男は嫌われるぞ、ジーン」

「陽翔もか？」

途端に狼狽《うろた》えた顔をするジーンに、陽翔は思わず吹き出した。

「他の奴なら嫌だけど、ジーンならまあちょっとは嫉妬されてもいいかな。オレのこと心配してくれてるからだって分かってるし」

いくら同じ世界から来たとはいえ、自分たちは雨宮のことをまだよく知らない。嫉妬するようなことを言ったジーンだが、本心としてはまだ雨宮のことを警戒しているのだと、それくらいは陽翔にだって分かる。

（それに多分ジーン、オレが雨宮さんと話すことで、元の世界を思い出してつらい思いをするんじゃないかって、それも心配してる）

優しすぎるほどに優しいこの竜人は、陽翔が傷つくことを極端に嫌っている。たとえ思い出話をするだけと分かっていても、陽翔が故郷を思い出して悲しい思いをすることを恐れているのだろう。

見た目よりもずっと繊細な恋人を見上げて、陽翔は告げた。

「心配してくれてありがと、ジーン。でも、嫉妬する必要なんてないからな。オレはジーンのことが好きだし、他の奴に好かれてもちゃんとごめんって断るから。ちゃんと、ジーンのそばにいるから」

普段は照れくさくてなかなか言えないけれど、こういう時はちゃんと言わなければと、言葉にして伝える。

「約束。オレは他の誰にも目移りなんてしないし、ジーンを置いて元の世界に帰ったりなんてしない」

ん、と小指を差し出した陽翔に、ジーンがふっと瞳をやわらげて小指を絡めてくる。自分のいた世界ではこうして約束を交わしていたのだとジーンに教えたのは、もう随分前だ。

「ゆーびきーりげんまん、うーそついたーらはーりせんぼんのーます！」

「いつも思うが、針千本というのはだいぶ厳しくないか……？」

想像してしまったのだろう。ざわりと鱗を逆立てて顔をしかめたジーンに、陽翔は笑ってしまった。

「そういう歌なの！　はい、ゆーびきった！」

　警戒して全身の毛を膨らませる猫みたいな反応をするジーンに、くすくす笑いながら指を離す。鱗を落ち着かせたジーンは、ふうと息をつくと陽翔に額をくっつけてきた。

「……俺も、約束する。ずっと、お前と共にあると。お前がいてくれるから、俺は自分の歩むべき道が分かる。お前がいなければ、俺の世界はきっとずっと暗闇のままだ」

　陽翔の手を優しく握ったジーンが、じっと陽翔の目を覗き込んで告げる。

「愛している、陽翔。……俺の、太陽」

「ん……、ジー、ン」

　唇をくすぐるひんやりした鱗の感触をなによりも愛おしく思いながら、陽翔がくちづけに応えようと小さく口を開けた、――その時だった。

「……っ、陽翔！」

　突然、バッと顔を離したジーンが、陽翔の体を強く抱き寄せる。

　鋭い声に息を呑んだ次の瞬間、開け放たれた窓から飛び込んできた数本の真っ黒な矢が空気を切り裂き、陽翔の背に回されたジーンの腕に命中した。

「ジーン！」

「問題ない！　武器を！」

　硬化させた鱗で矢を弾いたジーンが、叫びざま寝台から飛び降りて窓へ向かう。陽翔はすぐに寝台の脇に置いてあった自分とジーンの剣を引っ掴み、ジーンの後を追いかけながら大声で喚《わめ》いた。

「ワドゥドゥ！　ラビ！　敵だ！」

　アースラは少し離れた別室にいるが、隣にはワドゥドゥがラビとニャムと一緒に泊まっている。

　どうにか皆に知らせなければと、ありったけの声で叫んだ途端、隣でガタガタッと物音がする。なんだと、とくぐもったワドゥドゥの声を背に、陽翔はジーンに続いてバルコニーに飛び出した。

「っ、ジーン！」

バルコニーでは、月明かりに照らされた真っ白な竜人が、今しも夜空に飛び出そうとしていたところだった。鋭い視線の先には、宙に浮かぶ数名の人影がある。

「ジーン、これ！」

手すりを蹴って飛び出したジーンに向かって、陽翔は持ってきた彼の剣を投げた。翼を広げてそれを受け取ったジーンが、鞘を投げ捨てて叫ぶ。

「気をつけろ！　方術使いだ！」

「……っ、分かった！」

ジーンの一言に、陽翔は目を見開きながらも頷き、素早く自分の剣の鞘を抜き捨てた。まっすぐに構えて、宙に浮かぶ人影を改めて見やる。

（方術使い……、レオニード帝の手下か!?）

闇に溶けるような真っ黒なマントを身に纏い、フードを深く被《かぶ》った彼らの出《い》で立ちは、先の戦いでレオニード帝に付き従っていた方術使いたちとそっくりだ。

（でも、そうだとしたら、こいつらはどうやってソヘイルに入り込んだんだ？　国境の警備は、ラヒム王が厳重にしているはずなのに……）

陽翔が考えている間にも、ぐんと高度を上げたジーンが方術使いに切りかかる。しかし苛烈なその一撃はガキンッと金属的な音を立てて、目に見えない透明な壁のようなものに阻まれてしまった。

「く……！」

唸ったジーンが素早く詠唱して、方術使いたちの防御を解こうとする。しかしそれより早く、数人の方術使いのうちの一人がパッと空中から姿を消した。

「陽翔！」

ジーンが叫ぶのとほぼ同時に、バルコニーに黒い靄《もや》のような人影が現れる。息を呑む間もなく襲いかかってきた方術使いの一撃を、陽翔は咄嗟に剣で受けとめた。

「……っ！」

ガンッと刃が交わり、幅広の剣を手にした方術使いが陽翔の剣をすさまじい力で押し返してくる。どうやら方術使いは若い男らしく、マントから突き出たその腕は隆々とした筋肉に覆われており、背丈も陽翔より随分高かった。

　ぐっと奥歯を食いしばり、なんとか力負けしないよう堪《こら》える陽翔に、男がフードの奥の目をギラリと光らせて呟く。

「白い肌に、黒髪……。こいつで間違いないな」

「っ、なに……」

　確かめるような一言に眉を寄せた陽翔だったが、方術使いは剣を合わせたまま呪文を唱え始める。

「――」

　禍々《まがまが》しいその響きに、陽翔が慌てて攻勢に転じようとしたその時、部屋のドアがバンッと勢いよく開かれた。

「陽翔!!」

　駆け込んできたワドゥドゥが、入り口にあった花瓶を引っ摑み、方術使いめがけて投げる。肩に命中した男が怯んだその一瞬の隙をつき、陽翔は身を低くして思い切り肩から突っ込んでいった。

「この……っ！」

「っ、ぐ……っ！」

　陽翔の体当たりを喰らってよろめいた方術使いが、チッと舌打ちして素早く呪文を呟き、自分に突進してくるワドゥドゥに向かって腕を突き出す。次の瞬間、ドッと空気が揺れ、ワドゥドゥの体が後方へと吹き飛んだ。

「ぐお……っ！」

「ワドゥドゥ！」

　焦った陽翔だが、その時、駆けつけたキャラバンの仲間たちが部屋になだれ込んでくる。先頭にいたラビが飛んできたワドゥドゥに巻き込まれ、その下敷きになった。

「うわっ、ワドゥドゥ!?　うわあっ!!」

　ワドゥドゥに押し潰されたラビの脇から仲間たちが飛び出してくるが、部屋の家具が次々に浮き上がり、容赦なく彼らに襲いかかる。方術によってあっという間に築かれたバリケードに、陽翔は目を瞠って叫んだ。

「ラビ！　みんな！　っ、く……！」

だが、声を上げた途端、再び男が切りかかってくる。男の攻撃をなんとか剣で受けとめた陽翔が見えたのだろう、空中で数人の方術使いを相手にしているジーンが鋭い声を上げた。

「陽翔！」

勢いよく翼を羽ばたかせ、陽翔の元に急降下しようとしたジーンだったが、すぐに気づいた方術使いたちがパッと方術で移動し、ジーンの行く手を阻む。黒い閃光《せんこう》を放ち、妨害してくる方術使いたちに、ジーンがカッと目を見開いて咆哮《ほうこう》した。

「邪魔をするな!!」

己への攻撃を剣の一振りで打ち払ったジーンが、短い詠唱で風を起こす。ゴウッと音を立てて現れた竜巻が、まるで意思を持っているかのようにうねり、方術使いたちに襲いかかった。

慌てたように逃げ惑う方術使いたちを、宿の外に飛び出したキャラバンの仲間たちが弓で狙う。ギャッと悲鳴を上げ、次々に消えていく方術使いたちには目もくれず、ジーンが一直線にバルコニーへと降りてきた。

「陽翔……！」

陽翔と剣を打ち鳴らしていた方術使いが、闇夜を切り裂いて急降下する真っ白な竜人をチラッと見やり、チッと舌打ちする。

「仕方ない、こいつだけでも……！」

低く唸った方術使いが、陽翔の一撃をかわし、ぐいっと腕を摑む。

そのまま呪文を唱え出した男の腕に、陽翔は迷うことなく思い切り嚙《か》みついた。方術使いに術を使わせないようにするには、呪文を中断させるのが一番手っ取り早い。

「い……っ！　この……！」

呻いたために呪文を唱えきれなかった男が、怒りに任せてドンッと陽翔を蹴り飛ばす。身構える余裕がなかった陽翔は、体格差もあってその場に尻餅をついてしまった。

「……っ！」

すぐに跳ね起きようとした陽翔だったが、それより早く、男が目の前に手をかざしてくる。驚いて息を呑む陽翔を睨みつけ、方術使いは最初に唱えていたのと同じ呪文を早口で呟き出した。

突き出されたその手に集まっていく混沌とした渦のような白い靄に、陽翔は大きく目を見開いた。

今すぐ逃げろと、危険だと本能が訴えているのに、どうしてかあの靄から目が離せない――……。

と、その時だった。

「陽翔！」

ドッとバルコニーに降り立ったジーンが、背後から猛然と方術使いに襲いかかる。

悔しげに顔を歪《ゆが》めた方術使いは、それでも呪文をやめず、そのまま振り向いて――。

「ぐ、うあ……！」

男の手から放たれた白い靄が、あっという間にジーンの頭を包み込む。

苦悶《くもん》の声を上げてその場にくずおれたジーンを見て、陽翔は我に返って叫んだ。

「ジーン！」

「陽翔、ジーン！」

同時に、バリケードになっていた家具の山を越えつつ、アースラが男に向かって矢を放つ。ワドゥドゥとラビを始めとした幾人もの仲間たちがその後に続いているのを見た方術使いが、忌々しげに舌打ちして叫んだ。

「引き上げるぞ！」

バッとその姿が黒い靄となって一瞬で掻《か》き消え、夜空に残っていた数名の方術使いたちも数秒遅れて姿を消す。

陽翔はすぐさまジーンに駆け寄った。

「ジーン！　ジーン、大丈夫か!?」

「ぐ……、う……」

膝をついた陽翔の目の前で、ジーンの頭部を覆っていた白い靄がじょじょに消えていく。不気味なその靄を片手で払いのけながら、陽翔はジーンの肩を揺らし、その顔を覗き込んで必死に呼びかけた。

「なんだよ、この靄……！　ジーン、大丈夫!?　どっか痛い!?」

見た限り怪我らしい怪我はないようだが、ジーンはまだ立ち上がろうとはせず、俯いたまま苦しそうな唸りを響かせ続けている。

これまで多少のダメージなど物ともせず戦ってきた彼を知っているだけに、陽翔は焦ってしまった。

（まさか、この靄が毒だったとか!?　それか、目に見えないだけでどこか大怪我してるとか……！）

呼びかけに反応せず、呻き続けているジーンに陽翔がますます焦りを募らせたその時、バリケードを乗り越えたアースラたちが駆けつけてきた。

「陽翔！　ジーンは!?」

「アースラ！　分かんない、オレの代わりに術を喰らって……！」

陽翔の言葉を聞くなり、アースラがその場に膝をついてジーンの顔をぐいっと上げさせる。

「しっかりしな、ジーン！　こっちを見るんだ！」

「ジーン、聞こえるか!?　ジーン！」

パチンッ、パチンッとジーンの目の前で何度も指を鳴らすアースラの隣で、陽翔も必死に呼びかける。

すると、苦しそうだったジーンの表情がじょじょにやわらぎ、その瞳が焦点を結び始めた。

「う……、あ……、アー、スラ……？」

「そうだよ、分かるかい？　ああもう、驚かせないどくれ」

ほっとしたように息をついたアースラが、ジーンの肩をぽんぽんと叩く。陽翔は勢い込んでジーンに聞いた。

「ジーン、大丈夫か？　どこか痛いとか、苦しいとか……」

「…………」

「ジーン？」

しかし、こちらを見つめ返すジーンは、瞳を軽く眇めたままなんの言葉も発しない。

戸惑った陽翔が、もう一度問いかけようとした、――その時だった。

「……アースラ、こいつは？」

「え……」

「知り合いか？　随分珍しい肌の色をしているが、どこの国の者だ？」

不審そうに陽翔を見やりながら、ジーンが立ち上がる。――そして。

「お前は誰だ？　何故、俺の名を知っている」

硬く強ばった声に、シンとその場が静まりかえる。

夜空に浮かぶ赤い月と同じ色をした竜人の瞳には、彼を見上げたまま茫然《ぼうぜん》と目を瞠る陽翔の姿が映り込んでいた――……。


とりあえずこっちにと移動させられたのは、どうやらアースラが泊まっている別室らしかった。

ラグの上に座るよう指示され、キャラバンでも古株の一人に体のあちこちを診察されたジーンは、渋面で唸る。

「人間のお前が竜人の俺を診ても、たいして分からないだろう」

確かこの男は医術の心得があると言っていたと思うが、竜人を診たことはないはずだ。こんなことをしても意味はない。

どうやら自分は戦いの最中、一時的に意識を飛ばしていたらしいが、もう頭もはっきりしているし、特に外傷もない。

いい加減にしろと牙を見せて唸ったジーンだったが、すぐに逃げ出すかと思われた男は一向に構う様子もなく、冷静にアースラに告げる。

「長、特に体に異常はない様子です。脈もしっかりしていますし、毒物を吸わされた可能性も低いでしょう」

「何故お前に竜人の脈が分かるんだ」

人間とは異なるはずなのに、と不審に思ったジーンに答えたのは、アースラだった。

「一年前の戦いで、竜人の医者とも交流があったからね。その後の戦いでも、竜人の怪我の治療に協力してたんだ。……ジーン、あんたの手配でね」

「俺の？」

次から次へと訳の分からないことを言われて、ジーンは顔をしかめる。

アースラは一体なにを言っているのか。竜人と人間が交流を持った？　しかも、自分の手配で？

(俺はそんなことをした覚えはないが……。大体、一年前の戦いとはなんのことだ？　まさか、竜人族と人間が手を取って戦ったとでも言うのか？)

考えた端から、あり得ない、とそれを却下する。

竜人族は、誇り高い最強の種族だ。

どのような敵であれ、人間の力を借りるような真似をするとは思えない。

第一、自分がこのキャラバンに加わったのはちょうど一年ほど前だ。そんな大きな戦いがあったのなら、覚えていないはずがない――。

「……次はワドゥドゥとラビを頼むよ」

腕を組んだアースラが、ジーンの診察を終えた男にワドゥドゥたちの手当てを指示する。

部屋の中にはアースラと男の他、怪我をしているらしい副隊長のワドゥドゥとラビ、そして先ほど自分の具合を聞いていた黒髪の異国人がいる。見たところ特に負傷しているわけでもなさそうだが、何故彼はここにいるのだろうか。

(どうも俺を知っている様子だったが、キャラバンの新顔か？　それにしては、随分馴《な》れ馴《な》れしい態度だったが……)

そういえば先ほど自分を診た男も、さして自分を恐れる様子がなかった。いつも自分を遠巻きにしている筆頭のラビですら、この部屋へ移動する際、大丈夫かと声をかけてきて驚いた。

(なんなんだ、一体？　なにが起きている？)

記憶を辿《たど》ろうとするが、靄がかかっているかのように判然としない。こんなことは初めてだが、戦いの最中だったということは、敵の攻撃を頭に受けでもしたのだろうか。

(だが、特に頭に痛みはない……。そもそも、そこまで手こずるような敵に心当たりもない)

分からないことだらけで、考えれば考えるほど混乱してしまう。集まった面々がこちらをじっと気遣わしげに見てくるのも気になるが、特にあの異国人の少年の視線が落ち着かなかった。

(あの少年……、さっき近寄った時、竜人の匂いがした)

おそらく彼の伴侶なのだろう。どこか馴染みのある匂いのような気もしたが、知り合いに人間を伴侶にしている竜人などいないから、気のせいだったに違いない。随分独占欲の強い相手のようで、彼は自分のものだと主張する甘い匂いが、念入りにつけられていた。

(確かに竜人と人間の番自体珍しいが、それにしてもあれほどの執着とは……)

同族だからこそ分かるが、あの少年はかなり厄介な相手に気に入られている様子だ。他者に対しては指一本でも触れれば殺すと言わんばかりに攻撃的なのに、彼自身に対しては髪の一筋までも愛おしいと、狂おしいほどの庇護欲が溢《あふ》れていた。

人間相手にああまで恋焦がれている同族に半ば呆れつつも、ジーンはあまり彼に近づかない方がいいだろうと判断する。その竜人に妙な勘ぐりをされて因縁をつけられては敵《かな》わないし、第一今、自分は同族とは距離を置いているのだ。

「アースラ、俺は怪我もないし、外で宿の警戒に当たってくる」

どうも腑《ふ》に落ちない点はあるが、自分は用心棒としてこのキャラバンに雇われているのだ。仕事はきっちりしなければと立ち上がりかけたジーンだったが、アースラは思いもかけないことを言い出す。

「待ちな、ジーン。あんたにはまだ話があるし、それに宿の警戒ならロディィに任せておけばいい」

「ロディ？」

聞き慣れない名に戸惑ったジーンに、アースラは独り言のように呟いた。

「参ったね……。これが記憶喪失ってやつかい」

「……なんだと？」

アースラの一言に目を瞠って、ジーンは聞き返す。

「記憶喪失と言ったか？　まさか、俺が？」

自分が記憶喪失だなんて信じ難いが、言われてみれば確かに前後の記憶は曖昧だ。周囲の態度に感じる違和感も、自分が記憶喪失なのだとしたら説明はつく。だが本当に、そんなことがあるのだろうか。

ジーンは立ち上がると、煙管を手にした女長に詰め寄った。

「どういうことだ？　一体俺に、なにがあった？」

他の人間が言ったなら妄言だと聞き流すところだが、相手がアースラとなると話が変わってくる。彼女は悪趣味な嘘をつくような人間ではないし、ある程度の確信がなければこんなことは言い出さないはずだ。

「アースラ、教えろ！　俺はどうして……」

「っ、落ち着きな、ジーン！　まずは状況を……」

苛立《いらだ》ちも露《あら》わに迫ったジーンを、アースラがなだめようとする。――その時だった。

「……――」

ぽつりと、その場に呟きが落ちる。

バッと声の主を振り返って、ジーンはカッと目を見開いた。

「お前、その呪文……！」

視線の先には、あの異国人の少年がいた。

先ほど関わらないでおこうと思ったことも忘れて、ジーンは彼に詰め寄る。

「それは……、その呪文は、相手の記憶を封じる禁呪だ！　まさかお前が……！」

気色ばんだジーンだったが、少年は自分より遙かに長身の竜人をまっすぐ見上げて言う。

「……陽翔。オレの名前は陽翔だよ、ジーン」

「そんなことはどうでもいい！」

摑みかかろうとしたジーンを見て、手当てを受けていたワドゥドゥとラビが、真っ青になって駆け寄ろうとする。

「陽翔！　やめろ、ジーン！」

しかし陽翔と名乗った少年は、苦しそうに顔を歪めながらも二人を制した。

「……っ、ワドゥドゥ、ラビ、大丈夫。いいから、話をさせて」

「陽翔、けど！」

なおも食ってかかろうとするラビに、もう一度大丈夫と告げて、陽翔はジーンを見つめて言った。

「ジーン、落ち着いて。ジーンにこの術をかけたのは、オレじゃない。オレたちを襲撃してきた方術使いの一人……、多分、あの方術使いたちのリーダーだと思う」

「……方術使い」

陽翔の言葉に、ジーンは朧気《おぼろげ》な記憶を手繰り寄せた。確かに、かすかな記憶の中、引き上げるぞ、と叫んでいた男の声が頭に残っている。

躊躇いを滲ませたジーンをまっすぐ見上げて、陽翔が続ける。

「あの時、方術使いはオレを見て、『こいつで間違いないな』って言ってた。どうしてオレが狙われたのか、なんで単純な攻撃じゃなく記憶を奪う方術をかけようとしたのか、それは分からない。けど、ジーンはオレを庇って、この術を喰らったんだ」

「…………」

「本当だよ。嘘だと思うなら、オレの匂いを確かめてみて。ジーンなら匂いで分かるだろ？」

言うなり、喉元をこちらにさらけ出す。人間にとっても急所であるはずの首元を、なんの躊躇いもなくさらけ出す少年に、ジーンは少なからず面食らってしまった。

「……いい。嗅がずとも、お前が嘘をついていないことは分かる。……悪かったな」

決まり悪くなりながらも謝ると、彼はなにがおかしいのか朗らかに笑って言った。

「そっか。信じてくれて、ありがと」

怖い目に遭ったと言うのにまるで堪《こた》えた様子がないのは、番が竜人でこの姿形に慣れているからだろうか。にこにこと嬉しそうな陽翔にどうしてか居心地の悪さを覚えたジーンだったが、その時アースラが話を元に戻す。

「ともかくジーン、あんたはその禁呪とやらを喰らって、記憶喪失になっちまったようだ。念のため確認だが、目の前の陽翔のことはまったく覚えていないんだね？」

「ああ」

頷くと、陽翔が小さく息を呑んで俯く。ぎゅっと強く唇を引き結んでいる彼は、先ほどまでが嘘のように青白い顔をしていた。

ちら、と陽翔を見やったアースラが、続いて問いかけてくる。

「あんたの覚えてる、最後に訪れた町は？」

「確か……」

町の名を告げると、アースラはため息をついて言った。

「その町に行ったのは一年前だ。ジーン、あんたの記憶は一年前に戻っちまってるらしいね」

「……そうか」

アースラの言葉に、ジーンは努めて冷静に頷いた。

先ほどは突然のことで取り乱してしまったが、長命の竜人にとって一年はそう長い時間ではない。それよりも今は、何故キャラバンが禁呪を使うような相手を敵にしているのかが気になる。

「この一年でなにがあったんだ、アースラ。方術使いに襲われたようだが、敵はナジュドか？」

先ほどアースラは、一年前の戦いで竜人族と人間に交流があったようなことを言っていた。人間の方術使いを擁し、竜人族と敵対する相手といえば、ナジュドを置いて他にない。

そう思ったジーンだったが、アースラは頭を振って言う。

「いや、ナジュドは一年前に倒したよ。詳しいことは後でまた話すが、ここにいる陽翔が、異世界から竜王の逆鱗を持ってこっちの世界に来てね。あたしらはたまたま陽翔と知り合って、竜人族に逆鱗を届けに行ったんだ。で、逆鱗を狙って攻め込んできたナジュドを、ソヘイルと竜人族とで倒した」

「だが、ナジュドと手を組もうとしていたバーリド帝国が黙っていなくてな」

アースラの話を引き継いだのは、ワドゥドゥだった。負傷した腹に包帯を巻いてもらいながら続ける。

「俺たちはナジュドの残党を従えたバーリド帝国に捕らわれ、危ないところをお前たちに助けられたんだ。ソヘイルは竜人族の助けを借りてバーリド帝国を撃退したが、皇帝レオニードは逃げおおせた」

ワドゥドゥの説明を引き取って、アースラが続ける。

「さっき襲ってきたのは、おそらくバーリド帝国の方術使いたちだろうね。ただ、奴らがどうしてあたしらの居場所を知っていたのか、どうやってソヘイルに入り込んだのかは、調べてみなけりゃ分からないが……」

「……バーリド帝国、か」

アースラとワドゥドゥの説明に、ジーンは唸った。

ナジュドはともかく、自分の知る限りバーリド帝国に不穏な動きはなかったはずだ。

だが、アースラとワドゥドゥが言うのだから、それは事実なのだろう。彼らの言葉は信用に足る。

なにより、竜王の逆鱗がこの世界に戻ってきたのなら、この十年間くすぶっていた戦いの火種が一気に燃え上がっても不思議はない。

（だが、その戦いもすでに大方決着がつき、逆鱗は竜王陛下の元に戻った……）

アースラたちの話を反芻《はんすう》して、ジーンは静かに目を閉じた。

なにがあったかは詳しく聞かなければ分からないし、竜人族がどうして人間に力を貸したのか、陽翔という少年がどうやって異世界から来たのかも気になるが、あれは竜人族の至宝だ。あるべき場所に戻ったのなら、これほど喜ばしいことはない。

ほっと安堵して、ジーンは呟いた。

「そうか……、逆鱗は陛下の元に戻ったのか」

やむを得ない状況だったとはいえ、自分は竜王の逆鱗を異世界に送り込んでしまった。たとえ王の手元に逆鱗が戻ったとしても、その事実も良心の呵《か》責《しゃく》も消えることはないが、それでもなにか一つ、肩の荷が下りたような気がする。

「これで陛下の御代《みよ》は安泰だな」

まだバーリド帝国との決着は完全にはついていないようだが、逆鱗が竜王の元に戻ったのならなにも心配することはない。

そう思ったジーンだったが、アースラはジーンの呟きを聞いた途端、渋面《じゅうめん》で唸る。

「……そのことなんだがね、ジーン」

参ったねとため息をついたアースラは、天を仰いで言った。

「一年前のあんたにそのつもりがまったくなかったのは、あたしもよく知ってる。知ってるが、事情が変わったというか……。いやこの場合、あんた自身が変わったというか」

「どういう意味だ？」

要領を得ないアースラに、ジーンは顔をしかめた。彼女らしからぬ歯切れの悪さだが、一体なにを言いたいのだろうか。

なにか言いづらいことでも、と自分自身の言葉を思い返して、ジーンはハッとした。

「まさか、竜王陛下の身になにか……！」

「ああ、違う。違うから、落ち着いとくれ」

血相を変えたジーンにハア、とため息をついて、アースラが柳眉を寄せる。腕を組んだアースラは、ジーンをまっすぐ見上げ、つまりね、と告げた。

「ナジュドとの戦いの後、あんたは竜王の座を継ぐことを決めたんだだよ、ジーン」

「…………」

「正式な戴冠式は二ヶ月後。つまり、あんたが次の竜王なんだ」

――シンと、その場が静まりかえる。

誰もが固唾《かたず》を呑んで自分を注視していることにすら気づかないまま、ジーンはアースラの言葉を繰り返した。

「竜王の座を、継ぐ？」

「……ああ」

「俺が？　次の竜王だと？」

ああ、と再度アースラが頷く。

ジーンはまじまじと目の前の彼女を見つめて、たっぷり数秒間黙り込んだ後、低く唸った。

「……あり得ない」

一体アースラは、なにを言っているのか。

先ほどアースラの言葉なら信用に足ると思ったが、さすがにこれは容易には頷けない。しかもアースラの口振りでは、ジーン自身がそう決断したと言わんばかりだった。

(俺が自分の意思で、竜王の座を継ぐと決めたと言うのか？　次の竜王になると？)

一年前の自分は、雷に打たれでもしたのだろうか。もしくは、錯乱の方術をかけられたとか。

(いや、たとえなにがあろうとも、俺が次の王になるなどあり得ない)

確かに自分は、かつて次期竜王に推薦されていたこともあった。自分に一族を背負う覚悟があるだろうかと自問自答し、まずはその重責に見合う者にならなければと、近衛隊長の職務に励んでいた。

だが十年前の戦いの際、自分は竜王の逆鱗を異世界に送り込んでしまったばかりか、竜王妃を守りきることができなかったのだ。

いくら一族の者が誰も責めず、罪にも問われなかったといっても、己がしてしまったことは決して消えない。たとえ逆鱗が戻ってきたとしても、それは覆らない。

そんな自分が、自ら次の竜王になると決断するなど、おこがましいにもほどがある。

自分は、王の器ではない。

「……ジーン」

黙り込んでしまったジーンに、アースラが声をかけてくる。

「あたしは、今のあんたがどういう心境か、多少は分かっているつもりだ。自分がそんな決断をするなんて、到底信じられないかもしれない。だが……」

「アースラ」

頭を振って、ジーンはアースラを遮った。

「悪いが、いくらあなたの言葉でもそれだけは信じられない。たとえこの一年の間になにがあったとしても、俺が竜王の座を継ぐなどあり得ない。大体、その話が本当なら、どうして俺はまだこのキャラバンにいるんだ?」

「それは……」

少し言葉に詰まったアースラが、一瞬ワドゥドゥとラビの方を見る。しかし彼女はすぐに視線を元に戻すと、ため息混じりにジーンに告げた。

「あんたはもう、このキャラバンを離れてる。今一緒にいるのは、あたしらがあんたの護衛を頼まれたからだよ。正式に王座を継ぐことになったと、ラヒムに報告に行くところだったんだ」

「……そうか」

アースラの様子に違和感を感じつつも、ジーンはとりあえず頷いた。

一瞬部下たちを見てからの発言ということは、もしかしたら今告げたことは表向きの理由で、それ以外になにか事情があるのかもしれない。だがおそらく、それはワドゥドゥたちには明かせないことなのだろう。

後で詳しく聞かなければ、と心に留めつつ、ジーンは唸る。

「だが、もしその話が本当だとしたら、俺は自分を許せない。……俺は、王の器ではない」

「ジーン……」

頑《かたく》なジーンに、アースラがため息をつく。ジーンは表情を強ばらせたまま、目を閉じてぐっと両の拳を握りしめた。

アースラには、自身の過去を打ち明けている。その彼女が言うのだから、自分は本当に考えを変えて王座を継ぐことを決めたのかもしれない。

だが、その決断が正しいとは到底思えない。もしアースラの話が本当なのだとしたら、そんな甘い考えを抱いた自分を、許すことはできない——。

「……参ったね、まったく」

取りつく島もないジーンに、アースラが呻く。

「気持ちは分かるが、今言ったことは全部本当のことなんだよ。あんた、自分の逆鱗が元に戻ってるだろう。それがなによりの証だ」

「…………」

確かに、喉元に手をやると、十年前に自戒のため竜王に預けた逆鱗が存在している。ということは、少なくとも自分は竜王に会い、逆鱗を返してもらったということだ。

「……っ、俺は……」

愕然《がくぜん》としたジーンに、アースラが更に畳みかけてくる。

「あんたは自分の意思で、王座を継ぐことを決めたんだ。信じないと言われても、それが事実なんだから……」

「ちょっと待って、アースラ」

言い募るアースラだったが、その時、それまで黙っていた陽翔が声を上げる。

「いくら事実でも、いきなり全部信じろって言われたら、ジーンだって混乱しちゃうよ。今までのことはこれから少しずつ話していけばいいんじゃないかな。ジーンも、それを聞いてからじゃないと判断できないんじゃない？」

「あ……、ああ」

冷静な陽翔の言葉に、ジーンは驚きつつ頷いた。

確かに彼の言う通りだが、何故彼が自分に助け船を出すような真似をするのか。

（しかも、あのアースラ相手に……）

戸惑うジーンをよそに、陽翔が続ける。

「ごめんな、ジーン。いきなり記憶がなくなってるとか言われたら、誰だって不安になって当然だよな。オレたちの話はとりあえず、そうなんだーくらいに聞いとけばいいよ」

「……随分軽いな」

それまでの重々しい空気をまるごと覆すような陽翔の言いように、ジーンは拍子抜けしてしまった。

アースラの話から察するに、自分はもうこのキャラバンからは離れている様子だが、それでも一緒に戦っていた仲間が突然記憶喪失になったのだ。どうでも思い出させなければと躍起になってもおかしくないだろうに、どうして彼はこんなにも飄々《ひょうひょう》としているのだろうか。

当惑するジーンに、陽翔が肩をすくめて言う。

「だって、もしオレが同じようなことになったら、やっぱりなかなか信じられないと思うから。いくらアースラが信用できるって言っても、それとこれとはやっぱ別じゃん。頭ごなしに全部信じろって言われたって、無理なものは無理だよ」

あっけらかんと言って、陽翔は続けた。

「それに今回のことは、あの方術使いを捕まえて術を解かせるか、倒せばいい話だろ。そうじゃなくても禁呪なんて高度なもので、完璧に術をかけるのは竜人だって難しいんだから、なにかの拍子に術が解ける可能性は十分ある。だって記憶はなくなったわけじゃなくて、封じられてるだけなんだし。だよな、ジーン？」

「あ、ああ。……詳しいな」

どう見てもただの人間である陽翔だが、どうやら方術に関して基礎的な知識は持っているらしい。驚いたジーンに、ちょっと勉強する機会があってとさらりと返して、陽翔は言った。

「十年前の戦いでなにがあったか、そのことでジーンがどれだけ苦しんできたか、オレもジーンから聞いて知ってる。だから余計、すぐに信じられない気持ちも分かる。オレたちは真実を知ってるけど……、でもそれを今のジーンに信じろって強制するのはなんか、違う気がする」

うまく言えないけどさ、ともどかしそうな顔つきで俯いて、陽翔が続ける。

「信じるって、誰かに言われたことをそのまんま受けとめることじゃないっていうか……。自分で納得して答えを出すものだと思うんだ。一年前のジーンがなにをどう感じて、どう悩んで答えを出したかなんて、やっぱりジーンにしか分からない。だから、今のジーンが信じられないって思うなら、それはそれでいいんじゃないかな」

言葉を探しながらもそう結論づけた陽翔に、ジーンは思わず問いかけていた。

「……何者なんだ、お前は」

目の前の彼は、特に変わったところのない、ごく普通の人間に見える。

小動物を思わせる小柄な体と、黒目がちな瞳。この辺りではあまり見ない肌の色をしているが、少し東方に行けばそう珍しくもない人種だ。

年齢はラビと同じか、それより少し年下だろう。

ジーンからしてみたら随分華奢《きゃしゃ》ではあるが、それなりに鍛えているらしく、腰に下げた剣の扱いに不慣れな様子はない。場数もそれなりに踏んでいるようで、話をしている合間も再度の襲撃を警戒して、窓辺を意識しているようだった。

（異世界から来たと言っていたが、キャラバンにいるということは戦士なのか？）

だが、戦士というには、血なまぐさい雰囲気がまるでない。人の命を奪うことを生業《なりわい》にしている者はどこか殺伐とした目をしているものだが、彼の瞳は子供のように純粋で、曇りのないものだった。

いかにも人好きのしそうな雰囲気だが、ただ純真無垢なお人好しというわけでもなさそうだ。突然敵に襲われたにもかかわらず呪文を覚えていたこともそうだが、彼にはアースラに意見するだけの胆力も、冷静さもある。

なによりこの状況で、信じられなければそれはそれでいいと言える人間は、そうはいない。

信じるとは自分で納得して答えを出すものだという言葉にしても、彼くらいの年齢の若者がそうそう言えるものではないだろう。

（しかも記憶を封じられる前の俺は、この人間に自ら過去のことを打ち明けていた……）

先ほど陽翔は、ジーンから事情を聞いたと言っていた。自ら過去を打ち明けるほど、自分は彼のことを信用していたのだ。アースラはともかく、他の人間など信用できないと思っている、この自分が。

この一年、本当になにがあったのか。

彼は一体、自分にとってどんな存在なのか——。

「お前は一体何者なんだ？　それに、番の竜人はどこにいる？」

じっと陽翔を見つめながら、ジーンは再度彼に問いかけた。

「そんな甘ったるい、独占欲丸出しの匂いを染みつかせるほどの相手だ。お前を片時も離すはずがない。だというのにどうして、そいつはここにいないんだ？」

「……ぶっ」

だが、そう尋ねた途端、ラビが盛大に吹き出す。

見ればラビは腹を抱えて笑い転げ、隣のワドゥドゥは顎が外れそうなほどあんぐりと口を開けていた。

「お前……、お前な、ジーン……」

「言わないでおやり、ワドゥドゥ」

はあ、と呆れたようなため息をついたアースラが、わなわなと震えるワドゥドゥを押しとどめる。

（……なんだ？）

自分はなにかおかしいことを言ったのだろうかと内心首を傾げたジーンだったが、一番不可解だったのは目の前の陽翔の反応だった。

「……っ、……っ！」

なにか言いたげに口をパクパク開閉させつつ、みるみるうちに顔を真っ赤に染め上げていく。

怒っているような、恥ずかしがっているようなその表情をジーンが訝《いぶか》しんだその時、それまで笑い転げていたラビがニヤニヤとからかうような笑みを浮かべて言った。

「記憶喪失にもほどがあるだろ、ジーン。自分の匂いも忘れたのかよ？」

「……自分の匂い？」

どういう意味だと目を眇めたジーンだったが、続くラビの言葉にガンッと頭を殴られたような衝撃が走る。

「だから、その甘ったるい、独占欲丸出しの匂いはジーンのなんだって。陽翔はジーンの運命の対なんだぜ」

「…………」

たっぷり数秒間、まじまじと目を見開いて沈黙した後、ジーンは一言呟いた。

「……は？」

今日聞いた中で一番、信じられない言葉だった。

◆◆◆

カサ、と背後で小さな物音が上がる。

早朝、天幕の外であぐらをかき、朝日を浴びながら瞑想《めいそう》していたジーンは、そのわずかな物音に顔をしかめた。──またか。

「隙あり！　……っと、うわ……っ！」

気配を読んでひょいと避けた途端、襲いかかってきた相手が勢い余って地面にすっ転ぶ。

あいてて、と身を起こす彼──、陽翔を見やって、ジーンはため息をついた。

「……毎日よく飽きないな、お前」

「へへ、結構しぶといだろ！」

転んだくせに何故か上機嫌な陽翔が、頬に土をつけたままニカッと笑う。

「言っておくが、褒めたわけじゃないぞ」

「うん、知ってる！」

「…………」

刺したはずの釘がまるで刺さっていない気がするのだが、気のせいだろうか。

(異世界から来たから言葉が不自由、というわけでもなさそうなんだが……)

オレもやろっと、と砂を払った陽翔が、ジーンの隣に勝手に座り込む。あぐらをかき、むむむ、と眉を寄せて瞑想し始めた陽翔があまりにも不可解で、ジーンは彼について考えることをやめ、また目を閉じた。

ジーンが記憶を封じられて、三日が経った。

あの後、アースラは各自の部屋で休むよう言って、集まった面々を解散させた。そしてジーンと二人きりになってから、この一年のことを改めて詳しく話してくれた。

陽翔との出会い、ザラームとの戦いの末、ジーンが竜王の座を継ぐと決めたこと。レオニード帝にキャラバンが捕らわれたこと、陽翔が一度元の世界に帰り、再びこの世界に戻ってきたこと——。

その上でアースラは、この旅の本当の目的を明かした。ワドゥドゥたちの前では言い淀《よど》んでいた本当の目的は、陽翔をレイという青年に会わせるというものだった。

アースラは竜王から直接レイのことを聞いており、それによると彼は竜王妃の逆鱗の欠片をその目に宿しているらしい。

欠片を取り出せばレイは命を失ってしまうと聞いて、ジーンは唸ってしまった。

『それで、竜王陛下はその人間に欠片を預けたままなのか……』

『あんたも一度会ったことがあると言っていたよ。ちなみにそのレイって子は、アーロンっていう竜人の運命の対らしい』

『……アーロン隊長の？』

レイに会った記憶はないが、アーロンのことはよく知っている。そう聞いて考え込んだジーンに、アースラはふうと息をついて言った。

『ともかく、この旅は中断して、竜人の里に戻らなきゃならないね。竜王の逆鱗を使えば、あんたの記憶も戻るだろうから……』

『いや、こんなことに逆鱗を使うわけにはいかない』

アースラの言葉に、ジーンは首を横に振った。

『今の俺がどういう立場なのかは、分かった。だが、俺の個人的な過失で一族の至宝を使うなどとんでもないことだ。記憶がないとはいえ命に別状はないのだから、旅の目的を果たしてから、必要であれば自分であの方術使いを探して、落とし前をつけさせれば済む話だ』

確かに、今の自分が本当に次期竜王という立場にあるのか、何故その責務を引き受ける決断をしたのかは、失った記憶を取り戻さなければ分からない。

だが、竜人族の宝をおいそれと使うわけには行かないし、今ここで竜人の里に引き返したら、レイに会う機会は今後いつ巡ってくるか分からない。

『アーロン隊長が運命の対とまで思う相手だ。滅多なことはないと思うが、万が一にも一族に害を及ぼすような人間ではないか、確かめておきたい』

アースラの話では、自分も一度会ったことがあるということだったが、自分にその記憶はない。そのレイという人間が本当に善人なのか、欠片とはいえ逆鱗の力を預けるに足る人物なのか、きちんと見定めたい。

頑なにそう主張するジーンに、アースラは渋々旅を続けることを了承した。

『仕方ないね。なら、クアールを竜王の元に知らせにやって、ひとまずラヒムの元に向かうとするか。ここからなら、里より王都の方が近いしね』

そう言ったアースラは、竜王宛の書簡をしたためつつ、ジーンに釘を刺してきた。

『離れても竜人族を思うってのは、あんたらしいっちゃあんたらしいがね。一族のことだけじゃなく、あんた自身の運命の対のこともちゃんと大事にしてやっておくれ。陽翔はあたしにとっても大事な子なんだから』

――アースラの言葉を思い返して、ジーンはちらりと自分の隣を見やった。

目を閉じ、じっと瞑想に耽っている陽翔の姿に、自然と眉間が寄ってしまう。

（運命の対？　俺が誰かを愛した、だと？）

相手が人間だということも信じられないが、なにより信じられないのは、自分が愛を求めたということだ。

自分は、一族にとってなによりも大切な竜王の逆鱗を消失させた。それればかりか竜王妃を守りきれなかった、大罪人だ。

一族の者たちは誰も自分を責めなかったけれど、だからこそ故郷にはいられなかった。彼らの優しさに甘えて自分を許してしまうわけにはいかないと、そう思ったからこそ、自らの逆鱗を竜王に委ね、放浪の旅に出たのだ。

自分の犯した罪の重さに、向き合うために。

そんな自分が誰かを愛すなど、そんな感情を持っていいはずがない。

ましてや誰かから愛されるなど、許されるはずがないのだ。

（それなのに俺は、彼を愛してしまった。しかも、彼に元の世界を捨てさせるような真似までして）

アースラは、陽翔は元の世界とこちらの世界、どちらかを選ぶことができたと言っていた。一度事故のような形で元の世界に帰った時、彼は自らの意思でジーンの手を取り、こちらの世界に戻ってきたのだ、と。

おそらく彼は、竜人が運命の対を失えば苦しみの末に竜に姿を変えたり、最悪命を落とすこともあると聞いて、故郷に帰ることを諦めたのだろう。

つまり自分は、愛する者から故郷を、家族を奪ったのだ——。

（……っ、俺は……）


ジーンが一層険しい顔つきになったその時、隣に座っていた陽翔がもぞもぞと身じろぎし始める。

むーむーと小さく唸る声に、ジーンは躊躇いつつも声をかけた。

「……どうした」

「んー、飽きた」

「は？」

飽きた？　飽きたと言ったか、今。

（勝手に絡んできて、勝手に一緒に瞑想を始めて、言うに事欠いて飽きた、だと？）

啞然《あぜん》とするジーンをよそに、陽翔は眉を寄せる。

「オレ、じっとしてんの苦手でさあ。なんかこう、体がガチガチに固まっちゃう感じしない？」

ゆらゆら、と体を前後左右に揺すった陽翔は、先ほど取り落とした木刀を拾い上げると、ニカッと笑いかけてきた。

「な、瞑想じゃなくて手合わせしようよ、ジーン。オレに稽古つけて！」

「……断る」

思い悩む自分などなんのその、あっけらかんと言う陽翔に、ジーンはため息をついた。

アースラの話を聞いた時には、自分は恋人である彼になんという選択をさせたのかと愕然としたが、当の陽翔はそんなジーンの葛藤などお構いなしに、こうして暇を見つけては周りをうろちょろしている。

なにがきっかけで思い出すか分からないから、というのがその理由だったが、正直これまで人間と距離を置いていたジーンにとって彼の態度は戸惑うことばかりだ。

（稽古をつけろ、だと？　そんな細い体で、一体なんの冗談だ）

倒せばいい敵ならともかく、彼は味方だ。しかもどうやら、自分の恋人らしい。

そんな相手を万が一にも傷つけたり怪我をさせたりしたらと思うと、ゾッとする。

ある程度剣の腕前はあるようだが、それでも人間相手に稽古をつけるなんて、どれだけ手加減すればいいかも分からない。いっそ真綿で包んで、ふわふわしたやわらかい菓子を永遠に与えていたいくらいだというのに、陽翔は不満そうに口を尖《とが》らせて意味不明なことを言うのだ。

「えー、じゃあちょっとオレのこと抱き上げて」

「……なんのために」

「……移動手段？」

何故か疑問形で答えた陽翔が、小首を傾げる。

なにが移動手段だ、といっそ腹立たしく思いながら、ジーンは呻いた。

「断る」

「小脇に抱えるだけでもいいから！」

「何故俺がそんなことをしなければいけないんだ！」

思わず声を荒らげ、尻尾をベシンと地面に叩きつける。

まさかとは思うが、記憶を失くす前の自分はそんなことをやっていたのか。

(目眩《めまい》がするな……)

よくこのちんまい人間にそんな手荒な真似ができたものだと、呆れてしまう。

うっかり爪でも引っかけたらどうするのだ。鱗もなにもないやわらかな肌など、ひと撫でしただけで簡単に裂けてしまうに決まっているではないか。

とはいえ、彼とはもう一年前から恋人同士だという話だし、なにより彼から漂う自分の匂いはこれでもかというくらい濃く甘いものだから、やることはやっているはずだ。

(この細い、小さい体を抱いたのか。……俺が)

想像しただけで恐ろしい。こんな小さな生き物相手になんて無体を働いたのか、少しは体格差を考えろと、できることなら過去の自分自身に膝詰めで説教したい気分だ。

内心歯噛みせずにはいられないジーンだが、陽翔はこちらの気も知らずしつこく食い下がってくる。

「ちぇ、ジーンのケチ。いいじゃん、ちょっとくらい。前はよく稽古つけてくれてたんだってば」

手合わせしたらなんか思い出すかもしれないだろ、なあってば、と肩を揺さぶってくる彼を、ジーンは最終手段で目を閉じて無視した。頼むからもうどこかへ行ってくれ。

(一体俺はなにを考えて、こんな小動物を番にしたんだ……)

なにかというとちょこまかまとわりついてきて、キャンキャンと小うるさい陽翔は、いいところ飼い主に懐いている子犬にしか見えない。

彼は、自分が瞑想していれば背後から不意打ちを狙ってくるし、食事の時は毎回一緒に食べようとわざわざ料理片手にやって来る。移動中もニャムという子供と一緒になって尻尾にじゃれついてくるし、夜眠る時、広い天幕で他の仲間と距離を取って寝床を敷けば、いそいそと隣に毛布を運んでくる。

いくらあっちに行けと言っても聞かず、昨夜の食事では事もあろうに、食べさせっこすれば思い出すかもと、スプーンを自分に差し出して料理を食べさせようとしてきた。

(あれは一体なんの罰なんだ……)

まさかとは思うが、自分はそんな色ぼけたことを日常的に彼としていたというのか。

動揺しつつも、その場ではいい加減にしろと拒否したが、陽翔の隣にいたラビは後で絶対後悔するぜとニヤニヤしていた。

(何故俺がそんなことで後悔するんだ……!)

思い出すだけで腹立たしいが、一番苛々するのは、ひと睨みしただけで首をすくめて退散したラビではなく、いくら睨んでも、どれだけ素っ気なくあしらってもしつこくつきまとってくる陽翔だ。

彼は、こちらがどれだけ素っ気ない態度を取ってもめげずに自分に話しかけてきては、よく思い出話をする。

前に旅していた時はよく一緒に食事していた、移動中に何度も肩車してもらったと、頼んでもいないのに楽しそうに話すのだ。

『前に砂嵐でオレとニャムがオアシスに迷い込んでザラームに出くわした時、ジーンが空飛んで助けに来てくれたんだ。あの時はジーンに翼があるって知らなかったから、ほんとにびっくりしてさ』

くすくすと笑う彼の口から語られる自分は随分頼もしく、仲間思いで、本当に自分のことなのかと耳を疑うと共に、居心地が悪くなる。

今の自分は、彼のことをまったく知らない。それなのに彼は、自分のことを慕っている——。

(俺の知らないところで、一体なにをやっているんだ、俺は)

人間と必要以上に馴れ合うだなんて、『今』の自分には考えられない。一緒に食事だの肩車だの、論外もいいところだ。

人間など、竜人の自分を恐れて近づかないのが普通だ。だからこそ自分は、キャラバンの者たちとは距離を置いてきた。無用な揉《も》め事を避けるためにも、それでいいと思ってきた。

だというのに、たったの一年で彼らからは自分を恐れる匂いがしなくなり、あまつさえ自分は人間を運命の対とまで思うほど愛するようになっていた。

（なにがあったんだ、本当に）

青天の霹靂《へきれき》過ぎる変化についていけず、とりあえず距離を置いて様子を見ようとしているのに、他ならぬ陽翔がそれを阻むのだから、ジーンとしてはたまったものではない。

反応しない自分にもめげずに、稽古しよう稽古、と肩を揺さぶり続けている陽翔に、ジーンは仕方なく目を開け、ため息をついて唸った。

「……悪いが、今の俺はお前が知っている俺ではない。恋人同士だったと言われても、俺はお前に性的な魅力など一切感じられない」

こういうことは期待を持たせる方が残酷だからと、あえてはっきり告げる。

「俺がどういう経緯でお前と番になったかは分からないが、竜人族は雌雄関係なく相手に強さを求めるんだ。脆弱《ぜいじゃく》な人間を運命の対とまで思うほど愛するなど、あり得ない。少なくとも俺の場合はそうだ」

アーロンはレイという人間を番としたようだが、彼は昔から面倒見がよく、弱い個体にも優しかった。度量の広い彼ならば、人間を伴侶に選ぶのもあり得ない話ではないと納得できる。

だが自分となると、話は別だ。

「今の俺には、自分がどうしてお前に惹かれたのか皆目見当もつかない。それに、自分が次期竜王だということはまだ半信半疑だが、もし本当にそうなら受け入れなければならないと思っているし、そうなった場合、人間を伴侶にするわけにはいかないとも思っている。客観的に見ても、お前が竜王の番にふさわしいとは思えない」

きっぱりと言ったジーンに、陽翔が目を見開いて息を呑む。その視線に胸の奥が少し痛んで、ジーンは逃げるように視線を逸らした。

（彼が俺の運命の対だと言うのなら、今のうちに彼とは別れておいた方がいい。……彼のために）

あえて彼を突き放すようなことばかり言うのは、アースラから聞いた話が頭にあるからだ。

自分は彼に、故郷を捨てさせてしまった。

だが今なら、彼も自分と別れることを考えられるのではないだろうか。

彼はおそらく、オラーン・サランの発情で自分が苦しむと聞いて、元の世界に帰ることを諦めたはずだ。だが、彼への愛情を忘れている今の自分ならば、発情は起きないだろう。

（俺の記憶が戻らなければ、彼は自由になれる）

異種族で、オラーン・サランの発情が起きない彼をこの世界に縛りつけているのは、紛れもなく自分だ。このまま自分が記憶を戻さず、愛情を思い出さなければ、彼も諦めて元の世界に帰るに違いない。

（俺が次期竜王というのはどう考えても力不足だが、それでも一度引き受けた以上、責務は果たさなければならない。だが、記憶が失《な》くても竜王の職務に支障はないはずだ）

竜王の逆鱗を受け継げば、その力で陽翔を元の世界に送り返すことができる。

自分が犯してしまった最大の過失は、記憶を失ったことではない。最愛の者に、大切なものを失わせたことだ。

たとえ記憶がなかろうが、その償いはしなければならない。

「お前は、俺がお前を庇って術を喰らったから、責任を感じて記憶を取り戻させようとしているのかもしれないが、今の俺は記憶を取り戻したいとは思っていない」

自分に術をかけた方術使いが何者かも、その目的も不明だが、相手が再度襲って来ない限り放置しておこうと思っている。倒してしまったら、封じられた自分の記憶が戻ってしまうからだ。

「いくらお前が記憶を取り戻させようとしても、俺にその気がない限り、術に綻びが生じるということは考えにくい。こればかりは俺の問題だから、お前が責任を感じて俺の記憶を取り戻させようとする必要は……」

「違うよ」

自分が記憶を取り戻さないのは自分の問題だと、そう言おうとしたジーンだったが、皆まで言う前に陽翔に遮られる。

思わぬ強い口調に少し驚いて陽翔を見やると、彼はそれまでとは打って変わって厳しい表情を浮かべていた。

「もちろん、責任は感じてる。ジーンがなんと言おうと、オレのせいでジーンが記憶を封じられたことは確かだ。でも、オレがジーンに話しかけてるのはそれだけの理由じゃない」

静かな、しかし強い口調で言った陽翔が、こちらを見上げてくる。ジーンと目が合った彼は、くしゃりと苦笑混じりの笑みを浮かべて言った。

「オレが、ジーンに思い出してほしいんだ。この一年のこと、キャラバンのみんなとのこと、……オレのこと」

ぎゅっと拳を握りしめて、陽翔が続ける。

「オレにとってこの一年は、すごく、すごく大切な一年だった。きっとそれはジーンにとっても同じだって、そう思うから。……そう、信じてるから」

だから、と繰り返す声は、まるでそうであってほしいと祈るような響きを伴っていた。

ジーンは思わず彼に手を伸ばしかけ――、次の瞬間、ふわりと香ってきた甘ったるい匂いに、我に返って思いとどまった。

(俺は今、なにを……)

彼にとって、自分は恋人だ。

だから、彼が自分に思い出してほしいと願うのは、ごく当たり前のことだ。

だが、自分にとって彼は今、恋人でもなんでもない。

自分は彼のことを、なにも知らない。

そんな自分が彼に触れることは、彼の気持ちを踏みにじることになるのではないか――。

ぐっと拳を握りしめたジーンをよそに、陽翔がふわりとくすぐったそうな笑みを浮かべて言う。

「それに、ジーンはジーンだよ。たとえ記憶がなかったとしても、オレのこと覚えてなかったとしても、ジーン自身が変わるわけじゃない。オレが好きになった、誰よりも優しい竜人だ」

「……っ、知ったようなことを言うな」

一瞬言葉に詰まったジーンは、どうにかそう反論した。

今の自分は、彼のことをどうとも思っていない。そのはずなのに、何故か彼の言葉が無性に嬉しいと思ってしまう。

突き放さなくてはいけないと思うのに、傷つけたくないと思ってしまう。

記憶を取り戻してはいけないと、それが彼のためだと思うのに、彼と過ごした日々を思い出したいと思ってしまいそうになる――。

「お前に言われなくとも、俺は俺だ」

仏頂面で言ったジーンに、陽翔が朗らかに笑いかけてくる。

「うん、知ってる！　だからオレ、早くジーンに思い出してもらえるように頑張るから！」

にこにこと言う陽翔に、ジーンは途方に暮れてしまった。

「……勝手にしろ」

なにがどうしてこうなったのか分からないが、陽翔はますます自分の記憶を元に戻す決意を固めてしまったらしい。

だが、彼がどういうつもりだろうが、自分がその気にさえならなければいい話だ。自分が強く思い出したいと思わない限り、一度かけられた方術がそうそう都合よく解けるわけはない。

「お前がどうしようが、俺はお前が運命の対だなどとは認めない。記憶がなければオラーン・サランの呪いからも逃れられる。俺はこのまま竜王の座を継いで、ふさわしい者を伴侶に選ぶ」

冷たく言い放って、ジーンは立ち上がった。慌てて追いかけてこようとする陽翔を一瞥《いちべつ》し、視線で鋭く制する。

「ついて来るな」

「……っ、ジーン……」

息を呑んだ彼が、小さく呟く。

おそらく悲しみに満ちているであろう彼の匂いを嗅ぎたくなくて、ジーンは足早にその場を去った。

立ち尽くす陽翔の視線が、いつまでも自分の背を刺すようだった。

赤々と燃えるたき火の周りで、あぐらをかいた一人が楽器の弦を爪弾き出す。

独特の節で陽気に歌う仲間の声を背に、こんもりと盛られた夕食の皿を二つ持った陽翔は、きょろきょろと辺りを見回した。

「陽翔、ジーン探してるのか？」

同じく大盛りの皿を手にしたラビに声をかけられて、陽翔は頷く。

「うん、そう。ラビ、見てない？」

「うーん、さっきまであそこでみんなと一緒に天幕張ってたんだけどな」

今はいないみたいだなと顔をしかめるラビに、陽翔はそっかと落胆して肩を落とした。

ジーンが記憶を失ってから、今日で三日だ。

キャラバンはすでに王都の目前まで到着しており、アースラは明日の夕方には王宮に着くだろうと言っていた。明日は王宮でご馳走が食べられるということもあって、今日の夕食は余った食材のごった煮だ。とはいえ、ワドゥドゥの味付けはいつも通り絶妙なので、美味しいごった煮である。

朝、瞑想中のジーンに突撃してかわされ、ついて来るなと言い渡されたが、そんなことでめげる陽翔ではない。この日の日中も、移動中はずっとジーンのそばをうろちょろして鬱陶《うっとう》しがられていた。

だが、夕食の時間になった途端、ジーンの姿がどこかに消えてしまったのだ。

「どこ行ったんだろ、ジーン」

せっかく大盛りにしてもらったのに、と陽翔がため息をついたその時、近くの天幕からのっそりと背の高い人影が現れる。

ジーンかと思って振り向いた陽翔は、意外な人物に目を瞬かせた。

「あ、ロディ。夕食もらいに行くとこ？」

「……ああ」

姿を見せたのは、用心棒のロディだった。またどこかに使いに出しているらしく、相棒の鷹、イリーナの姿はない。

「中にジーンいない？　さっきから探してるんだ」

見つからなくてさ、と言うと、ロディがぼそりと言う。

「彼なら、どこかに飛んでいった」

「飛んで？」

驚く陽翔に、ロディが頷いて告げる。

「向こうの方に。……ついさっき」

「そっかあ。じゃ、しばらく戻らないかな」

肩を落とした陽翔は、仕方ないと気持ちを切り替えると、まだホカホカと湯気を立てている皿を片方、ロディに差し出した。

「このままじゃ冷めるし、よかったらこれ、ロディが食べて。ワドゥドゥ特製のごった煮！」

「……ああ」

少し驚いたように目を見開いた後、すまない、と受け取ったロディに、陽翔はにこにこと話しかけた。

「そうだ、せっかくだし、向こうでたき火にあたりながら一緒に……」

「……おい、陽翔」

しかしそこで、背後にいたラビが声をかけてくる。なに、と振り向くと、ラビはいつもより鋭い目つきでロディを見据えていた。

「ラビ？　どうしたんだ？」

驚いた陽翔には答えず、ラビはじっとロディを睨みながら告げる。

「……オレたち向こうで食うから」

じゃあな、と言うなり陽翔の袖を摑んで歩き出したラビに、陽翔は慌ててしまった。

「え……っ、ちょっ、ラビ⁉　ロディ、ごめんな！」

零れそうな皿を慌てて水平にし、大声で謝った陽翔に、ロディがふいと顔を背けてまた天幕の方へと戻っていく。

足をとめ、ロディの背を睨むように見つめるラビを、陽翔は小声で咎《とが》めた。

「どうしたんだよ、ラビ。急にあんな……」

ロディだって驚いたのではと思った陽翔だったが、ラビはロディの姿が消えるなり、厳しい顔つきで陽翔に忠告してくる。

「陽翔、ロディには気をつけろ」

「気をつけろって……、なんで？」

突然そんなことを言い出したラビに驚いた陽翔だったが、ラビは真剣な目で陽翔に告げる。

「あいつは多分、スパイだ」

「スパイ⁉」

つい叫んでしまった陽翔に、ラビがシッと口元に指を立てて言う。

「声がでかい！」

「ご、ごめん……。でもなんでそう思うんだ？」

突拍子もないことを言われて驚いたが、ラビにしてもなんの確信もなく仲間を疑うようなことはしないだろう。

首を傾げた陽翔に、ラビがこっちに来い、と手招きする。二人は夕食をとる仲間たちの輪から離れて腰を下ろした。

それで、と視線で促した陽翔に、ラビが小声で打ち明ける。

「……実はあいつの鷹、バーリド帝国に行ってるみたいなんだよ」

「え……」

「こっそり調べたら、羽の間にこれが挟まってた」

そう言って、ラビが頭に巻いたルガトゥルの隙間からなにかをつまみ出す。促されて差し出した手のひらに転がったのは、爪の先にも満たない、小さな植物の種だった。

「これは？」

「花の種だよ。北でしか咲かない花で、ここらじゃまず見ない。……バーリド帝国の国花だ」

「……っ」

ラビの一言に、陽翔は大きく目を瞠った。だろ、と頷いて、ラビが種を再びルガトゥルにしまう。

「この間、陽翔とジーンが襲われた時、あいつあの場にいなかったんだ。それで、おかしいなと思ってさ。だって用心棒のくせに戦いに加わってなかったんだぜ？」

なんのための用心棒だよ、と憤慨しながら、ラビが続ける。

「あの時の方術使いたちはきっと、移動の方術を使ったんだと思う。でも、人間が移動の方術を使うなんて、移動先に導き手がいない限り無理だ。ってことは、ソヘイルにバーリド帝国の手先が潜んでるってことになる」

「……うん」

ラビの言う通り、移動の方術は高度なもので、獣人や竜人ならともかく、人間が使うとなればそれなりの下準備がいる。ソヘイル側に手先がいる可能性は高い。

「オレたちのいる宿をピンポイントで狙うなんて、キャラバンの中にスパイがいるに決まってる。ロディはバーリド帝国との戦いの後に加わった新顔だし、あいつがスパイなら鷹のことも、戦いの時にいなかったことも、説明がつく」

どうやらラビはすっかりロディがスパイだと思っているらしい。

乱暴にスプーンを口に運ぶラビに、陽翔は尋ねた。

「このこと、アースラには話したのか?」

まだなら早く、と思った陽翔だったが、ラビは肩をすくめてぼやく。

「ああ。でも、そんなわけないだろうって取り合ってもらえなかった。あんたが心配するようなことはないって言われて、聞いてもらえなくてさ。だから、あいつがなんか妙なことしないか見張ってる」

今のところ尻尾出さねぇけど、と舌打ちしそうな表情でラビが続ける。

「陽翔も、なんか気がついたら教えてくれよな」

ロディが入っていった天幕を睨みつつ夕食を掻き込むラビに、陽翔はうんと頷いた。

たき火の向こうでワドゥドゥに山盛りの皿をもらったニャムが、こちらに気づいて駆けてくる。

転ぶなよ、と声をかけながら、陽翔はやわらかく煮込まれた肉をぎこちなく口に運んだ。

よく味の染み込んだごった煮は美味しいはずなのに、何故だか少し、ほろ苦く思えた。


今日も今日とて、キャラバンの仲間たちからあれも食べろこれも食べろと給餌されたニャムは、天幕に帰った時にはもう眠気が限界だったらしい。

寝床に寝転がって数秒でうとうとし始めたニャムに、陽翔はくすくす笑いながら毛布をかけてやった。

「おやすみ、ニャム」

んーともむーともつかない声で唸ったニャムが、すうすうと規則正しい寝息を立て始める。今夜はラビが見張り当番で、ニャムを挟んだ向こう側ではワドゥドゥが早々と高いびきをかいていた。

(……寝られるかな)

爆音になる前にどうにか寝つかないと、と苦笑して、陽翔は目を閉じた。

天幕の外からは、誰かが爪弾く楽器の音が途切れ途切れに聞こえてくる。

静かな虫の音と混ざり合うその音は、日本では聞いたことのない音色のはずなのに、どこか郷愁を誘う響きがあった。

（ジーン、帰ってこなかったな……）

夕食の後、ロディが言っていた方向に探しに行ってみた陽翔だったが、結局ジーンの姿は見当たらなかった。ワドゥドゥは俺の作ったメシを食わんとは、とカンカンに怒っていたが、アースラは仕方ないねと肩をすくめるばかりだった。

『一人で考えたいこともあるだろうから、今はそっとしておいてやんな。大丈夫、ジーンは昔から義理堅かったからね。長のあたしに一言の挨拶もなく、勝手にキャラバンを抜けるようなことはしないさ』

『……オレのせい、だよね、きっと』

自分がしつこくつきまとったから、と俯きかけた陽翔だったが、すぐに伸びてきた指に額をベチンッと弾かれる。

『痛っ！　……なにすんの、アースラ』

『似合わない顔するんじゃないよ。あんたらしくもない』

ぷは、と大きく煙管の煙を吐き出して、アースラが言う。

『いつだってまっすぐ相手にぶつかってくのが、あんたのいいとこだろう。それに、相手が自分のことを忘れちまったんなら、惚《ほ》れ直させりゃいいだけのことさ』

フン、と挑発的な笑みを浮かべるアースラに、陽翔は呻かずにはいられなかった。

『そりゃ、ラヒム王が記憶喪失になっても、絶対またアースラのこと好きになるだろうけどさ……』

『あんたんとこも似たようなもんだろうが』

呆れたように言うアースラがおかしくて、陽翔は思わず、そうかなあ、と吹き出してしまう。

そうだよ、と目を細めたアースラは、腹が減ったらそのうち帰ってくるだろうさ、とさっさと自分の天幕に引っ込んでしまった。

まるで犬か猫に対するような言い方だったが、確かに翼のある相手に、いつ帰ってくるか気を揉んでいても仕方がない。

怒り心頭のワドゥドゥをなだめて、なんとかジーンの分の夕食を取り分けておいてもらい、しばらくたき火にあたりながら待っていた陽翔だったが、結局夜が深まってもジーンは帰ってこなかった。

（明日の朝には帰ってくるかな……）

キャラバンの行き先は分かっているとはいえ、一緒に旅をしたい。出発前には戻ってきてくれるといいけど、と陽翔はふうと息をついた。

（……うざかったよなあ、オレ）

アースラには落ち込むなと言われたけれど、この三日間の自分の行動を振り返ると、やはり避けられても仕方がないと思う。

なにせ顔を見れば駆け寄っていって体当たりし、稽古をつけてだの一緒に食事しようだの、迷惑そうな顔をするのも構わずまとわりついていたのだ。一方的にこれまでの思い出を話している間、ジーンがずっと顔をしかめていたのにも気づいていたが、見て見ぬ振りをしていた。

嫌な思いをさせていると分かっていても、やめるわけにはいかない。あの方術使いの正体も目的も分からない上、ジーンは記憶を取り戻す気はないと言っているのだ。

自分が次期竜王だということは受け入れつつある様子だが、陽翔が恋人だということは信じられない、というか信じたくないのだろう。

このままでは彼は、竜人の里に戻っても竜王の逆鱗まで使って自分にかけられた方術を解く必要はないと言い出すに違いない。だとしたら陽翔にできるのは、どうにかジーンに自分のことを思い出してもらえるよう、働きかけることしかない。

『お前がどうしようが、俺はお前が運命の対だなどとは認めない。記憶がなければオラーン・サランの呪いからも逃れられる。俺はこのまま竜王の座を継いで、ふさわしい者を伴侶に選ぶ』

朝、彼に告げられた言葉を思い出して、陽翔はきゅっと唇を引き結んだ。

今のジーンは、自分のことを忘れてしまっている。だからこその言葉だと分かってはいるが、それでもああまではっきり拒まれると、さすがに堪える。

（どうして惹かれたのか分からないって言ってた。脆弱な人間を運命の対として愛するなんて、あり得ないって）

ジーンがどれだけの覚悟で自分を好きになってくれたか、どれだけの想いを自分に預けてくれていたのか。知らないわけではなかったけれど、彼自身の口からはっきりと拒まれたことで、かえって彼の気持ちを実感する。

——だからこそ、どんなに拒まれても、自分は諦めてはいけない。

確かに、このままジーンが記憶を取り戻さず、オラーン・サランの呪いから逃れられれば、よりふさわしい者を竜王の伴侶に選ぶことは可能だろう。もしかしたらその方が、竜人族のためになるのかもしれない。

けれど、陽翔がその道を受け入れるのは、自分を愛してくれたジーンの想いを否定することだ。

（オラーン・サランの苦しみは、確かに呪いみたいなものだ。でもジーンはその苦しみも、愛を知ったからこそのものだって言ってた）

最初に想いを告げてくれた時、ジーンは陽翔に一度でも触れられるなら、どんな苦痛も喜びでしかないと言っていた。

陽翔が元の世界に戻ってしまった時も、ジーンはオラーン・サランの発情を一人で耐えた。何日も癒えない傷ができるほど喉を掻き毟《むし》り、部屋を滅茶苦茶にするほど苦しんだ彼だったが、それでもジーンはその苦しみを喜びだと言っていた。

陽翔に出会い、陽翔の愛を得られたからこその苦しみは、喜びなのだ、と。

どんなに苦しくても、ジーンはその苦しみごと自分のことを愛してくれている。

（オレだって、同じだ）

自分は竜人ではないから、オラーン・サランの発情は起こらない。けれど、元の世界を選ばなかったことへの葛藤は、ずっと胸の中にある。

もちろん、ジーンの手を取ったことを後悔はしていない。だが、家族を選べなかった罪悪感、生まれ育った世界と切り離されてしまった孤独感は、陽翔が一生抱えていかなければならないものだ。

そして自分も、その罪悪感や孤独感を抱えて、ジーンと一緒に生きていこうと決めた。——ジーンを、愛しているから。

（オレたちは、全部を分かち合うって決めた。喜びも悲しみも、二人で全部受けとめていくって決めたんだ）

自分は確かに、竜王の伴侶としてはふさわしくないかもしれない。だが、ジーンの番は自分だ。

ジーンの重責や苦しみを一緒に背負うのは自分だし、自分の葛藤を一緒に抱えてもらうのはジーン以外あり得ない。

自分たちは、二人で一つの対なのだ。

どちらかが記憶を失くしたところでそれは変わらないし、ジーンが記憶を封じられてしまったからこそ、自分がその想いをしっかり持っていなければならない。

今のジーンがなんと言おうと、自分は彼を、彼の想いを信じて、彼の記憶を取り戻させなければならない。

——そう、思ってはいるのだけれど。

（今のところ、記憶を思い出させるどころか、どんどん嫌われてってるばっかなんだよな……）

いくらジーンのことを信じていても、連日の塩対応にさすがに落ち込まずにはいられない。

食事の時の食べさせっこも、抱き上げての移動も、以前のジーンなら常々やりたがっていたことだ。稽古だって楽しそうに付き合ってくれていたし、不意打ちを仕掛ければいつだって苦笑して受けとめてくれていた。

全部全部楽しい思い出で、だからやってみればもしかしたら思い出すかもしれないと片っ端から試しているのだが、今のところ全滅な上、迷惑がられてさえいる。好感度はだだ下がりで、ついに恋人同士に戻るつもりはないとまで言われてしまった。

アースラが言っていたようにもう一度惚れ直させるなんて、とてもじゃないが無理難題としか思えない。好きな相手に邪険にされるのがこんなにつらいなんて、知らなかった。

(なんか今オレがやってることって、全部逆効果なんじゃないか……?)

ジーンは、自分が記憶を取り戻したいと思わない限り、術に綻びが生じる可能性は低いと言っていた。アースラにも、自分の記憶を取り戻すのに竜王の逆鱗の力を使うなんてとんでもないと言っていたようだし、このままでは本当にジーンは自分のことを思い出さないかもしれない。

(もし、ジーンの記憶が元に戻らなかったら……)

ジーンが自分のことを忘れたまま、どんどん自分のことを疎ましく思うようになっていったら。

そんなことになったら、自分は一体どうすればいいのだろう。

このまま、ジーンに嫌われてしまったら――。

(っ、想像したく、ない)

唇を引き結んで、陽翔は強く目を閉じた。

ジーンに嫌われるなんて、今まで一度だって考えたことはなかった。

ジーンはいつだって自分のことをまるごと愛してくれていた。

種族や生きてきた世界の違いから意見がぶつかっ

た時だって、頭から否定するのではなく、自分の考えにちゃんと向き合って尊重してくれた。

自分が少しも傷つかないよう、悲しまないよう、いつだって自分の幸せを第一に考えてくれていた。

そのジーンに嫌われるなんて、想像したくもない。

（……今朝のジーン、すごく冷たい目をしてた）

ついて来るなと言って去っていった時のジーンは、とても鋭い目をしていた。

いつもの蕩《とろ》けるようにやわらかい、優しい視線とは、まるで温度が違っていた——。

（……っ、仕方ないんだ。今のジーンはオレのこと、好きでもなんでもないんだから。……好きでも、なんでも……）

自分を納得させようとして、その事実に打ちのめされてしまう。

今のジーンも自分が好きになったジーンと変わらないとは思っているけれど、ジーンが自分のことを好きでもなんでもないなんて、衝撃的すぎて受けとめきれない。けれど、いくら信じたくなくとも、それが事実で現実だ。

（オレのこと好きじゃないジーンなんて、ジーンじゃない……）

ジーンに言ったのと正反対のことを思わずにはいられない自分に、陽翔は自己嫌悪してしまった。

好かれているのが当然だなんて、傲慢だ。それに、ジーンの記憶が封じられたのは自分を庇ってのことだ。その自分がこんなことを思っていてはいけない。

陽翔は毛布に潜り込んで、頭を振った。

（……オレは、自分にできることをやらなきゃ）

その時その時、自分にやれることを精一杯やる。そうすればきっと、道が開かれる。

この世界に来る前からずっと胸に刻んでいる、亡くなった祖母の教えを繰り返し思い浮かべて、陽翔は嫌な考えを懸命に振り払った。

（ジーンに早くオレのこと思い出してもらうためにも、落ち込んでなんていられない。明日からも、頑

張らないと）

そのためにもジーンがちゃんと戻ってきてくれますようにと、そう願いながら、眠気に身を委ねようとする。

蕩け始めた意識に、陽翔がうとうとと夢の中に入りかけた、――その時だった。

「……っ!?」

突然、被っていた毛布が捲《めく》り上げられ、ひんやりとした外気が入り込んでくる。

驚いてパチッと目を開けた陽翔は、目の前に滑り込んできた巨躯に大きく目を瞠った。

（え……、ジーン!?）

「ジ……」

声を上げかけたところで、するりと背中に回された腕にぎゅ、と抱き寄せられる。

思わず言葉を呑み込んだ陽翔は、目の前の竜人が目を閉じているのに気づいて数度瞬きをした。

（……寝てる？）

これはもしや、と思った途端、ジーンがぼんやりした声で呟く。

「……さむい……」

（またかよ！）

心の中で盛大にツッコミを入れてしまう。

陽翔は思わず口元をほころばせつつ、手を伸ばしてジーンの肩に毛布をかけてやった。

そのまま、氷のように冷たくなっている肩や腕を手でさすってあたためてやる。サラサラで硬質な鱗に覆われた腕は、陽翔が撫でるとふっと強ばりが解け、鱗の感触もふわりとやわらいだ。

（あーあ、こんなに冷えて……）

ぴとりと胸元に頬をくっつけると、冷たい鼻先がうなじをくすぐってくる。すん、と鼻を鳴らして陽翔の匂いを嗅いだジーンは、安心したようにふうと吐息を漏らすと、一層深く陽翔を抱きしめてきた。

（だから『ふう』じゃねえだろ、『ふう』じゃ）

あの時と同じことを思いながら、くすくすと笑みを零す。足で陽翔の体を挟み込み、尻尾まで巻き付けてくるジーンに、陽翔は心の中で文句を言った。

（ったく、現金だなあ、ジーン。竜人は腹減ったからじゃなくて、寒いと帰ってくるのかよ）

アースラが言ってたこと笑えないじゃん、と半ば呆れつつ、絡みつく尻尾も足でさすってあたためてやる。嬉しそうにくるんくるんと足首に巻き付く尻尾がくすぐったくて、愛おしくてたまらない。

（しょうがないから、オレで暖取っていいよ、ジーン。なんたって、オレはジーンのユタンポだからな）

そう思いつつ、自分からもぎゅっとジーンに抱きついて目を閉じる。

（……やっぱりジーンは、ジーンだ）

ぴったりとくっついた体は冷たいのに、心の中がぽかぽかとあたたかくなっていく。

自分のことを好きかどうかで相手への想いが変わるわけではないけれど、それでもあり得ないとまで言われて、拒絶されて、途方に暮れていた。

一族のためを思う今の彼の気持ちも分かって、そういうまっすぐさを好きでもあるから、ますますどうしたらいいか分からなくて。

でも、ジーンはジーンだ。

自分が一番大事にしなきゃいけないのは、自分自身が彼を好きだと思う気持ちなのだ。

（大丈夫。オレは絶対、ジーンのこと諦めたりしない。なにがあってもジーンのこと信じてる）

顔を上げた陽翔は、そっと目の前の竜人の顔を指先で撫でて、決意を新たにした。

自信を失いかけていたけれど、ジーンは無意識にこうして自分のところに来てくれた。

一番弱っている時に、他の誰でもなく、自分を求めてくれたのだ。

たとえ今は記憶を封じられているとしても、自分たちはもっと深い部分で繋がっている。自惚れかもしれないけれど、自分はそう信じている。

（そばにいるよ、ジーン。なにがあったって一緒だ

って、約束したじゃん）

　彼の記憶が封じられる前にした約束を引き合いに出して、陽翔は心の中でジーンに呼びかけた。

（だから、早く全部思い出して、ジーン。そんで、無意識じゃなくって自分の意思で、オレのとこに帰ってきてよ。腹減ったからじゃなく、寒いからじゃなく、……オレのこと好きなら、早く）

　陽翔の温《ぬく》もりが移り始めたのだろう。広い胸の中がじわじわとあたたかくなり始める。

　大きな体に抱きついた陽翔は、ふう、とジーンそっくりの吐息を零し、とろとろとした眠気に誘われるまま夢の中に落ちていったのだった――。


深く被っていたフードを取った青年に、陽翔は思わず呟いた。

「うわ、美人……」

「……っ」

　小さい声はしっかり聞こえていたようで、目の前の青年――、レイがふんわりと頬を染める。

　恥ずかしそうなその表情に、陽翔は慌てて謝った。

「あ、ご、ごめんなさい！　つい……！」

　考えるより速く反射で言葉が出てしまう自分が、つくづく恨めしい。

（オレのバカ！　第一印象最悪だよ、もう！）

　内心激しく自己嫌悪して、陽翔はがっくりとうなだれた。

　昨日、キャラバンと共にソヘイルのラヒム王の元に辿り着いた陽翔は、一晩明けた今日、レイとアーロンに面会していた。事情を知るラヒム王とアースラ、そしてジーンも立ち会っている。

――あの夜、陽翔の寝床に潜り込んできたジーンだったが、翌朝陽翔が起きた時にはもうおらず、天幕の外で素知らぬ顔でアースラと話し込んでいた。

陽翔のところに来たのはおそらく無意識だったろうから、起きた時はさぞ驚いたことだろう。

想像するとおかしくてたまらなかったが、陽翔は気づかなかった振りをして、黙っておいてあげた。武士の情けというやつである。

それまでと変わらず、ジーンにうるさがられてもまとわりついて旅を続ける一方で、陽翔は昨日一日、ずっとレイに会うことを楽しみにしていた。

逆鱗の欠片の持ち主である彼に会うことに対しては緊張もあったが、レイとは竜人の運命の対であることや元の世界など、共通点が多い。できたら仲良くなって、いろんな話がしたいと、そう思っていたというのに。

（いくらなんでも開口一番美人だなんて、気を悪くしたよな……）

だが、言い訳するわけではないが、本当にレイは美人なのだ。

真っ白な肌に、淡い金茶色の髪。若草のような、澄んだ緑色の瞳。全体的に色素の薄い彼は、細身で美しい顔立ちをしている。

儚《はかな》げで、でも凛《りん》とした雰囲気もあって、まさに北欧美人といった印象なのである。

だが、いくら悪気はないとはいえ、れっきとした男性である彼に美人だなんて、言うべきではなかった。しゅん、と落ち込みかけた陽翔だったが、その時、レイの隣に立っていた黒い竜人、アーロンが愉快そうに笑い声を上げる。

「はは、だろう？　うちの嫁は美人で気立てがいいって評判でな」

「ちょっと、アーロン……っ」

豪快に笑うアーロンに、レイが慌て出す。

「いきなりなにを言い出すんですか。初対面の方の前で……」

「別にいいじゃねぇか、本当のことだし」

肩をすくめたアーロンが、ニカッと陽翔に笑いかけてくる。

「陽翔って言ったたな。俺はアーロンだ。ジーンのことは、尻に卵の殻くっつけてた頃から知ってる」

「……隊長」

アーロンの言いように、ジーンが嫌そうに顔を歪める。人間で言う、いわゆるオシメをしてる頃から見守ってきた兄貴分というところなのだろう。

ぷは、と小さく吹き出しながらも、陽翔はアーロンに手を差し出した。

「よろしく、アーロンさん」

ああ、と頷いて手を握り返してくれるアーロンを見上げて、陽翔は肩の力を抜いた。

（この人はなんか、すごいとっつきやすそう）

ジーンも竜人族の中では大柄な方だが、アーロンもジーンと似たり寄ったりの巨軀の持ち主だ。鱗の色は黒で、胸元には大きな斜めの十字傷がある。

全体的にジーンよりも角が太く、がっしりとした印象の彼の肩には小さな白いフクロウが乗っており、大きな瞳をまんまるに見開いて、陽翔をじいっと観察していた。

陽翔の視線に気づいたアーロンが、苦笑混じりにフクロウを紹介してくれる。

「ああ、こいつはククだ。ヒナん時から育ててたら、懐かれちまってな」

「そうなんですか」

カルカルと陽翔を威嚇するククを、こら、とアーロンが指先でたしなめる。ヒナの時からと言っていたが、親代わりのようなものなのだろう。

（ジーンの前に近衛隊長だったたっていう話聞いてたからかもだけど、なんていうか頼れる兄貴分って感じ……）

細身のレイと並ぶと体格差がすごいが、とてもお

似合いだと思う。なんというか、そう。

「美女とやじゅ……」

またもやぽろっと口から零れ出てしまった一言に、ハッと我に返って慌てて口を噤《つぐ》む。しかしそれもしっかり聞こえてしまったようで、レイは目を丸くし、アーロンはおかしそうに笑い声を上げた。

「ははは！　俺が野獣か、確かに！」

「ご……、ごめんなさい！」

いいさいいさと笑うアーロンの隣で、レイが俯く。いよいよ怒らせてしまったかと焦った陽翔だったが、よく見るとレイはぷるぷると肩を震わせて笑いを堪えていた。

「や……、野獣……、アーロンが……」

耐えきれずふふっと吹き出したレイに、陽翔は拍子抜けしてしまう。しかし、隣のアーロンがそんな彼をやわらかく目を細めて見つめていることに気づいた途端、なんだか気恥ずかしくなってしまった。

（……ゴチソウサマです）

今度はしっかり口を噤み、心の中でだけ呟いた陽翔だったが、笑ってくれた二人と対照的な反応をする者もいた。――ジーンである。

「お前……、隊長に向かって野獣とは、なんて言い草だ……！」

ビタンッと尻尾を床に打ちつけてこちらを睨むジーンに、陽翔は首をすくめる。

「ごめんってば。ついそう思っちゃって……」

「つい、で済むか！」

怒り心頭のジーンを、アーロンがなだめる。

「まあそんなに怒るなよ、ジーン。というかお前、記憶を封じられたんだって？　ってことは、何ヶ月か前に俺らに会いに来た時のことも忘れてんのか？」

「……はい。申し訳ありません、隊長」

謝るジーンに、いいって、とアーロンが取りなす。

「しかし、何者なんだろうな、その方術使いたちは。記憶を封じる術なんて、並の人間にはそうそう扱えねえはずだが……」

「……ジーンたちを襲ってきたのは、まず間違いなくレオニード帝の手の者であろうな」

アーロンの疑問に答えたのは、それまで一同を見守っていたラヒム王だった。

元側室だったアースラを今も深く愛している彼は、道中キャラバンが襲われたという報を受け、到着を今か今かと待ちかまえていたらしい。広間に通された途端、『無事か⁉』とアースラに駆け寄って抱擁しようとし、無事に決まってんだろう、とすげなく煙管で眉間をはたかれて悶絶していた。

その元夫から贈られた煙管をぷかりとやりながら、アースラが告げる。

「昨夜ラヒムからも聞いたけどね、レオニードは今、相当苦しい立場に追い込まれているらしい」

数ヶ月前の戦いでソヘイルに大敗したレオニード帝は、どうにか国に逃げ帰ったものの、民からの信頼はすっかり失墜してしまった。

「戦に負けたことそのものだけじゃない。戦のために力を集め、そのせいで国内の気候が急変していたことも明るみに出たようでね」

ま、自業自得だが、と呆れたように言うアースラに、ラヒム王も唸る。

「自分たちを苦しめていたのが、他ならぬ王だと知ったバーリド帝国の民たちの心を思うと、とてもやり切れぬ。どれほど傷つき、どれほど失望し、絶望したことか……」

同じように国を背負う立場ながら、ラヒム王の思いは常に国民一人一人に向いているのだろう。

バーリド帝国の民を憂う元夫に、アースラがほんの少し声をやわらげて言った。

「……あんたが思い悩むことじゃないだろう。あんたは自分の国の民を一番に考えてりゃいい」

「ああ、タニリカ。そなたの言う通りだな」

ありがとう、と顔を上げて微笑むラヒムに、アースラがフンとそっぽを向く。相変わらずな二人に苦笑しつつ、陽翔はラヒム王に聞いた。

「じゃあ、レオニード帝はソヘイルに復讐する機会を窺《うかが》ってるってこと?」

「ああ。そもそもレオニード帝は、己に反対する兄弟や臣下を処刑したり、国外追放したりと、長年独裁政治を続けていてな。民の人気取りがうまかったからこそそれも続いていたが、今回のことで人気は低迷し、噴出する不満を武力で抑えつける他なくなっている。起死回生のためにも、近いうちに必ず我が国に戦を仕掛けてくるであろう。……すでに我が方も、迎え撃つ準備を整えておる」

表情を改めたラヒム王が、レイとアーロンの方に向き直る。

「レイ殿、アーロン殿。そなたらはカーディアのセリク王とも面識があると聞いておる。今回別の目的で我が国を訪れたことは重々承知だが、できればそなたらにセリク殿への書簡を託したい。此度の戦い、是非お力をお貸しいただきたいとな」

勝手を申してすまぬが、と詫びるラヒム王に、アーロンが居住まいを正して頭を垂《こうべ》れる。

「申し遅れましたが、実はこの件、友人の騎士を通して、セリク王からも内々に言付かって参りました。バーリド帝国と戦の際は是非力にならせていただきたいと伝えよ、と」

口調を改めたアーロンに続いて、レイも頭を下げて告げる。

「同盟国であるソヘイルのこと、なにより友人であるラヒム陛下のことを、我が王は大変案じていらっしゃいます。昨今の情勢を憂い、なにか協力できることがないか伺ってくるようにと、承《うけたまわ》っております。ラヒム陛下の窮地とあれば、セリク様は必ずやご助力下さることと思います」

どうやらカーディアのセリク王も、ソヘイルとバーリド帝国の決戦の時が近づいているのを察していたらしい。

二人は使者の役目も兼ねていたのかと驚いた陽翔

だったが、ラヒム王はそれを聞くなり感銘を受けたようにダバッと涙を流した。

「そうかそうか、そのようにお気遣い下さっていたとは、なんとありがたい……！」

二人に駆け寄り、すまぬな、ありがとうなと手を取って喜ぶラヒム王に、アースラがこめかみを押さえて呻く。

「あんたはまた、そうやってところ構わず……。二人がびっくりしてるだろうが」

「い……、いえ、聞いていた通りのお人柄で……」

面食らった様子ながらもどうにかそうフォローしたレイだったが、隣のアーロンはおかしそうに笑って言う。

「涙もろくて暑苦しい、とことんお人好しのオッサンだって言ってたなあ、そういや」

「アーロン！」

そういうことは言っちゃ駄目です、とレイが慌ててひそひそたしなめるが、丸聞こえである。

（カーディアの王様も言うなあ）

そしてレイは割と天然だな、とちょっとおかしく思った陽翔同様、ラヒム王も二人の言葉を好意的に受けとめたらしい。懐から出した布でチーンとやりながら、朗らかに笑って言う。

「よいよい、暑苦しいのもオッサンなのも事実だからのう。では、後日正式に、戦の協力を要請する書簡を頼む」

はい、とかしこまった二人に頷いたラヒム王は、陽翔にも向き直って言った。

「そなたらの面会だというに、水を差してすまなかったのう、陽翔」

「ううん、オレたちは後でゆっくり話すから。それより今は、バーリド帝国のことの方が重要だよ」

な、とレイにも視線で聞くと、彼も頷いてくれる。

「道中、方術使いに襲われたとか……。彼らは方術を使ってこの国に入り込んだんでしょうか」

どうやら彼も、ある程度方術の知識があるらしい。

移動の方術が使えるほどの術者がこの国に潜伏していることを危惧し、緊張した面もちになったレイに、アースラが頷いて言う。

「おそらくそうだろうね。いくら国境の警備を固めても、方術を使われちゃお手上げさ。けど、以前ザラームがやったみたいに、軍そのものを方術で移動させるような大がかりなことはできないはずだ」

腕を組んだアースラが、難しい顔つきで付け加える。とんとん、と指先で煙管を叩きながら、歴戦の女長はため息混じりに続けた。

「送り込めるとしても、せいぜい数人の方術使いのはずだ。レオニード帝だって勝算がなけりゃ戦いを仕掛けたりしないだろうから、おそらくそいつらを使ってなにか企んでるんだろうが……」

「……それがなにか、分かればいいんだけど」

アースラと一緒になって唸って、陽翔は考えを巡らせた。

（あの時、あの方術使いはオレをピンポイントで狙ってた……。しかも攻撃じゃなく忘却の方術を使ったってことは、オレになにかを忘れさせたかったのか？　移動の方術も、もしかしたら拉致してでも忘れさせたかったなにかがあるとか？）

それは一体、なんなのか。

もし自分の記憶の中にあるなにかが、バーリド帝国にとって不利なものなのだとしたら、自分はそれを思い出さなければならない——。

（……駄目だ、全っ然分かんない）

確かに自分は竜王の伴侶になる予定の身だが、一族のこともまだ勉強中だし、そもそも異世界から来たため、この世界の常識すらない。レオニード帝の弱みに繋がるようななにかを知っている覚えもないし、彼らが自分になにを忘れさせたかったのか、見当もつかない。

ひとしきりうんうん唸った後、がっくりと肩を落とした陽翔を見て、アーロンが苦笑を浮かべる。

「ま、奴らの狙いが分からない以上、今のところこっちは警戒を強めるくらいしかできないな。ああ、それとジーン、お前にかけられた方術について少し調べたいんだが……」

いいか、とアーロンがジーンを別室へと誘う。はい、と頷いたジーンがアーロンと一緒に隣の部屋に移動するのを見届けてから、レイが陽翔に話しかけてくる。

「……大丈夫ですか？」

「あ、はい。オレは怪我もしなかったので」

「そうじゃなくて」

それもですけど、と言いつつも、レイは陽翔に再度尋ねてきた。

「ジーンさん、陽翔様のことを忘れてしまったんですよね？　陽翔様がおつらくないかなって……」

「……ありがとうございます。でも、大丈夫です」

気遣ってくれる彼にお礼を言って、陽翔は笑った。

「実はちょっとめげそうになってたんですけど。でも、オレはジーンのこと信じてるから」

きっぱりと言った陽翔に、レイが微笑む。

「陽翔様はお強いですね」

「強くなんて……。っていうか、さっきから気になってたけど、様付けとかやめません？」

確かに自分は次期竜王の伴侶という立場だけれど、肝心のジーンは自分のことを忘れてしまっているし、第一レイは自分より年上だ。様付けで呼ばれるのはなんとも落ち着かない。

「大体、なんでジーンはさん付けなのに、オレだけ様付け？」

首を傾げた陽翔に、レイがおずおずと言う。

「あの、それは、以前お会いした時にそうしてくれと言われて……」

「じゃあオレにはさん付けもやめて！　敬語も禁止！」

「で、ですが……」

「いいから！」

ね、と強引に言い切って、陽翔はレイに手を差し出した。

「オレ、あなたと友達になりたいって、ずっと思ってたんだ。なってくれないかな、レイ」

「友達に……」

目を見開いたレイが、ふわっと花が咲くように微笑む。少し照れたような笑みを浮かべて、彼はきゅっと陽翔の手を握り返してきた。

「僕もずっと、そう思ってました。……こちらこそよろしく、陽翔」

「やった！　よろしく、レイ！」

へへ、と笑う陽翔に、レイも嬉しそうに笑い返してくれる。

二人を見ていたアースラが、苦笑して言った。

「あんたは本当に、誰とでもすぐ仲良くなっちまうねえ、陽翔。……っと、ようやく帰ってきたかい」

「帰ってきた？」

アースラの言葉に首を傾げた陽翔だったが、女長はそれには答えず、スタスタと広間を横切ってバルコニーへと向かった。スッと目を細めた彼女の視線の先には、空の彼方に浮かぶ点のような影がある。

こちらに近づいてくるその影に目を凝らして、陽翔はあっと声を上げた。

「あれ、もしかしてクアール？　あんなに離れてるのになんで分かったの、アースラ？」

「あんたが目がいいように、あたしは耳が特別いいのさ」

フッと笑った女長が、ピイッと高い口笛を吹く。すると、彼女の愛鷹は一層速度を増して飛んできて、女主人の肩にふわりと舞い降りた。

クルルルルッと甘えるような鳴き声を上げるクアールに、アースラが優しく声をかける。

「ああ、ご苦労さん。よく頑張ったね」

翼を畳んだクアールをひと撫でして労《ねぎら》い、アースラが彼の脚にくくりつけられている書簡を取る。小さな紙片を広げてザッと目を通したアースラは、読むよ、と短く言って文面を読み上げた。

「知らせ、感謝する。ジーンのことだが、竜王と竜王妃の逆鱗をゼノスに持たせて急ぎ向かわせる。二つの逆鱗があれば解呪は可能であろう。委細ゼノスに任せる故、あとのことは頼む。……だとさ」

「……そんなにたくさん書いてあるんだ？」

アースラがつまんでいる紙片は、彼女の手のひらの半分にも満たない大きさだ。文字を小さくしても難しいのでは、と思った陽翔に、アースラが肩をすくめて言う。

「暗号を使ってるからね。敵の手に渡っても分からないよう、単語も省略してあるんだよ」

見るかい、と言われて覗かせてもらうが、なるほどさっぱり分からない。

「点と棒が並んでるようにしか見えない……」

「そうでなきゃ困るからね。ま、あんたはそのうちジーンにでも教えてもらいいな」

記憶が戻ったらね、と言うアースラに、ラヒム王も頷く。

「逆鱗がこちらに向かっているのならひと安心だが、二つともとはまた、竜王陛下も思い切った決断をされたものだな」

「……うん。竜人族にとって、ジーンはそれだけ大事な存在なんだ」

強大な力を秘めた、王と王妃の逆鱗。

竜人族の至宝である二つの逆鱗は本来門外不出なのだが、ジーンの記憶を取り戻すためならと決断したのだろう。

（でもジーンは、自分の記憶は封じられたままでもいいって思ってる……）

竜王の判断だからと大人しく従ってくれればいいが、今のジーンがそうするとは思えない。ゼノスがこちらに到着する前に、記憶を取り戻したいと少しでも思ってもらえるようにしなければならない。

（……どうにかしなきゃ）

改めて陽翔が思った、その時だった。

「失礼致します！　陛下、陽翔様に面会の方がいらしています！」

広間の扉の向こうから、衛兵がそう大声で叫ぶ。

陽翔は首を傾げてしまった。

「面会？　オレに？」

「なんという者だ？」

ラヒム王が衛兵に尋ねる。は、とかしこまった衛兵が告げたのは、意外な人物の名だった。

「アメミヤ、と名乗っています。なんでも、パン屋だとか……」

「雨宮さん!?　来てくれたんだ！」

驚いて、陽翔は一同に説明する。

「ジーンが記憶を封じられる前、あの町で偶然知り合ったんだ。オレと同じ世界から来た人で、今は王都でパン屋をしてるんだって」

「同じ世界からって……、日本から？」

雨宮、という名前でピンと来たのだろう。レイも目を丸くする。

陽翔は頷いて、広間の扉に向かおうとした。

「うん！　悪いけどレイ、ちょっと待ってて。オレ、今日は都合が悪いって断ってくるから」

雨宮とも話したいが、まだレイとほとんど話せていない。レイからは逆鱗の欠片を身に宿すようになった経緯なども聞きたいし、まさかその席に雨宮を呼ぶわけにもいかない。

せっかく来てもらったけれど、また改めて来てもらえないかお願いしてこようとした陽翔だったが、そこで扉の反対側から低い声がした。

「待て。その雨宮という者が安全だという保証はないだろう」

そう言ったのは、隣室から戻ってきたジーンだった。隣にはアーロンの姿もある。

アーロンの肩に乗ったままだったフクロウのククが、天敵の鷹であるクアールにすぐに気づいて、ぶわっと翼を広げる。カルカルと警戒音を発するククをなだめるアーロンに、レイが問いかけた。

「ジーンさんの診察は終わったんですか、アーロン？」

早かったですねと言う彼に、アーロンが苦笑して答える。

「診察って、レイと違って俺は医者じゃねえから、そんなことはできねえよ。俺の力で術が解けるかやってみたんだ。ま、無理だったがな。レイ、お前も後で診てやってくれ」

はい、と頷くレイに、陽翔は驚いた。

「レイ、医者なんだ？」

「うん、一応。……ジーンさん、僕は普段診ているのは人間ばかりですけど、時々アーロンも診ているので、竜人の方の体のこともそれなりに分かっているつもりです。それに僕は自分自身が記憶喪失だったから、なにかお力になれるかもしれません」

自分の方に向き直ってそう告げるレイを、ジーンはじっと見つめていた。ややあって、静かに頷く。

「……分かった、頼む」

「おう、そうしろそうしろ」

バンバンと肩を叩くアーロンにちょっと顔をしかめて、ジーンが話を元に戻す。

「それで、その雨宮という者だが、本当にお前と同じ世界から来たのか？　証拠は？」

「証拠って……、そんなものあるわけないだろ。でも、この間会った時は日本の話を一緒にしたし、変なところはなかったよ。第一、ジーンだって同席してたし」

竜人のジーンには、相手が嘘をついているかどうか匂いで分かる。もし雨宮に不審なところがあれば、あの時そう言っているはずだ。

だがジーンは、その説明だけでは納得しなかったらしい。

「しかし、襲われる直前に知り合った相手なんだろう？　そいつもバーリド帝国の手先なんじゃないか？」

「……そんなことないと思うけど」

警戒するジーンに、陽翔は慎重に答えた。

「雨宮さんは十年前にこの世界に来て、色々苦労して、やっとこの世界に腰を落ち着ける気になったって言ってた。だからオレはその力になりたいって思ってる。ジーンはそれに賛成してくれてたよ」

ジーンは記憶がないから警戒しているのだろうが、同じ世界から来た人間にやっと会えたと喜んでいた雨宮が敵の手先だとは思えない。

「しかし……」

なおも食い下がろうとするジーンを制したのは、アーロンだった。

「素直に、知らない間にできてた嫁が可愛《かわい》すぎて心配だって言やいいだろ、ジーン」

「!?」

ニヤニヤとからかうような笑みを浮かべるアーロンに目を剝《む》いたジーンが、一拍置いて口を開く。

「……俺はただ、少しでも危険があるなら排除しておいた方がいいと思っただけです」

「なるほど、可愛い嫁を少しでも危険な目に遭わせたくない、と」

「隊長」

分かるぜ、とうんうん頷くアーロンに、ジーンが苛立った声を上げる。じろりと睨まれたアーロンは、おかしそうに笑って首をすくめてみせた。

「ま、確かに、その雨宮ってのがどういう人間か、把握してんのが陽翔だけってのはよくないな。俺が一緒に行ってひと嗅ぎしてくるか。いいよな、陽翔？」

アーロンから確認されて、陽翔は慌てて頷いた。

「う、うん。オレはいいけど」

「隊長、でしたら俺が……」

自分が行くと言うジーンだが、アーロンは首を横に振ってそれをとめる。

「もしその雨宮って奴が敵の手先なら、お前が記憶を封じられたかどうか確かめに来たってことも考えられる。逆に、雨宮がバーリド帝国にはなんの関係もない人間だとしたら、尚更お前が記憶を封じられたことを説明するわけにはいかないだろ」

　こちらの情報を教えれば、彼を危険に巻き込むことになりかねない。そう言うアーロンだが、ジーンは尚も躊躇う。

「しかし、隊長がここにいることは極秘です。万が一雨宮から敵に隊長とレイのことが伝われば、命取りになりかねません」

「だからって陽翔を一人で行かせる方が危ねぇだろうが。なに、お前が悪意の匂いを感じてなかったんなら、その人間が敵だなんて杞憂だろうよ」

　念のための護衛だとジーンを納得させて、アーロンがレイに向き直る。

「せっかく陽翔以外にも日本の話ができるかもしれない相手だが、バーリド帝国との決着がつくまでは会うのはお預けだ。いい子で我慢できるか、レイ」

「いい子って……、もう、アーロン。大丈夫、分かってますから」

　恋人の軽口にほんのり頬を染めて、レイが笑う。

そうか、と頷きつつレイを見つめるアーロンの優しい眼差しに、陽翔は思わず呟いていた。

「やっぱ美女と野獣……」

「っ、お前、また……！」

隊長に向かって、と目を吊《つ》り上げたジーンが、ビタンッと尻尾で床を打つ。

「ごめんってば……。でもさあ」

「でも、じゃない！」

　ジーンの割れんばかりの怒声に首をすくめた陽翔を見て、レイがくすくすと笑みを零す。

　幸せな香りが詰まった気泡が弾けるようなその笑みに、彼の番はますます優しく、やわらかく目を細めていた――。


　さら、と触れてきた手は、優しいが他意を感じさせない、事務的なものだった。

（……なるほど、医者の手だな）

的確に必要な場所に触れ、問診しながら慎重に状態を確認していくレイに、ジーンは内心舌を巻く。

一応、などと謙遜していたが、なかなかどうして、彼はきちんとした腕前の医者であるらしい。

ラヒム王の元で陽翔とレイが面会を果たした翌日、ジーンはレイの客室を訪ね、診察を受けていた。

開け放たれた窓からは、からりと乾いた熱い風が吹き込んでいる。中庭に面した客室からは、王宮の塀の外に広がる町と、その先に広がる鮮やかな青空と真っ白な砂漠がよく見えた。

昨日、陽翔と一緒に雨宮に会ったアーロンは、やはり彼から悪意や敵意といった匂いはしなかったと言っていた。念のためラヒム王に頼んで王宮を出る時に尾行をつけてもらったが、戻ってきた衛兵からも特に不審な行動はなかったと報告を受けている。

（取り越し苦労だったか）

襲撃を受ける直前に接触してきたという話だったからもしやと思ったが、いらぬ心配だったらしい。

そんなに嫁が可愛いか、とニヤニヤしていたアーロンを思い出して、ジーンは顔をしかめた。いくら尊敬する隊長とはいえ、自分のところと一緒にしないでほしい。

「記憶を思い出そうとすると、頭や胸が痛むといったことはありますか？」

昨日の出来事を振り返っていたジーンは、レイに聞かれて少し考え、頭を振った。

「いや、ないな」

「そうですか。では、最近体調に異変を感じることは？」

「……実は数日前から、夜になると妙に息苦しさを感じるようになった。最初は胸の真ん中辺りがひどく冷えて寒いだけだったんだが、近頃はそれに加えて、燃えるように体が熱くなる」

少し迷いつつも、ジーンは正直にレイに告げた。

今まで感じたことのない感覚だったため、気にはなっていたが、己の弱みを知られるのが嫌で誰にも告げていなかった。

だが、レイはどうやら年齢の割に経験豊富な医者であるようだし、なによりアーロンの番だ。彼のことなら信頼していいだろうし、この息苦しさの正体が分かるかもしれない。

「朝になると治っているから、気のせいかもしれないんだが……」

最初にこの感覚に襲われたのは、キャラバンが王都に到着する前夜のことだった。

夕方になるにつれて息苦しさと寒さが強くなり、混乱したジーンは、とりあえずキャラバンから離れた。手負いの獣が身を隠すように、自身の不調を誰にも悟られたくないと、人目を避けたのだ。

しかし、夜が深くなるにつれ、症状は悪化していった。加えて、悪いことにその夜は砂漠の冷え込みが特にひどかった。

氷を当てられたように強ばっていく心臓が苦しくて、痛くて、寒くて、——寒くて。

頭の中がその寒さに真っ白に塗り潰され、意識を飛ばしたジーンだったが、しばらくしてその真っ白な思考の中にふわりと、別の色が滲み出てきた。

淡くてあたたかい、優しい陽の色をしたその染みは、じわじわと強ばった心臓を溶かし、心地いい温もりを与えてくれて——、そして、気がついたら腕の中に彼、——陽翔がいたのだ。

(状況から考えるに、十中八九、俺が無意識にあいつの寝床に潜り込んだんだろうが……)

幸い陽翔は気づいていなかった様子で、翌朝もなにも言ってこなかったが、起きた時は状況が呑み込めず、相当焦った。

(あんな寒さも、あたたかさも、初めて経験した。もしかしたら、あれは……)

心臓がとまってしまうのではないかと錯覚するほどの孤独感と渇望、そしてそれを癒す温もり。

何故、自分がそんな感覚を覚えたのか。

何故、他の誰でもない陽翔の温もりを求め、そして彼の体温であれほど満たされたのか。

それは――。

（……あり得ない）

頭に浮かんだ考えを否定して、ジーンはぐっと顔を強ばらせた。

いくらなんでも、今の自分にそんなことが起きるはずがない――。

黙り込んだジーンに、レイが少し躊躇いつつ口を開く。

「……あの、脈を取ってもいいですか？」

「ああ」

頷くと、失礼します、とレイがジーンの手首を取る。じっと黙って脈を測る彼の、伏せられた長い睫《まつげ》をなんとはなしに見つめながら、ジーンは心の中で唸った。

（確かに、レイのような人間なら、アーロン隊長が惹かれるのも分かるな……）


最初にアースラから彼の話を聞いた時には、欠片とはいえ竜王妃の逆鱗を人間に預けるなんてと思ったが、こうして実際に話してみると彼は確かに信用に足る人間だ。

武力こそないものの、彼は医術の知識に長《た》け、身も心も美しい。人間は嘘や欺瞞《ぎまん》で混沌とした匂いを発していることがほとんどだが、レイからはそういった嫌な匂いも感じられない。

ジーン自身は番となる相手にはなによりも強さを求めるが、アーロンのように懐が大きく、常に誰かを守ってきた竜人にとっては、レイのような人間は庇護欲をかき立てられる存在に違いない。

（それに引き替え、あいつは……）

同じく竜人の、というか自分の番であるはずの陽翔を思い浮かべて、ジーンは顔をしかめてしまう。

彼はレイのような専門的な知識もなく、腕が立つと言っても同年代の人間の中ではといった程度。容姿もレイのような繊細さとは無縁で、おまけに性格はあの通りしつこくてしぶとい。感情的で、くるくる表情が変わるところも対処に困る。

昨日など、雨宮が手土産に持ってきてくれたと、大量のパンを両手に抱えてほくほくしていた。色気より食い気優先なのは言うまでもなく、自分が彼相手に発情したなんて到底信じられない。

（やはり何度考えても、俺があいつを番にしたなど、気の迷いとしか思えないんだが……）

――だが、ジーン自身にはまるで覚えのない、甘ったるい独占欲を示すマーキングの匂いの下に隠された、陽翔の匂い。

あの匂いは、目の前のレイよりも清々《すがすが》しいものに自分には感じられた――……。

「やっぱり……」

と、その時、レイが小さく呟く。ジーンはすぐに我に返って聞き咎めた。

「やっぱり？　なにか分かったのか？」

「…………」

ジーンの問いかけにすぐには答えず、レイは躊躇いがちに聞いてくる。

「あの、先ほどのジーンさんの体調について、アーロンに話してもいいですか？　彼なら分かるかもしれないので……」

「……ああ、構わない」

診察ということで席を外していたアーロンの名を出されて、ジーンは頷く。

アーロンにならば自分の不調を知られても問題ないし、それに自分になにが起きているのかが判明するのなら、知っておきたい。

ジーンに頷き返して、レイが席を立つ。

「少し待っていて下さい」

間続きの隣室に行った彼は、しばらくしてアーロンと共に戻ってきた。

「ジーン、話がある」

いつになく真剣な面もちのアーロンが、ジーンの前に座り込む。ジーンは背筋を正して、まっすぐ彼を見つめ返した。

「……はい」

「お前のその不調についてだ。薄々気づいているかもしれないが……」

そう切り出したアーロンに、ジーンは目を瞠る。

――まさか。

「ジーン。お前の不調は、オラーン・サランの発情によるものだ」

「……っ、あり得ません……！」

はっきりと告げられた言葉を、ジーンは咄嗟に否定した。

「俺は、記憶を封じられているんです……！　過去の俺がどうだったかは知りませんが、今の俺はあいつのことをなんとも思っていない！　それなのに、発情が起こるはずがない……！」

赤い満月の夜、恋をした竜人は発情する。

だがその発情は、相手のことを深く愛した時に起きるものだ。相手からも深く想われている場合がほとんどだし、愛し合う竜人同士でも発情が起きないことも多い。

(俺が？　あの人間相手に、発情している？)

数日前、性的な魅力など微塵《みじん》も感じていないと断言したばかりの相手だ。今だってそう思っているし、あんな小さな生き物をどうこうしたいだなんて、傷つけることへの恐怖の方が大きくてとても思えない。

――だが、ここ数日の自身の変化がオラーン・サランの発情によるものだとしたら、すべて納得がいくのは事実だ。

ただの体調不良で孤独感など感じるわけがないし、他の誰でもない、陽翔でその孤独感が癒されるなど、彼が自分の運命の対だからに他ならない。

「……っ、俺は……」

心と体がバラバラで、ぐっと強く拳を握りしめたジーンに、レイが遠慮がちに告げる。

「僕も、先ほど脈を取って確信しました。オラーン・サランが近づくと、竜人の方は普段より脈が速くなるんです。記憶を失くしたあなたに、発情は訪れないと思っていたんですが……」

「まあ、封じられてるってだけで、記憶自体はお前自身の中にしっかり存在してるからな。発情は本能的なもんだから、本人が記憶を認識してるかどうかは関係ないってことなんだろう」

腕を組んだアーロンが、ため息混じりに続ける。

「問題は、今のお前が陽翔のことを愛していないってことだ。発情自体は本能で起こるとしても、俺たち竜人は、運命の対と愛し愛され合って初めて心が満たされる。だがお前は……」

「……たとえ陽翔を抱いたとしても、俺が満たされることはない。番への愛情が、記憶を認識していない今の俺にはないから……」

アーロンの言葉を引き取って、ジーンは呟いた。

あまりの混乱と衝撃に、頭の中は真っ白になっている。だが、自分が今置かれているこの状況が、非常に危険なものだということだけは分かった。


自分にとってではなく、——陽翔にとって、だ。

もし自分が本能に支配され、陽翔のことを犯してしまったら。

通常ならば愛し愛されれば心が満たされ、発情もおさまるが、今の自分ではそれが叶《かな》わない。

求める相手をどれだけ抱いても、欲が尽きることはないのだ。相手が狂っても、命を落としても、犯し続けてしまうかもしれない。

(……せめてあいつが、竜人なら)

陽翔が竜人だったなら、自分の欲を受けとめきれたかもしれない。だが彼は、人間だ。

あんな小さな、細い体に、こんな凶暴な欲望をぶつけるわけにはいかない——。

「……っ、今すぐ俺を、牢に繋いで下さい」

「そんな……！」

呻くような声でアーロンに頼んだジーンに、レイが声を上げる。

「そんなこと、陽翔が知ったら傷つきます……！

たとえジーンさんの心が陽翔になくても、触れ合えば少しはオラーン・サランの苦しみもやわらぐはずです！　陽翔だって、絶対そうしたいって思うはずです……！」

「お前になにが分かる……！」

勝手なことを言うレイに、ジーンは反射的に吼《ほ》えた。びくっとレイが震え上がった途端、アーロンがすかさず彼を抱きしめ、金色の瞳を煮え滾《たぎ》らせながら唸る。

「……ジーン、悪いが俺もオラーン・サランで気が立ってる。俺の番に危害を加えるようなら、たとえお前でも容赦はしない……！」

「っ、すみません……」

抑えた、しかし低く鋭い声で牽制《けいせい》されて、ジーンは慌てて頭を垂れた。

赤い満月の夜は、竜人にとって最も本能が強くなる時だ。番に誰かが近づくだけで攻撃する者も珍しくない。アーロンもまた、肩を怒らせて全身の鱗を硬質にギラつかせていた。

「……アーロン」

と、その時、アーロンの太い腕に抱き込まれたレイが、身をひねってそっと彼の頰に手を添える。

優しい手つきで恋人である竜人の頰を撫でて、レイは囁《ささや》いた。

「大丈夫です、アーロン。少し驚いただけです。僕はなんともないから、落ち着いて」

「レイ……」

番になだめられた獣が、浅くなっていた呼吸を整え、ふうと大きく息をつく。

沸騰寸前だった金色の瞳を落ち着かせて、アーロンは低い声でジーンに詫びてきた。

「……すまなかった」

「いえ、俺こそ不用意に申し訳ありませんでした」

再度謝ったジーンに頷いたアーロンから身を離して、レイがジーンに向き直る。

「ジーンさん、僕になにが分かるのかと思われるのも当然です。でも、僕も陽翔と同じ、竜人の運命の対です」

まっすぐジーンを見つめる彼の視線は、儚げな容姿からは想像もつかないほど強い。

その強さは、逆鱗の欠片という強大な力によるものではなく、彼自身の意思の強さだ。

そしておそらく、ジーンの知るもう一人の竜人の番も、――陽翔も、その強さを持っている――。

「あなた方竜人からしたら、人間は弱くて脆《もろ》い生き物かもしれない。でも、誰かを愛する心は一緒です。愛する相手が苦しんでいるのに、なにもせず平気でいられるわけがない。陽翔だって、このことを知ったらきっと……」

「……やめてくれ」

レイの言葉を遮って、ジーンは唸った。

「頼む。それ以上は言うな。……あいつにも、俺のことは伝えないでくれ」

「っ、どうして……！」

ジーンに食ってかかろうとするレイを、アーロンがとめる。

「レイ、やめておけ。ジーンの言う通りにするんだ」

「アーロン、でも……っ」

「……俺はお前の気持ちも分かる」

ジーンを見据えて、アーロンが言う。

「愛していないからと言って、傷つけたいわけじゃない。ましてや相手は自分の運命の対で、異世界から来た人間だ。記憶がない今なら、相手を自由にしてやれるかもしれない」

「え……」

アーロンの言葉に、レイが目を見開く。

ジーンはアーロンに苦い顔で呻いた。

「いくら隊長でも、俺のなにもかもを見透かすのはやめて下さい」

「お前の考えそうなことくらい、すぐに分かるさ。なにせ尻に卵の殻くっつけてた頃から知ってるんだからな」

笑ったアーロンが、ジーンに問いかけてくる。

「どうせお前、逆鱗が届いても記憶を取り戻すつもりはないんだろう？　むしろ逆鱗を使って、陽翔を元の世界に戻そうとしてる。違うか？」

「……あなたが相手だと、俺にとって分が悪すぎますね」

図星ばかり突いてくるアーロンにぐっと顔を強ばらせて、ジーンは立ち上がった。ハ……、と荒くなりつつある息を堪えて告げる。

「あいつに俺の本心を伝える必要はありません。今の俺はあいつのことを愛してはいないんだから、自由にしてやるべきだ」

「……ジーンさんはどうなるんですか」

食い下がってきたのは、レイだった。

「気持ちがどうあれ、現に今、あなたにはオラーン・サランの発情が起きている。陽翔を元の世界に戻してしまったら、あなたは……！」

「……こんなものは、本能に引きずられているだけだ。今の俺なら、たとえ運命の対だった相手と離ればなれになっても、命を落とすことはないはずだ」

もしかしたら、オラーン・サランの苦しみを繰り返すうちに竜へと姿が変わるかもしれないが、陽翔への気持ちがない今の自分なら、最悪の事態は免れるだろう。

「あいつにしたってそうだ。あいつは俺と違う、人間だ。一時的に悲しむかもしれないが、いずれはその気持ちも風化する。時間が経てば、元の世界で自分にふさわしい相手を愛することもできるだろう」

「勝手なことを言わないで下さい……！」

ぐっと拳を握りしめたレイが柳眉を逆立てる。

「そんな……っ、そんなこと、全部あなたの想像でしかない！　第一そこまで陽翔のことを思うのなら、記憶を取り戻して陽翔と一緒に生きていけば……！」

「あいつに竜人と同じ、長い人生を歩ませろと言うのか？　それがどういうことか、竜人の番であるお前が一番よく分かっているのではないか？」

「……っ」

ジーンの指摘に、レイが俯いて黙り込む。ジーン、と咎めるような声を発したアーロンに、ジーンは頭を下げた。

「申し訳ありません。どうかこのことは、ここだけの話にして下さい」

「……分かった」

唸りつつも了承してくれたアーロンに再度頭を下げて、ジーンは言った。

「今夜は自分の部屋に籠もります。人間の作った牢など、竜人の俺には無意味でしょうから。俺は俺自身の理性で、この欲望を堪える他ない。そうですよね、隊長」

「……ああ」

頷いたアーロンが、ジーンを見上げて言う。

「陽翔には、お前の発情のことは伝えないでおく。お前も竜人族の男なら、一晩耐えてみせろ」

「分かっています」

頷いたジーンに、レイが縋《すが》るような目を向けてくる。

「……考え直してもらえませんか、ジーンさん。陽翔はきっと、あなたから自由になりたいなんて思ってません」

見つめてくるレイの視線から逃れるように、ジーンは踵を返した。

「悪いが、これは俺たちの問題だ。口を出さないでくれ」

「っ、待って下さい、ジーンさん！　俺たちのって言うなら、ちゃんと陽翔と話し合わないと……！」

引き留めるレイの声を振り切るようにして、ジーンは彼の部屋を出た。廊下の壁に手をつき、窓から見える地平線を睨む。

そこにまだ、忌まわしい赤は見あたらない。しかし、胸の奥底からせり上がってくる息苦しさが、熱が、確実にその時が差し迫ってきていることを告げていた。

「……っ、運命の対、か」

深紅の瞳を眇めたジーンは、ドンッと一度壁に拳を叩きつけ、重い足取りで歩き出した。

太い尾を引きずる竜人の頬を、乾いた風が撫でていった――。


廊下の突き当たりに設《しつら》えられた小さなバルコニーに、長身の男が佇《たたず》んでいる。

真っ赤に染まった夕焼け空の彼方をじっと見つめていた男は、そこに鳥の影を見つけてピイッと口笛を吹いた。一直線に舞い降りてきた大きな鷹を腕にとまらせ、脚にくくりつけられていた紙片に急いで目を通す――。

「あれ、ロディだ。なにしてんの？」

と、そこへ、布がかけられた大きな籠を持った陽翔が通りかかる。ぴくっと反応したロディは、紙片を折り畳んで懐にしまいながら問いかけた。

「……ああ、イリーナが戻ってきたところだ。それは？」

「あ、これ？　昨日雨宮さんにもらったんだ。いっぱいあるから、皆にお裾分けで配ってたとこ！」

籠の布をぺろっと捲ってみせて、陽翔はロディに笑いかけた。

「雨宮さんって、ちょっと前に知り合った人なんだけど、パン屋さんでさ。昨日持ってきてくれたんだよ。ロディもよかったらどう？」

「なら、これを」

表情をやわらげたロディが、手前のパンを一つ取る。選んだパンを見て、陽翔は声を弾ませた。

「あっそれ、めっちゃ美味いよ！　中にソーセージ入ってんの！」

「……まさか全部食べたのか？」

「うん、ひと通り。だって美味かったんだもん」

あとこれも美味かったよ、これも、と別のパンを手渡す陽翔に、ロディが呆れたような目を向ける。

「お前のその体のどこに、そんなに入るんだ……」

「それ、ジーンにもよく言われる」

けらけらと笑った陽翔だったが、ロディは真顔でじっとこちらを見つめてくる。なに、と視線で聞くと、イリーナを肩に移動させた彼は少し躊躇いがちに言った。

「いや……、こんなところで俺と話していていいのかと思ってな。今夜はオラーン・サランだろう」

「……うん」

窓の外に目を向けた陽翔は、地平線の向こうに赤々と燃え落ちていく太陽を見つめて言った。

「実はさっき、アーロンさんにそのことを相談してきたんだ。でも、記憶がなければ発情は起きないから大丈夫だって言われた。昼間もジーンと一緒にいたけど、特に変わったところはなかったって」

ジーンの記憶が封じられたまま迎えたオラーン・サランの今日、陽翔は悩んだ末、アーロンに相談しに行った。

今日が近づくにつれ、記憶を封じられたジーンはオラーン・サランの夜にどうなってしまうのか、気がかりで仕方なかった。だが、ジーンに直接尋ねたところで、お前に発情するわけがないと言われるのがオチなのは目に見えている。

それとなく様子を窺おうとした陽翔だったが、ジーンは昼間から自分にあてがわれた客室に引っ込んでしまい、何度声をかけても応えはなかった。

仕方なく、陽翔は同じ竜人のアーロンならなにか分かるだろうかと考え、先ほどパンのお裾分けを口実に、レイとアーロンの客室を訪ねて聞いてみた。けれど結局、気にするなと言われただけで終わってしまったのだ。

「でも、万が一ってこともあるから、念のためオレは今夜はジーンには近づくなってさ。だから、皆にこのパン配り終えたら、ジーンのとこ行ってみようと思って」

「……？　近づくなと言われたんじゃなかったのか？」

　話が繋がらないが、と不可解そうな顔をするロディに、陽翔は肩をすくめて言った。

「言われたよ。でもオレ、ジーンの番だから」

　確かに、アーロンには忠告された。

　今のジーンは、陽翔への感情を忘れてしまっている。そんな状態で万が一発情が起きれば、いくら陽翔を抱いても心が満たされず、際限なく陽翔を求めるだろう。

　竜人の欲望を全部ぶつけられたら、人間など気が狂うか、最悪の場合は死に至るかもしれない。だから今夜は念のため、ジーンには近づかないでおけ。

（そう忠告してくれたアーロンさんの態度に、おかしなところはなかった……。でも、隣にいたレイはずっと、オレの方を見なかった）

　なにか言いたげな、けれど言ってはいけないと堪えているような表情で俯いているレイを見て、陽翔は確信したのだ。

　万が一が、本当は万が一ではないことを。

「アーロンさんの言う通り、本当になんにもないならそれでいい。でももし『万が一』が起きるなら、それはジーンが苦しむってことだ」

　オラーン・サランの発情の苦しみは、運命の対と身も心も結ばれなければ癒されることはない。今のジーンにとって、自分は運命の対でもなんでもないから、たとえ自分を抱いたとしても、その苦しみはなくならないかもしれない。

　――でも。

「オレは、自分の大事な相手が苦しんでる時に力になれないなんて、絶対に嫌だ。たとえなんにもできなくてもそばにいたいし、少しでも力になれることを見つけたい」

　もちろん、それでジーンが自分を傷つけるようなことがあっては本末転倒だ。もしそんなことになったら、記憶を取り戻した時にジーンが彼自身を責めてしまう。

（だからオレは、そんなことがないようにちゃんと自分の身を守らないといけない。……ジーンには少し、きつい思いさせるかもしれないけど）

それでも、このままアーロンの忠告に従ってジーンを一人にすることなどできない。

確かに、今のジーンにとって自分はなんでもない人間かもしれない。

けれど自分にとってジーンは、運命の対なのだ。

「オレは人間だけど、でも、オレにとってもジーンは運命の対なんだ」

竜人じゃなくても、オラーン・サランの発情が起きなくても、自分にとって彼は運命の対だ。

ジーンにとっての自分が、そうであるように。

きっぱりと言い切った陽翔に、ロディはしばらく無言だった。ややあって、ふっと視線を落として問いかけてくる。

「だが、今のあいつはお前のことを覚えていない。相手に忘れられていても、……愛されていなくても、助けるのか？」

どこか苦しそうなロディの声に、陽翔は迷うことなく頷いた。

「うん。だってこういうのは、相手が自分をどう思ってるかじゃない。自分が相手をどう思ってるか、だから」

以前アースラに言われた言葉の意味が、今ならよく分かる。

ジーンが命をかけて陽翔を元の世界に戻そうとしていた時、陽翔は彼を避けたことがある。

自分が元の世界に戻れないことを悲しんでいたら、その匂いがジーンに伝わってしまう。そうしたら、彼はますます彼自身の命を賭して、陽翔を元の世界に帰そうとするだろうから。

（あの時オレは、ジーンのことが好きかどうか、まだ自信がなかった……。ジーンに応えられるかも分からないのに、ジーンの気持ちを利用するみたいな

ことが嫌だった）

だがアースラは、ジーンはその程度の気持ちで自分を想っているわけではないと教えてくれた。

彼は、陽翔が自分を好きかどうかで態度を変えるような男ではない、と。

（あの時は、確かにジーンはそういうやつだって思ったけど、考えてみたら誰だってきっとそうだ）

相手を愛するということは、見返りを求めることではない。

自分がどうなろうと、相手の幸せを願う。

少なくとも自分のジーンへの想いは、そういう類《たぐい》のものだ。

「オレはジーンのことが大切。だからジーンにどう思われてたって助ける。それだけのことだよ」

ニッと笑って告げた陽翔に、ロディはしばらく黙ったままだった。やがて、ため息混じりに頷く。

「……そうか」

「うん。じゃ、オレもう行くね」

おやすみ、と手を振って歩き出そうとした陽翔だが、それより早くロディが陽翔の手からパンの入った籠を取る。

「？　ロディ？」

「これは俺が配っておく。もう陽が沈むからな」

行ってやれ、とロディが目を細める。

陽翔はパッと顔を輝かせてお礼を言った。

「ありがとう！　じゃあお願い！」

ああ、と頷くロディに手を振って、陽翔は歩き出した。ジーンの部屋へ向かいつつ、考えを巡らせる。

（とはいえ、普通に部屋の前まで行っても、ジーンは扉開けてくれないだろうしな……）

昼間からずっと部屋に籠もりきりということは、ジーンも自分の体調の異変に気づいているのだろう。今晩がオラーン・サランであることももちろん知っているから、それが運命の対を求める発情によるものだと、薄々気づいているはずだ。

（ジーンはオレのこと自分の運命の対だって認めた

くないから、部屋に籠もってるんだろうな。ってことは、正面突破はまず無理)
「じゃあもう強行突破しかないな」
よし、と呟いて、陽翔は駆け出した。
窓から差し込む赤い光が、刻一刻とその色合いを深く、濃いものに変えていた——。

閉め切った暗い、暗い部屋の中、獣の低い唸りが響いている。

床に膝と肘をついたジーンは、鋭い爪でザアッと大きく絨毯《じゅうたん》を引き裂き、床を掻き毟りながら苦悶の声を上げた。

「ぐ……、う、ウゥ……ッ!」

腹の底で、熱い衝動が渦を巻いている。

月光を浴びてもいないのに込み上げてくる欲情に頭の芯が煮え滾って、知らず知らずのうちにハッハッと息が上がっていく。体の芯が燃え上がるように疼《うず》いて、全身を覆う鱗が一つ残らず蕩けそうで。

(欲しい……、ほしい、ホシイ……)

「っ、黙れ……!」

頭の中に鳴り響く己自身の声に、ジーンは低く呻いた。だが、声はやむどころか一層大きく、激しくなっていく。

(ホシイ……! ホシイ、アイツガ……!)

「黙、れ……ッ!」

グルルルッと唸り声を上げて、ジーンは己の中に渦巻く獣を無理矢理抑えつけた。ハーッ、ハーッと肩で息をして、きつく目を閉じる。

聞き及んではいたものの、オラーン・サランの発情がこんなにも激しく、狂おしいものだとは想像以上だった。

求める者がこの場にいない、ただそれだけのことなのに、そのことこそが我慢ならなくて、許せなくて、——寂しくて。

（何故ダ……、何故ココニ、俺ノ番ガイナイ……）

「……っ、違う！　俺には元から運命の対など、いない……！」

獣欲に呑み込まれそうな意識を、必死に理性で繋ぎとめようとする。しかし、否定すればするほど、頭の中に獣の声が響く。

（嘘ダ）

（知ッテイルダロウ、アノ甘イ声）

（肌）

（匂イ）

「やめろ……！」

ぐわんぐわんと響く声に、ジーンがたまらず叫んだ、――その時だった。

「……っ」

コンコンと、窓を叩く音が響く。

ジーンは驚いて顔を上げ、暗闇の中でじっと息をひそめた。

まさか、とよぎった考えを、すぐさま否定する。

そんなことがあるわけはない。この部屋は地上から何メートルもある。

翼のある竜人ならまだしも、『彼』が窓から訪ねてくるはずが――。

「おーい、ジーン。いるんだろ？　開けてよ」

「っ、何故……」

思い描いた人物の、のほほんとした声が聞こえてきて、ジーンは思わず呻いた。すると、その声が聞こえたのだろう。彼が一層喚き出す。

「あっ、やっぱりいた！　ここ開けてってば！　開けなきゃ蹴破る……っ、うわあっ!?」

「陽翔!?」

突如聞こえてきた悲鳴に、ジーンは反射的に窓に駆け寄った。

厚いカーテンを開く余裕もなく、内開きの窓を手探りで力任せに開けた、――その瞬間。

「……っ、隙あり！」

カーテンを割って飛び込んできた彼、陽翔が、飛びつきざまジーンのルガトゥルをむしり取る。驚いて目を見開いたジーンは、次の瞬間、喉元にビッと走った激痛に思わず呻いた。

「な……っ、ぐ……！」

「……ごめんな、ジーン」

ドッと床に倒れ込んだジーンの上に馬乗りになった陽翔の手には、純白の逆鱗がある。

夜風になびくカーテンの向こう側、開け放たれた窓の外にはだらりとロープが垂れ下がり、その向こうには真っ赤な満月が煌々《こうこう》と輝いていた。

「な、にを……！」

痛みと驚きで混乱したジーンだが、陽翔はその一瞬の隙をついてぐっと体重をかけて動きを封じると、先ほど奪ったルガトゥルでジーンの手首を素早く縛り上げる。

「痛い思いさせてごめん、ジーン。でも、逆鱗がなければ少しは楽になるはずだから」

「なにを言って……！　外せ！」

叫びつつ力まかせに縛《いまし》めを振り解こうとしたジーンだったが、どう結んでいるのか、逆にがっちりと締まっていく。自分のルガトゥルも使って、結び目を近くの家具の脚に手早く固定した陽翔は、唸るジーンを見下ろして言った。

「解けないよ、それ。前にワドゥドゥに教えてもらった、砂嵐の時に仲間と絶対に離れないための結び方だから」

「……っ、お前……！」

淡々と告げる陽翔は、最初からこうするつもりでいたのだろう。そうでなければ、この手際のよさはあり得ない。おそらくあのロープを使って上の部屋から下りてきたのだろうが、窓の外から聞こえてきた悲鳴は演技だったに違いない。

ようやく事態を悟り、怒りに瞳を燃え上がらせたジーンに、陽翔は困ったように微笑んで謝った。

「こんなことして、本当にごめん。でも、こうでもしなきゃジーン、部屋に入れてくれないだろうって思ったんだ」

「分かっていて、何故……！」

荒い息の下、ほとんど叫ぶようにして咎めたジーンに、陽翔は静かに告げた。

「今日がオラーン・サランで……、オレが、ジーンの運命の対だから」

「っ、違う！　俺に運命の対などいない……！」

愛を否定し、暴れようとしたジーンだったが、その途端、腹の上に馬乗りになった陽翔が、手にした逆鱗をジーンに突きつけて言う。

「暴れないで、ジーン。……この逆鱗を、砕かれたくなかったら」

「……っ！　この……！」

竜人にとって最も大切な、己の力の証であるそれを盾に取られて、ジーンはぴたりと動きをとめた。

奪った逆鱗を大事そうにそっと懐にしまいながら、陽翔が申し訳なさそうに微笑む。

「ごめんな、ジーン。明日の朝になったら、ちゃんと返すから」

「今すぐそれを置いてこの部屋から出ていけ……！」

勝手なことばかり言う陽翔から顔を背けて、ジーンは地を這《は》うような声で唸った。縛られた両手をぐっと握りしめ、鋭い爪の先を手のひらに強く食い込ませて、上がる吐息を堪える。

――痛みで誤魔化さなければ、今にも理性が飛んでしまいそうだった。

腹の上に乗った人間の温もりに、肌のやわらかさに、甘い匂いに、目眩がする。

言葉にされなくても、分かる。彼が自分にとってどういう存在か、体が覚えている。

他の誰でもない。

自分が恋焦がれ、求めているのは、狂おしいほど欲しくてたまらないのは、彼だ――。

「……俺はお前を、傷つけてしまう」

ハ……ッと熱い、荒い息を零しながら、ジーンは呻いた。

「今の俺は、ただの獣だ。お前の知っている優しい竜人などではない。お前への愛情も、思いやりもない。そんな俺が本能に負けてしまえば、お前が狂おうが、命を落とそうが構わず、犯し続けてしまう。……お前を、壊してしまう」

彼が、欲しい。

欲しくて欲しくて、たまらない。

けれど、求めてしまったら、手にしてしまったら、壊してしまう。傷つけてしまう。

体だけではない。自分と交わればきっと、彼は心まで傷つく。

自分の愛した男が本当に以前とは別人なのだと、自分を愛していないのだと、その現実を突きつけられて傷つかないわけがない。

誰よりも明るい、太陽のような彼の笑顔を、この手で消してしまうことになる――。

「……っ、そうなる前に、立ち去れ……！　頼むから、俺から逃げてくれ……！」

なによりもそれが怖くて、きつく目を閉じ、懇願するように叫んだジーンの頬に、さらりと陽翔の手が触れてくる。

白い鱗に覆われた頬をそっと撫でて、陽翔は穏やかな声で言った。

「ごめん、ジーン。それはできない」

「……っ」

「オレは、好きな相手が苦しんでるって知っててなにもしないなんて、できない。自分にしかできないことがあるなら、尚更だ」

静かに告げる陽翔に、ジーンは呻く。

「お前にできることは、今すぐ俺から逃げることだけだ……！」

「それはジーンがオレに望むことだろ」

苦笑して、陽翔が言う。

「ジーンのその苦しみを和らげられるのは、オレだけだ。だからオレは逃げないし、いくらジーンが拒んでもやめるつもりはない。……ごめんな」

最後にもう一度謝って、陽翔は少し体をずらすと、するりと手をジーンの下肢に伸ばしてきた。ごそごそとそこをくつろげる彼に、ジーンは呻く。

「やめ、ろ……！」

縛られた手にぐっと力を込め、もう一度力まかせに引きちぎろうとする。いくら解けなくとも、竜人の力をもってすれば、縛めごとルガトゥルを引き裂くことは可能だろう。

自由さえ取り戻せば、彼から逆鱗を奪い返して、この部屋から追い出すことが――。

（本当ニ、ソレデイイノカ？）

「……っ！」

頭の中に、嘲笑うような自分の声がこだまして、ジーンはくっと顔を歪めた。

（自由ニナッタラ、彼ヲ抱ケル）

（犯セル）

（思ウサマ、存分ニ、自分ノモノニデキル……）

「こ、の……っ」

強く、強く頭を振って、ジーンは囁く声を振り払った。ブチブチと繊維が切れ始めていたルガトゥルから、必死に力を抜く。

「く……！」

――分かってしまった。

このルガトゥルは、陽翔が繋ぎとめた自分の理性なのだと。

彼にだって、この程度の縛めで竜人である自分の自由を本当に封じられるわけがないことは分かっているはずだ。盾にした逆鱗にしても、人間の力でそう簡単に砕けるような代物ではない。ジーンが力に訴えれば、彼から奪い返すことは簡単だ。

それでも陽翔は、この状態で理性を保てと自分に言っているのだ。

彼を傷つけないために。

そしてなにより、記憶を取り戻したジーン自身を、傷つけないために。

「最悪だ……」

誇り高い竜人である自分が、人間の彼に気遣われ、守られている。

　そのことがなによりも受けとめがたくて唸ったジーンに、陽翔が困ったように微笑む。

「……うん。ごめん」

　今のジーンがなにに打ちひしがれているのか、それもすべて分かっているのだろう。

　ぶるりと飛び出てきた雄茎に小さく息を呑んで、陽翔は少し目元を赤く染めて言った。

「全部オレのせいにしていいから。オレが悪いって思っていいから、今だけオレに、任せて」

「……っ」

　そろりと触れてきた手は、当然ながらジーン自身のものよりも随分と小さく、指も細かった。赤い月明かりが差し込む中、少しぎこちない、けれど迷いのない手つきで、陽翔がそれを扱《しご》き立てる。

　オラーン・サランの発情で熱く疼いていた雄蕊《ゆうずい》は、すぐに完全な形になった。

「っ、すご……」

　びきびきと青筋を立ててそそり立つ太竿に、陽翔がこくりと喉を鳴らす。は、と小さく息を零して唇を湿らせる陽翔は、常の彼からは考えられない、匂い立つような色香があって、ジーンは自身のそこにますます熱が集まるのを苦々しく感じた。

「……気持ちいい？」

　そろり、と少し期待の滲む目で見つめながら、陽翔が手にしたものを優しくきゅっと握りしめる。

　零れ落ちた蜜を丁寧に塗り広げられ、ぬちぬちと音を立てて上下に扱かれて、ジーンは浮きそうになる腰を堪えて唸った。

「見て分かるだろう……」

　悔しいことに、彼の体温や匂いが近ければ近いほど、欲しいという劣情は高まる反面、一人でいた時に感じていた空虚さや孤独感は薄れていく。

　唯一無二の番に受け入れられ、愛されることで、己の中の獣が確実になだめられているのを感じて、ジーンは内心舌打ちせずにはいられなかった。

人間の思い通りになるのは癪《しゃく》だ。――けれど。

「……本当に俺が我を失ったら、なにをしてでも逃げろ」

こうなってはもう、彼に任せるほかないだろう。

腹をくくりつつも、目の前にいる番に手を伸ばすことすらできない状況に、どうしてももどかしさが募る。荒い息の下、グルル……、と堪えきれない不満の唸りを漏らしながらも忠告するジーンに、陽翔は頷きつつ言った。

「分かった。でもオレは、ジーンなら大丈夫だって信じてるから」

あっさり言う彼に、ジーンは咎めるような視線を送った。

「……信じるなど、簡単に口にするな」

「簡単に言ってるわけじゃないよ」

苦笑して、陽翔が言う。

「ジーンは、今の自分はオレの知ってるジーンと違うって言うけどさ。オレにとって、ジーンはジーンだから」

うまく言えないけど、と言って、陽翔が言葉を探しながら想いを紡いでいく。

「オレのこと好きじゃなくても、オレが好きになったジーンに変わりはないっていうか……。もしジーンが本当にただの獣だったら、オレを傷つけないように部屋に閉じこもったり、オレに逃げろって言ったりしないだろ」

「…………」

「確かにオレへの愛情はないかもしれないけど、でも、思いやりがないわけじゃない。ジーンのそういう、一人ですぐ抱え込んで自分ばっかり責めちゃう、我慢強くて優しいとこ、オレ好きなんだ」

へへ、と照れくさそうに陽翔が笑う。

まるで日だまりのようなその笑みからふいっと顔を背けて、ジーンは呟いた。

「知ったようなことばかり言うな」

「うわ、相変わらずの塩対応」

なにがおかしいのか、けらけらと笑った陽翔が、ふっと視線を落として呟く。

「……うん、でも好きだよ、ジーン」

大好き、と小さな声で呟いた陽翔が、体を下に移動させる。ジーンの足の間におさまり、両手で包んだそれに唇を近づける陽翔に、ジーンは反射的にぐっと身を強ばらせた。

「……っ！」

「ん……、楽にしてて、ジーン」

大丈夫だから、となだめるように言った陽翔が、ジーンの雄茎にキスを落とす。

丸く膨らんだ先端にちゅ、ちゅ、と何度も唇を押しつけた後、彼は小さな口を目一杯開き、ゆっくりとそれを咥《くわ》え込んでいった。

「んぅ、ん……」

張りつめた雄が、なめらかな粘膜に迎え入れられる。じゅぷり、と猛《たけ》る熱が濡《ぬ》れたあたたかいものに包み込まれる感触に腰が蕩けそうで、ジーンは思わず低く呻いた。

「っ、く……」

狭い口で精一杯竜人の性器を咥え、じゅぷじゅぷと頭を前後させる陽翔の口淫は、それほど巧みではないが、とにかく丁寧だった。

熱い小さな舌が先端をくすぐり、鈴口に滲む雫を舐《な》め取っていく。張り出したエラの部分に吸いつかれたかと思うと、びくびくと震える幹にくまなくキスを落とされた。ちろちろと舌で舐め上げながら、空いた手で根元の蜜袋や茎をさすられる。

いずれもジーンが特に感じる場所ばかりで、少なくとも彼が自分にこの行為を幾度かしたことがあるのは明白だった。

「……っ」

陽翔が、自分の知らない自分に。

そう思った途端、チリッと胸の奥に小さな焦げが生じる。それがなんなのかは分からなかったが、無性にもやもやとした気持ちが込み上げてきて、ジーンは衝動のまま、投げ出していた尻尾に力を入れた。

「ん……っ!?　ちょっ、ジーン!?」

「……やられっぱなしは性に合わない」

ハ、と熱い息を零しながら呟き、驚いて顔を上げた陽翔が閉じようとする足を、強靭《きょうじん》な尾で強引に割り開く。衣の上から、細くなった尻尾の先ですりとそこを撫でて、ジーンはフンと鼻を鳴らした。

「お前だって勃《た》っているじゃないか」

「……っ、そっ、そんなの当たり前だろ……！　ジーンとその、こういうことしてるんだから……！」

途端に真っ赤になった陽翔が、身をよじって逃げようとする。

「オレはいいから！　今日はジーンが気持ちよくなればそれで……っ、ん……！」

逃げようとする小さな体を、両足で挟むようにして押さえ込んで、ジーンはわざとゆっくり、陽翔の足の間を尻尾で撫で上げた。衣越しにも分かるように、鱗の一枚一枚を彼の熱に擦りつけてやると、陽翔の体が見る間にくにゃんと力を失くす。

「んあ……っ、あっ、や……っ、ジー、ン……！」

「……俺をよくするんじゃ、なかったのか」

ずりずりと、強く陽翔のそこを責め立てながら、ジーンはハ……、と荒い息を落ち着かせた。

目の前の彼の痴態に、自分でもどうしたかと思うほど興奮してしまっている。少し意趣返ししてやろうという程度の気持ちだったはずなのに、視線は顔を真っ赤にして懸命に喘《あえ》ぎを堪えている陽翔に釘付けで、彼の手がかろうじて絡みついている雄茎は先ほどより明らかに熱く滾っていた。

「俺を達《い》かせなければ、終わらないぞ？」

「……っ」

深紅の瞳を情欲に濡らしながら囁いたジーンに、陽翔がむくれたような顔になる。

「ジーンの、意地悪」

潤んだ瞳でジーンを咎めるように見やって、陽翔がのろのろとまた口での愛撫《あいぶ》を再開する。けれど、途端にその小さな口も舌も快楽に蕩けてしまって、反り返った雄茎に甘い吐息を零すだけしかできなくなってしまう。

「んん……っ、ふあ……っ、あう、ん、ん……！」

「っ、濡れて、きたな……？」

ぐりぐりと鱗の一つ一つを押しつけるようにして責め立てていたそこの感触が、布越しにもぬめりを帯びてきたのが分かって、ジーンは声を上擦《うわず》らせた。

や、と恥じらうように頭を振った陽翔が、ジーンの太竿をきゅっと握りしめると同時に、誘うように、拒むように腿で尾を締めつけてくる。それを振り解くようにして強引に尾を前後させると、あっあっと今にも泣き出しそうなたまらない声を上げた彼は一層性器を熱くぬめらせた。

「ジー、ン……っ、んんん……！」

「……っ」

快楽に押し流されそうになりながらも、陽翔が懸命にジーンの雄蕊を咥え込み、舌を絡みつかせてくる。

蕩けきった舌で、それでもなんとか自分を感じさせようと口淫を続ける陽翔からは、もうずっとふわふわと甘い匂いが漂ってきていて、ジーンは先ほどから手首の縛めを引きちぎってしまいたい衝動に駆られっぱなしだった。

目の前で自分の愛撫に感じ入っている番の姿を、声を、匂いを、一つ残らず自分のものにしてしまいたい。疼く欲望を彼に突き立てて、渦巻く熱い精を一滴残らず注ぎ込みたい。

──だがそれは、今の自分はしてはならない。

今の自分は、彼の愛した自分ではない──。

「……っ、く……！」

ギリッと奥歯を食いしばり、息を荒らげて、ジーンは一層強く、激しく、彼の性器を擦り上げた。同時にやわらかな口内に雄茎を突き立て、グルルッと唸り声を上げながら精を放つ。

「んぅ……っ、ん、ん、んんっ！」

びくびくっと身を震わせた陽翔が、ジーンと同時に絶頂に達する。過ぎる快楽に甘い吐息を零しながら、人間のそれより多い精液を懸命に飲み下していた陽翔だったが、やはりすべて呑み込むのは難しかったのか、けほけほと咳《せ》き込み始めた。

「ん、は……っ、ジーン、量多すぎ……っ」

口元を手で拭《ぬぐ》いながら文句を言う彼に、ジーンはおさまらない唸り声を響かせながら告げる。

「……まだだ」

「え……、う、わ」

一度達したのにまるで勢いの衰えていない雄茎に、陽翔が狼狽えた声を上げる。

反射的に逃げようとしたその腰を尻尾で強く引き寄せて、ジーンは求めてやまない番の名を呼んだ。

「……陽翔」

小さく息を呑んだ陽翔が、じっとこちらを見つめてくる。

種族の違う、異世界から来た恋人をまっすぐ見据えて、ジーンは言った。

「……頼む」

「……っ、うん……！　オレに任せて、ジーン」

パッと明るい顔をした彼が、嬉しそうに身を寄せてくる。

頬に落とされたキスに、ジーンはそっと目を閉じた。口から逸らされたそれが、もどかしい。けれど、それ以上を彼に求めることはできない――。

葛藤と共に、オラーン・サランの夜が更けていく。

窓越しの赤い月が、重なり合う番たちを静かに照らし続けていた――。

目の前でほかほかと湯気を立てる白米に、陽翔《はると》は大歓声を上げた。

「米ー！」

「ふふ、喜んでもらえてよかった」

くすくす笑ったレイが、おかずもあるよ、と皿を運んでくる。

ソヘイルは床に直接料理を並べる習慣のため食卓はないが、それに代わるものを用意してくれたのだろう。低いテーブルに並べられた料理の数々に、陽翔は目を輝かせた。

「味噌汁、漬け物、生姜焼きー！」

「なんだかご飯のお供三段活用、みたいなことになってるよ、陽翔」

苦笑するレイの肩では、白フクロウのククが広げた翼をパタパタ羽ばたかせ、陽翔に負けず劣らず大興奮している。

「はいはい、ククはこっちね。二人とも食いしん坊だなあ、もう」

微笑《ほほえ》みながら肉の切れ端をあげるレイに照れ笑いを返して、陽翔はいただきます！　と勢いよく手を合わせた。


オラーン・サランの翌日、陽翔はレイの客室に来ていた。

赤い月の夜を恋人と過ごしたであろうレイを、その翌日に訪ねるのは少し気が引けたが、他ならぬアーロンから、レイの話し相手になってくれないかと頼まれたのだ。アーロンは今日一日、バーリド帝国への対抗策をラヒム王たちと話し合う予定らしく、色疲れの滲《にじ》むレイを一人にしておくのも気がかりだからということらしかった。

昼過ぎに客室を訪れた陽翔を、レイは少し怠《だる》そうにしながらもあたたかく迎えてくれた。そして、陽翔がまだ昼食をとっていないと知ると、ちょうど食べさせたいと思って持ってきた食材があると言って、客室に備え付けのミニキッチンでこの生姜焼き定食を作ってくれたのだ。

(昼飯どころか朝飯も食いっぱぐれてたから、正直助かった……)

部屋に招き入れられるなりぐうぐうと鳴いてしまった腹の虫をレイに笑われたのは少し恥ずかしかったけれど、こんなご馳走《ちそう》にありつけるなら食いっぱぐれてよかったかもしれない。

陽翔はよく味の染みた厚めの豚肉を山盛りのご飯の上でちょんちょんとバウンドさせると、口いっぱいに頬張った。じゅわっと広がる生姜醤油の風味を、んーっと目を細めて味わう。

「うまぁああい！」

「よかった。お茶もどうぞ」

「緑茶……！」

目を輝かせる陽翔に、レイがくすくすと笑う。えへへと照れ笑いを浮かべて、陽翔はありがたくお茶に手を伸ばした。

——昨夜、何度達しても満たされることがなかったジーンは、結局赤い月が姿を隠す夜明けまでずっと陽翔を離してくれなかった。体を繋《つな》ぐことこそしなかったものの、陽翔もジーンの尻尾《しっぽ》に翻弄されて幾度も追い上げられてしまい、最後は疲れ果てて気を失うようにして寝てしまった。

起きたのはもうすっかり陽も高くなってからで、ぐちゃぐちゃだった体は綺麗《きれい》に清められ、服も着替えさせられていた。

ちゃんと自分の客室で寝ていたが、おそらくジーンが抱いて運んでくれたのだろう。うすうす分かってはいたが、やはり竜人のジーンには、あの程度の拘束は力ずくでどうにかできてしまったらしい。

(……それでも、オラーン・サランの間はルガトゥル破るの堪《こら》えてくれたんだよな)

長い夜の間、ジーンはずっと苦しそうに唸《うな》ったり、息を荒らげてはいたものの、陽翔の拘束に甘んじて耐えてくれた。なにより、着替えをさせた時に持ち去れただろうに、起きた時、陽翔の手にはジーンの逆鱗《げきりん》が握らされていたのだ。

（ちゃんとオレの手で返せって意味かな。もしくは、しっかり謝れとか）

最後にはジーンも応じてくれたものの、陽翔がジーンに一方的に行為を強いたのは事実だ。いくら彼と恋人同士であり、記憶のない彼をオラーン・サランの苦しみから助けるためだったとはいえ、昨夜の行為が強引すぎたということは陽翔も自覚しているし、反省もしている。

もちろん後できちんと謝罪するつもりだったし、場合によっては絶対に許さないと言われることも覚悟の上だったが、もしかしたらジーンはもう許してくれているのかもしれないなとも思う。そうでなければ、大切な逆鱗を自分に預けたままにはしないのではないか、と。

（……そうだったらいいいな）

昨日の今日で顔を合わせるのは気恥ずかしいけれど、後で会議が終わる頃合いを見計らってジーンに会いに行くつもりだ。その時にちゃんと謝って返さないと、と懐にしまった逆鱗を服の上からそっと押さえる陽翔に、レイが遠慮がちに声をかけてくる。

「あの……、ごめん、陽翔」

「えっ、なにが？」

突然謝られて驚いた陽翔に、レイは申し訳なさそうに言う。

「実は僕、昨日君に嘘《うそ》をついたんだ。ジーンさんにオラーン・サランの発情は起こらないって……」

「ああ、なんだ、そのことか。大丈夫、気づいてたから気にしないでよ。多分だけど、ジーンが黙ってるように頼んだんだろ？」

ジーンは昨日、部屋に籠もる前にレイの診察を受けていたはずだから、レイはその時にジーンの変化に気づいたのだろう。おそらくその時に、自分には言わないよう口止めされたに違いない。

正直、レイがなにか隠していることは態度でバレバレだったけどと苦笑しつつ、陽翔はレイに打ち明ける。

「アーロンさんにはああ言われたけど、でも気になってさ。オレ、昨夜ジーンのところに行ったんだ。オレの気持ちもちゃんと話して、それでその……、一晩一緒に過ごした。だからもう大丈夫だよ」

レイも自分と同じ竜人の番《つがい》だから、昨夜なにがあったかなんてすぐ分かってしまうだろう。

気恥ずかしくて言葉を濁しつつ言った陽翔に、レイがほっとした顔をする。

「そう、よかった。実は昨日、そのことでジーンさんと少し揉《も》めたんだ。大丈夫だったかなって気になってたから……」

「だ……、大丈夫、大丈夫。それよりこの生姜焼き、ほんと美味《うま》いな！」

夜のことに触れられるのが苦手な陽翔は、ついつい話題を逸《そ》らそうとしてしまう。

レイは苦笑しながらも強引な話題転換に乗ってくれた。

「口に合ってよかった。こっちの生姜は日本のよりちょっと辛みが強いから、少なめにしてみたんだ」

「そうなんだ。めちゃくちゃいい味付けだよ。マヨネーズも最高！　もしかしてこれもレイが作ったの？」

久しぶりに食べた、と喜ぶ陽翔に、レイがくすくす笑いながら言う。

「うん、こっちの世界にはマヨネーズないみたいだったから、卵とお酢と油で作ったんだ。後でレシピ書いて渡すね」

「いいの？　やった、ありがとう！」

マヨラーというほどではないが、元の世界にいた時は大好きで、よくサラダや肉料理にかけていた。この世界に馴染《なじ》んできてから、マヨネーズがないことに気づいてがっかりしたが、材料も作り方も分からず諦めていたのだ。

卵とお酢と油、と頭の中にしっかり刻み込んで、陽翔はワカメが浮かんだ味噌汁をすする。

「あー……、染みるー……」

「オヤジくさいよ、陽翔」

苦笑したレイが、肉のお代わりを催促するククにはいはいと応じながら同意する。

「でも、分かる。僕もお味噌汁飲んだ時、すごく懐かしくてほっとしたから」

僕の場合は実体験じゃなく前世の記憶だけど、とレイが笑う。

レイからは、竜王妃の逆鱗の欠片《かけら》について聞いた時に、彼の前世についても聞いている。

レイの前世は日本人で、彼は高校生の頃、田舎の祖父母の元で暮らしていたらしい。前世というだけあって、陽翔が知っている日本よりも少し前の時代の様子だったけれど、それでも同じ日本の話ができて盛り上がった。

前世で暮らしていた場所は大体どの辺りなのか、レイが覚えている祖父母の方言から推測したり、逆に教えたり、こんな食べ物があったと教えてもらったりした。

レイが前世でハマっていたゲームがシリーズ化され、もう十一作目まで出ていると伝えた時には、何徹してでもいいから全部やりたいと呻《うめ》いていた。陽翔が覚えている限りのストーリーを話して聞かせていると、そばで聞いていたアーロンやジーンまで真剣に考察し始めたのには笑ってしまった。こっちにゲーム機があったなら、皆で対戦ゲームでもして楽しめたかもしれない。

(ジーンは意外とゲームとか下手そうだよな……)

本人が聞いたらムッとしそうなことを思いつつ味噌汁をすすって、陽翔はしみじみと言った。

「それにしても、レイはほんとに料理上手だな。記憶だけでこんなに料理できるなんて、すごいよ」

オレなんて家庭科3だったぜ、と感心する陽翔に、レイがはにかんで言う。

「ありがとう。でも僕、五年前は料理なんてまるでできなかったんだよ。食べた記憶はあっても、作った記憶はなかったしね。アーロンに料理の基礎を教えてもらって、ようやく最近作れるようになってきたんだ。このご飯も、お鍋で炊いたんだよ」

「そっか、炊飯器とかないもんな」

「そうそう。今思うと、本当に便利だったよね。掃除機とか洗濯機とか、電子レンジとか」

こっちは電気もガスもゲーム機もないもんねえ、とため息をつくレイに、ほんとほんと、と笑って、陽翔は最後に残った漬け物をぽりぽりと齧《かじ》った。

「オレ、こっちの世界で和食が食えるとは思わなかったよ。ありがとな、レイ」

しみじみと言う陽翔に、レイが微笑む。

「僕は調理しただけだから。食材はアーロンが探してくれたんだ。東の国になら、日本で使ってたような食材とか調味料があるかもって」

「東の国か……。レイは行ったことあるの？」

「うん、何度か。すごく遠いところだけど、でも日本の風景に少し似てたよ」

田んぼが広がってて、気候も穏やかでね、と懐かしそうな表情を浮かべるレイに、陽翔も元の世界で暮らしていたところを思い浮かべる。

「そうなんだ。オレもいつか行ってみたいなあ。あ、そうだ。レイ、お米とかってまだある？」

「え？　うん、あるよ。お土産に持って帰ってもらおうと思って、多めに持ってきたから」

醤油とかも後で渡すね、と言う彼にありがとうと声を弾ませて、陽翔は提案した。

「そしたらさ、状況が落ち着いたら雨宮《あめみや》さんにもご馳走してあげてくれないかな。きっと雨宮さんも和食が恋しいと思うし」

「それは……、構わないけど」

頷《うなず》きつつも、レイの答えはどこか歯切れの悪いものだった。単に作るのが嫌というのとは違う気がして、陽翔は首を傾《かし》げる。

「どうしたの、レイ？　なんか気になる？」

「……うん。こんなこと言うのもなんだけど、その雨宮さんと深く関わるのは、やめておいた方がいいかもしれない」

「え……」

　思いがけない一言に、陽翔が驚いて目を瞠《みは》ったその時、コンコンとノックの音が響く。

「レイ、陽翔、いるかい？」

　廊下から聞こえてきたアースラの声に、陽翔は慌てて頷いた。

「あ……、うん、アースラ。いるよ」

「どうぞ、入って下さい」

　レイが声をかけると、邪魔するよ、とアースラが入ってくる。クアールを肩に乗せた彼女は、部屋の入り口で足をとめて言った。

「なんだい、食事中かい？　もうすぐゼノスが到着するらしいから、呼びに来たんだが……」

「えっ、ゼノスが？」

　驚いた陽翔に、アースラが頷く。

「城壁の見張りが、飛んでくる竜人の影を確認したらしい。そろそろ広場に着くだろうから、出迎えに行こうと思ってね」

「分かった、オレもすぐ行く！　レイ、一緒に行こう！」

「うん、ちょっと待って」

　陽翔の言葉に頷いたレイが、ククを部屋の鳥籠に移す。お留守番の気配を察知したククはカルル、と不満そうな声を上げたが、幸い先ほどもらった肉の切れ端でおなかがいっぱいだったらしい。納得がいかない顔つきながら、ふっくらとした胸毛に顔を埋《うず》めて、すぐにうとうとし始めた。

「ごめん、すぐに戻るからね、クク。陽翔、片づけは戻ってからするから、置いておいて」

「ん、後でオレも手伝う。さっきの話はその時、詳しく聞かせてな」

「……うん」

少し緊張した面もちのレイに頷き返して、陽翔は行こう、と促した。待ってくれていたアースラに駆け寄り、皆で部屋を出る。

（……レイがあんなこと言うなんて、きっとなにか理由がある）

まだ出会って数日だが、レイの人となりはそれなりに知っているつもりだ。

彼は優しくて誠実で、偏見や損得勘定で無闇に他人を批判するような人ではない。何事も思い立ったら即行動してしまう自分と違って思慮深いし、慎重な性格をしている。

そのレイがああ言うからには、きっとなにか理由があるはずだ。

（この間雨宮さんが来た時、ジーンも怪しんでたけど、それとなにか関係があるのか？　でも、あの時ついて来てもらったアーロンさんは、特に不審なところはないし、嘘をついたり敵意を持ってる匂いもしないって言ってた……）

一体レイはどうして、雨宮に深入りしない方がいいと思ったのだろう。

レイは雨宮に直接会ってはいない。それでもそう思ったのには、きっとなにか理由があるはずだ。

（……そう言えばジーン、最初に雨宮さんに会った日の夜、今後雨宮さんに会う時は自分も同席したいって言ってた……）

あの時ジーンは、陽翔の世界の話を聞きたいからと言っていた。だが、他になにか理由があって、同席したいと言っていたのだろうか。

（もしかしてジーンは、雨宮さんになにか違和感を感じていたけど、オレが元の世界から来た人間に会えて喜んでたから、なにも言えなかった……？　でも、雨宮さんとは元の世界の話をしただけだ）

彼が日本から来たのは、間違いない事実だと思う。嘘をついていたらジーンやアーロンが気づかないはずがないし、そもそも異世界の話など、なんの知識もなくできるはずがない。

もらったパンにも毒物などは含まれていなかったし、彼がこちらに敵意を抱くような理由が思い当たらない。なにより、自分と同じ日本人であり、同じように突然この世界に迷い込んで苦労してきた彼を、無闇に疑いたくはない。

けれど、他ならぬレイの忠告を、疑いたくないという自分の気持ちだけで一蹴することはできない。

自分はもう、感情だけで突っ走るわけにはいかない。たとえ心当たりがなくとも、信頼できる人たちの話をしっかり聞いて判断しなければならない。

（……とりあえず、今はジーンのことが先だ）

中庭を突っ切って広場へと向かいつつ、陽翔は気持ちを切り替えようと頭を振った。

雨宮のことは気になるが、彼には当分会えないと伝えてある。それよりも、まずは逆鱗を使って記憶を取り戻してくれるよう、ジーンを説得しなければならない。

旅の間、ずっと記憶を取り戻すことに消極的だったジーンだが、昨夜の彼は今までと少し雰囲気が違っていた。

陽翔が運命《さだめ》の対《つい》であることを認めてくれたとまではいかなくても、少しは自分とのことを思い出したいと思ってくれたのではないだろうか。

（ゼノスが竜王と竜王妃の逆鱗を持ってきてくれた今、きちんとジーンと話をしないと）

そう思った陽翔はそこでふと、レイが難しい顔をして俯《うつむ》いているのに気づく。

「レイ？　どうした？」

さっきの雨宮のことだろうかと思いかけた陽翔だったが、レイは顔を上げると、歩みを進めつつ思わぬことを聞いてくる。

「……陽翔、昨日ジーンさんと話したって言ってたけど、それってジーンさんが逆鱗を使って記憶を取り戻す決意をしたってこと、でいいんだよね？」

「え？　いや、そこまでは聞いてないけど……」

先ほど気恥ずかしさから強引に変えた話題を引っ

張り出されて、陽翔は少し狼狽《うろた》えてしまう。

だがレイは、陽翔の答えを聞くなり、顔色を変えてぴたりと足をとめた。

「レイ？」

自然と足をとめた陽翔に気づいて、アースラも歩みをとめる。

「なにかあったのかい？」

「いや、レイが……。どうしたんだ、レイ」

急がないと、と思った陽翔だったが、レイは陽翔を見つめると、慎重に尋ねてきた。

「陽翔、もしかしてジーンさんが記憶を取り戻さないつもりでいる、本当の理由を聞かされてない？」

「本当の理由？　……ジーンがオレのこと、運命の対だって認めてないからじゃなくて？」

旅の途中、陽翔はジーンからはっきりとそう言われた。お前は竜王の伴侶としてふさわしくない、だから自分の運命の対だとは認めない、と。

本当もなにも、それが理由ではないのかと訝《いぶか》しんだ陽翔に、レイは顔を強ばらせて告げる。

「違うよ。ジーンさんは、陽翔を自由にするために記憶を取り戻さないつもりでいるんだ」

「……え？」

——自由に、するために？

どういう意味かと困惑した陽翔に、レイが言う。

「昨日、アーロンがジーンさんに聞いていたんだ。記憶がない今なら、陽翔を自由にしてあげられるって思ってるんだろうって。逆鱗が届いても記憶を取り戻すつもりなんてない。むしろ逆鱗を使って、陽翔を元の世界に戻そうとしてるんだろうって」

「な……！」

「……ジーンさんは否定しなかったよ」

レイの言葉に目を見開いた陽翔の隣で、アースラが呻く。

「あの馬鹿は、また……！　記憶があろうがなかろうが、同じ答えに行き着くのかい……！」

アースラが言っているのは、陽翔が一度元の世界に戻ってしまった時のことだろう。

あの時もジーンは、陽翔の幸せを思って、陽翔と共に生きることを諦めようとしていた。その時は結局アースラの説得もあって、呼び戻すのではなく、陽翔にどちらの世界で生きるか選ばせることを決意したのだと聞いている。

「ったく、なにも成長してな……、……いや、今のジーンは一年前のジーンだったね」

成長もなにもなかった、とアースラが眉を寄せてため息をつく。

茫然《ぼうぜん》としていた陽翔は、ようやくレイの言葉を呑《の》み込んで、思わず苦笑してしまった。

「……ジーンらしいなあ」

くすくす笑う陽翔に、レイが困惑して言う。

「あの、陽翔、笑ってる場合じゃ……」

「うん、そうなんだけど。けど、本当にジーンはジーンだなあって、なんだかそう実感しちゃって」

本当なら、なんて勝手なことをと怒るところなのかもしれない。

そんなことさせないとジーンに食ってかかって当然だし、自分にはその権利がある。

でも。

「あいつ、いっつもこうなんだ。オレのことばっかり優先して、自分のことなんて二の次でさ。オレが安全で幸せならそれでいいって、そう思っちゃうの。オレの幸せは、オレのものなのにね」

そう言った陽翔に、アースラも頷いて言う。

「ま、今のジーンはそれも忘れちまってるからね。あんたからもう一度しっかり説教しておやり。こういうのは躾《しつけ》が肝心だよ」

「だね」

顔を見合わせてくすくす笑い合う陽翔とアースラに、レイが戸惑った様子で言う。

「で……、でも、ジーンさんが納得してくれるでしょうか」

「するよ。っていうか、させる」

行こう、と再び歩き出しながら、陽翔はレイにニカッと笑ってみせた。

「大丈夫、ジーンがジーンのままなら、ちゃんとオレの言葉が届くはずだから」

「…………」

きっぱりと言い切った陽翔を、レイはしばらく呆《あっ》気《け》に取られたように見つめていた。やがて、そっと俯いて呟《つぶや》く。

「……すごいね、陽翔は。君なら、きっと……」

「レイ？」

小さな声がなんと言葉を紡いだのか分からず、聞き返そうとした陽翔だったが、そこで前を歩いていたアースラが足をとめる。

「どうやら間に合ったみたいだね」

見れば、目の前に迫っていた正門の上空に、青緑色の竜人の姿があった。地上では衛兵たちと共に、ジーンとアーロンが降りてくるゼノスを待っている。

「ゼノス！」

手を振るゼノスに片手を上げて応えて、陽翔は門を出てジーンの元に駆け寄った。ちらりとこちらを見るジーンになんと切り出そうか考えつつ、懐にしまっていた彼の逆鱗を取り出して話しかける。

「ジーン、昨日はごめん。それと、話があって……」

まずは彼が今どういう考えでいるのか、まだ自分を元の世界に帰すつもりでいるのか聞かなければならない。

陽翔がそう思った、――その時だった。

「やあ、陽翔くん」

不意に、門の陰から声をかけられる。振り返った陽翔は、声の主を見て驚いた。

「……雨宮さん」

陽翔の後ろで、小さく息を呑んだレイがたじろぐ気配がする。陽翔は自然とレイを自分の背に庇《かば》うようにして、雨宮と向き合った。

「こんにちは。この間は折角来てくれたのに追い返すようなことになっちゃって、すみませんでした」

なにが起きても対処できるよう、マントの下で腰の短剣の位置を確かめつつ、意識して明るい声で話しかける。雨宮はそれには気づかない様子で、にこにこと頷いた。

「いや、いいんだよ。突然来た僕も悪かったしね」

「……お前が雨宮か？」

と、そこで鼻の頭に皺《しわ》を寄せたジーンが、陽翔と雨宮の間に割って入る。

「嫌な匂いがする……。知り合いかなにか知らないが、それ以上こいつに近づくな」

全身の鱗《うろこ》をザァッと逆立てて、ジーンが雨宮を警戒する。しかし雨宮は、敵意を剝《む》き出しにしたジーンに穏やかに笑って言った。

「嫌な匂いって、ひどいなあ、ジーンさん。僕がなにか企んでるとでも言うんですか？」

苦笑した雨宮は、ごく普通にジーンに応対しているように見える。けれど、その普通さにこそ違和感を覚えて、陽翔はサッと身構えると、短剣の柄《つか》に手をかけて聞いた。

「……雨宮さん。なんで、ジーンがあなたのこと忘れてるって知ってるんですか？」

雨宮が竜人姿のジーンに会うのはこれが初めてだが、彼はジーンが白い竜人だと知っている。だから、竜人姿のジーンを迷いなくジーンと認識するのは、そう不思議なことではない。

しかしジーンは今、お前が雨宮か、と問いかけた。知り合いかなにか知らないが、とも言った。

普通なら、なにを言っているのかと当惑するところだろう。雨宮はジーンと面識があるのだから。

だが雨宮は、ジーンの不自然さに戸惑う様子がなかった。――まるで、ジーンの記憶が封じられていることを知っているみたいに。

「ジーンが記憶を封じられてることは、オレたちとキャラバンの皆しか知らないはずだ。他に知っているとしたら……」

――ジーンに術をかけた方術使いか、その一味だけだ。

陽翔の言葉に事態を察したアーロンとアースラが、サッと体勢を低くする。

ニヤ、と雨宮の唇が弧を描いた。

「なんだ、鈍いと思ってたけど、案外鋭いところもあるんじゃないか」

「……っ、あんた……！」

まさか本当に、彼が敵と通じていたのか。素早く短剣を抜いた陽翔だったが、切りかかるより早く、ジーンの怒号が響いた。

「下がれ！」

「っ！」

反射的に後ろに飛びすさった陽翔がたった今までいた場所に、黒い靄《もや》が現れる。靄の中から青白い手が伸びて来るのが見えた瞬間、陽翔は考える間もなくその手を短剣で突き刺した。

「っ、ギャァア……！」

「クアール、皆を呼んどいで！　衛兵！　ぼやっとしてないで、門の守りを固めな！」

絶叫と共に靄が掻《か》き消え、同時にアースラが愛鷹を空に放つ。

なにが起きているのか分からず驚いている衛兵に駆け寄って鋭く指示を下す彼女の近くでは、アーロンが黒い靄と共に現れた方術使いの攻撃を片手で跳ね返していた。

「こいつらがバーリド帝国の方術使いか!?　また陽翔を狙って来たのか！」

舌打ちしながらも、アーロンが敵との間合いを詰め、容赦なく蹴り飛ばす。方術使いが放った黒い矢の雨を硬化させた鱗で弾《はじ》き返したジーンが、ハッと上空を見やって叫んだ。

「……っ、違う、奴らの狙いは逆鱗だ……！」

見れば、空中のゼノスの行く手に、いくつもの黒い靄が現れたところだった。事態を悟ったゼノスが、ぐんと飛ぶスピードを速めて突っ切ろうとする。しかし、現れた方術使いたちがたちまち彼を取り囲み、攻撃をしかけ始めた。

「どうして……」

何故方術使いたちは、この場に逆鱗を持ったゼノスが現れることを知っているのか。たとえ雨宮がスパイだとしても、彼にそんなことを話してはいないのにと驚いた陽翔に、アーロンが言う。

「理由は後回しだ！　行くぞ、ジーン！」

ダッと地を蹴って翼を広げ、ゼノスを援護しに飛び立ったアーロンに、ジーンも続こうとする。翼を広げて飛び立つ寸前のジーンに、陽翔は慌てて駆け寄った。

「ジーン、待って！」

宙に浮いた竜人の太い首に飛びつき、先ほど渡しそびれていた逆鱗を彼の喉元に戻す。

「……っ」

「行って！」

驚いたように目を見開く彼に叫んで、陽翔は地面に飛び降りた。ぐっと眦《まなじり》を決したジーンが、すぐに力強く羽ばたき、敵から逃げるゼノスの元へ向かう。

よし、とその背を見送りながら、陽翔は先ほど方術使いに突き刺して転がったままだった短剣を拾おうとした。だが次の瞬間、刀身をダンッと何者かに踏みつけられて阻まれる。

「っ！」

「……本当にムカつくなあ、君は」

見上げた先には、短剣の切っ先を陽翔に突きつける雨宮がいた。

その顔に表情らしい表情は浮かんでおらず、声もゾッとするほど冷たい。たらりと、陽翔の背に嫌な汗が流れた。

「……あの町の宿に方術使いたちを召還したのも、あんただったのか」

踏みつけられた短剣の柄を握りしめたまま、陽翔は雨宮を見上げて唸る。

「あんたは最初からそのつもりで、オレに近づいたのか……！」

「そうだよ。だって不公平じゃないか。僕と同じように突然この世界に飛ばされてきたって言うのに、君はちっとも不幸じゃない。……僕はこんなに、不幸なのに」

「……っ、なに言ってんだよ！」

光のない瞳でじっと見下ろされて、陽翔は必死に反論した。

「あんただって、パン屋として立派に……」

「僕はパン屋になりたかったわけじゃない！」

しかしその言葉は、雨宮の怒号に掻き消される。激昂《げきこう》した雨宮が払った短剣の切っ先が、ピッと陽翔の頰に赤い筋を刻んだ。

「っ、僕はパティシエになりたかったんだ！　もうすぐその夢も叶《かな》うところだった！　自分の店を持ったら彼女にプロポーズして、幸せな家庭を築くつもりだったんだ！　全部、全部叶えられるはずだった！　……っ、こんなところにさえ来なければ！」

「だからって陽翔を恨むのは、筋違いでしょう」

雨宮の背後に立ったレイが、静かにそう言う。衛兵に借りたのだろう、レイは長剣を雨宮に突きつけていた。

「あなたがこの世界に来てしまったのは、誰のせいでもない。それに、陽翔だってなんの苦労も葛藤もなく、この世界で生きていくと決めたわけじゃない」

「それがなんだ……！」

振り向きざま、レイの長剣に短剣をガンッと打ちつけて、雨宮が怒鳴る。

「僕は誰にも助けてもらえなかった！　なにも分からず、みじめに物乞いをして、残飯を漁《あさ》って……っ、それでもどうしようもなくて盗みを繰り返して、何度も牢にぶち込まれた！　何度も、何度も、何度も！」

「っ、でも今は、ちゃんと働いてるんだろう⁉」

レイの方を向いている彼の隙をついて、陽翔はパッと立ち上がると同時に叫び、雨宮を後ろから羽交い締めにした。くっと顔を歪《ゆが》めた雨宮が、滅茶苦茶に手を振り回して暴れる。

「放せ……！」

「陽翔！」

慌てて助太刀《すけだち》に入ろうとするレイだが、察知した雨宮がドカッとレイを蹴り返す。

「うあ……っ」

「レイ！　っ、ぐ……！」

思わず力をゆるめてしまった陽翔の腕から、雨宮が強引に抜け出し、ドンッと陽翔を突き飛ばす。地面に尻餅《しりもち》をついた陽翔が身を起こすより早く、雨宮が飛びかかってきた。

「……っ、お前になにが分かる！」

陽翔の上に馬乗りになった雨宮が、血走った目で短剣を振り上げる。

「日本に帰れたのに帰らなかったお前に、僕のなにが分かるって言うんだ！　お前が逆鱗を使わないのなら、僕が使わせてもらう！　日本に帰って、全部やり直す……！」

「陽翔！」

雨宮の叫びに気づいたのだろう、上空で方術使いと戦っていたジーンが急降下しようとする。だが、その前方にパッと新たな方術使いが姿を現し、行く手を阻んだ。

「く……！　陽翔……！」

ジーンの叫び声が響くと同時に、銀色の刃が自分めがけて振り下ろされた、その刹那。

「遅くなった……！」

低い一声と共に、ブォンッと空気が大きく揺れる。と、その瞬間、雨宮の右手が短剣を握ったまま手首からぼとりと、——落ちた。

「ひ……っ、ぎゃぁあああ……！」

びしゃっと散った鮮血に目を瞠った陽翔の上から、絶叫した雨宮が転がり落ちる。

身を起こした陽翔は、痛みに悶絶《もんぜつ》する雨宮を蹴り転がした足の主を見上げて驚いた。

「ロディ！」

「無事だな。……あいつは？」

ちら、とレイを見やったロディに、陽翔は手短に告げた。

「味方！　後で説明する！」

「……分かった」

それだけ分かれば十分だとばかりに頷いたロディが、大剣を担いで走り出す。彼の向かう先には、新たに出現した黒い靄があった。見れば、王宮から走り出てきたキャラバンの仲間たちも、次々に方術使いに斬りかかっている。

空中のジーンも、陽翔の無事を確認して目の前の方術使いとの戦いに集中し直した様子だった。アーロンとゼノスと背中合わせになり、敵の攻撃を弾き返しては攻撃に転じている。俊敏な身のこなしで敵を引き裂き、容赦なく屠《ほふ》っていくジーンは圧倒的で、まるで白い弾丸のようだった。

「レイ、こっちに来とくれ！　応急処置を！」

「……っ、はい！」

負傷した衛兵に肩を貸したアースラに呼ばれて、レイが後方へと駆けていく。

こういった戦場は初めてなのだろう。その顔は少し青ざめていたが、負傷者に駆け寄ったレイは医師として冷静に処置を施し始めた様子だった。

「レイ、そっちの後でいいから、こいつも頼む！」

脂汗を浮かべて激痛に悶《もだ》え苦しむ雨宮に走り寄って、陽翔は彼のルガトゥルで簡単に止血をした。分かった、と叫び返すレイの声に、雨宮がうっすら目を開けて呻く。

「どうして、僕を助けるんだ……」

「あんたにはまだ、聞かなきゃいけないことが山ほどあるから」

それだけ、と硬い声で答えて、陽翔は雨宮をまっすぐ見据えて言った。

「……あんたがどう思ってても、オレはあんたのパン、美味《おい》しくて好きだったよ」

ぎゅっときつくルガトゥルの端を結んで立ち上が

った陽翔から視線を逸らして、雨宮がくそ、と悪態をつく。

涙に震えるその声を背に、陽翔は転がっていた長剣を拾い上げて周囲を見回した。まだ、戦いは終わってはいない。

「……っ、まだ来てる……！」

ボッボッと黒い炎が灯《とも》るように際限なく現れる方術使いに、陽翔は呻いた。黒い靄は、空中で戦う三人の竜人たちの周囲だけでなく、地上でもその数を続々と増やしている。

少し離れた群衆の近くに現れた靄に気づいた陽翔は、考える間もなく剣を構えて突進した。

「この……！」

「ぐぁ……ッ！」

切っ先が突き刺さった途端、苦悶の声と共に方術使いの姿が掻き消える。ハァッと肩で息をして、陽翔は集まった町の人たちに向かって叫んだ。

「ここは危ないから、逃げて下さい！　できるだけ遠くに！」

駆けつけた兵士に誘導を頼んで、戦場へと戻る。

愛用の槌《つち》をブンと振り回して方術使いを退けたラビが、陽翔の姿を見つけて走り寄ってきた。

「陽翔！　このままじゃ被害が大きくなるぞ！」

「分かってる！」

ソヘイルの兵士やキャラバンの仲間たちも必死に応戦しているが、苦戦を強いられている。やはり生身の人間に方術使いの相手は荷が重い。

かといって、ジーンとアーロンに助けを求めるわけにはいかない。万が一逆鱗が奪われたら、大変なことになってしまう。

（こいつらはきっと、逆鱗を奪わない限り撤退しない……。町の人を守りつつ、逆鱗も守るためには、どうしたら……！）

考えろ、と必死に自分に言い聞かせる。

方術使いたちの目的は、あくまでも竜王と竜王妃の逆鱗を奪うことだろう。とすれば、今一番やらなければならないのは、逆鱗を死守して、この場から方術使いたちを撤退させることだ。

彼らを撤退させるには、その目的を失わせなければならない――。

「っ、ジーン！」

弾き出した答えにハッとして、陽翔は駆け出した。空中の三人に向かって、大声で叫ぶ。

「逆鱗を移動させるんだ！　遠くへ！」

逆鱗がこの場にあるのは、ジーンにかけられた方術を解くためだ。術を解けなくなるのは痛手だが、後回しにできない問題ではない。

それに、移動の方術は高度だが、ここには竜人が三人いる。しかも三人とも、竜王の近衛隊長職を経験している、武術にも方術にも優れた竜人だ。

「……っ、逆鱗を……」

目を見開いたジーンが、アーロンと視線を交わす。小さく頷き合った二人を見て、ゼノスが呻いた。

「おい、まさか……」

「ゼノス、悪いが逆戻りだ」

短く告げたジーンの横で、アーロンがニヤッと人の悪い笑みを浮かべる。

「飛ばすんなら竜王様の大広間だな。あそこなら敵も追えねぇし、多少位置がずれてもこいつの角が欠ける程度で済む」

算段したアーロンが、ハッと鋭い一声を上げて周囲の方術使いたちに突進していく。群がる方術使いたちを文字通りちぎっては投げながら、アーロンは声を張り上げた。

「ジーン、詠唱はお前がやれ！　俺はこっちを引き受ける！」

「は……！」

自分そっちのけで話を進める元近衛隊長たちに、現職のゼノスがぼやく。

「いやいやいや、オレが何日かけてここまで飛んできたと思ってるんだよ、ジーン。大体、最初から移動の方術を使わなかったのだって、逆鱗に万が一のことがあったら困るからで……」

「緊急事態だ」

たじろぐゼノスを一言で切って捨てて、ジーンが素早く詠唱を始める。くそ、と呟いたゼノスが、ジーンに手のひらをかざして彼に力を注いだ。

「やるんなら正確に頼むぞ……！　角が欠けるなんて、オレは絶対にごめんだからな！」

「安心しろ、ひよっこ！　欠けても男前が上がるだけだ！」

敵をいなしつつ軽口を叩《たた》いたアーロンが、タイミングを見計らってジーンに手をかざす。

三人の力が合わさり、ジーンの詠唱が終わったその瞬間、ゼノスの姿が眩《まばゆ》い光に包まれた。

「……っ、覚えてろよ……！」

まるで悪役のような台詞《せりふ》を残して、ゼノスが光の向こうに消えていく。

（よかった……）

ゼノスが無事に竜人の里に戻れたかどうかはまだ分からないが、三人の力を合わせたのだから、おそらく大丈夫だろう。これで、方術使いたちも撤退せざるを得ないに違いない。

その場の誰もがそう思った、――次の瞬間。

「……っ、やめ……っ、うぁあ……！」

突如後方で上がった悲鳴に、陽翔は驚いて振り返り、目を瞠った。

「レイ……！」

負傷者の手当てをしていたレイが、漆黒のマントを纏《まと》った方術使いに胸ぐらを摑《つか》まれていたのだ。レイの顔を片手で鷲摑《わしづか》みにしたその方術使いは、あの宿屋で陽翔を執拗に狙ってきた男で――。

「っ、レイ！」

叫んだアーロンが、すぐさまレイの元へ急降下しようとする。

しかし、その動きは予測済みだったのだろう。周囲の方術使いたちが一斉にアーロンへ飛びかかり、行く手を阻んだ。

「隊長！」

「……っ、俺はいいから、レイを！」

ジーンとアーロンの声を背に、陽翔はもがくレイを捕らえている男に走り寄った。

「この……っ、レイを放せ……！」

しかし、陽翔の前にも次々に手下の方術使いたちが現れる。

「邪魔、すんな……っ！」

懸命に剣を振るう陽翔だが、方術使いたちは先ほどまでとは異なり、斬られてもすぐには姿を消さなかった。

どの方術使いも、手傷を負いながらも執拗に陽翔の進行を妨害してくる。中には方術を使う余力を失ったのか、陽翔に飛びついて肉の壁となろうとする者までいた。

（……っ、もしかして、こいつらの狙いは最初から……！）

くっと陽翔が唇を噛《か》んだその時、レイを捕らえた男が詠唱を始める。辺りに響くその声に、ジーンとアーロンが顔色を変えた。

「まさか……！」

「っ、駄目だ、やめろ！」

叫んだアーロンが、群がる方術使いたちを振り切ってレイへと急降下する。

アーロンが放った術が無数の矢となって男に降り注ぐが、それらはすべて見えない壁に弾き返されてしまう。

「レイ！」

漆黒の竜人が、己の最愛に向かってその手を伸ばした、その刹那。

「あぁあ……！」

絶叫したレイの瞳から、青い光が溢《あふ》れ出す。同時に、ジーンが口早に呪文を唱え、一本の矢を放つ。

アーロンの脇を駆け抜けたその一条の白い閃光《せんこう》は、方術使いの男ではなく、レイの胸をまっすぐに刺し貫いた。

黒い竜人を映した緑の瞳から、ふっと涙が零《こぼ》れ落ちる。

「アー、ロン……」

呟きと共に、彼の体からくたりと力が抜ける。

その刹那、瞳からふっと青い光が消え、宙に小さな欠片が現れた。

どさりと、まるで糸の切れた操り人形のように、レイがその場に頽《くずお》れる。

「レイ……！」

叫んだアーロンの目の前で、方術使いの男が黒い靄となって掻き消える。

ニィ、と笑ったその手の中で、小さな欠片が青く輝いていた――。

寝台に寝かせられた彼は、静かに目を閉じ続けていた。

血の気を失った頬は青白く、真っ白な矢が突き刺さった胸の下で組んだ手はぴくりとも動かない。

仄赤《ほのあか》い月明かりに照らされたその姿は、まるで精巧に作られた人形のようだった。

薄い金色の睫《まつげ》が、乾いた風に揺れる――。

「……アーロンさん」

じっと恋人を見つめ続ける竜人に、陽翔は背後からそっと声をかけた。

「皆、広間に集まったから……」

「……ああ」

頷いたアーロンは、それでもレイから目を離そうとしない。陽翔はきゅっと唇を引き結ぶと、再度彼を呼んだ。

「アーロンさん……」

「……分かった」

低い声で唸ったアーロンが、自分の肩にとまっていたククを、そっとレイの胸元に移す。

「一緒にいてやってくれ」

クルル、と小さな声で返事をしたククに頷いて、ようやく踵《きびす》を返す。重い足取りで部屋を出たアーロンに続きながら、陽翔は寝台の上で眠るレイをちらりと振り返った——。

レイの瞳から逆鱗の欠片を奪った方術使いが消えてから、半日が経った。

あの後、押し寄せてきていた方術使いたちは、目的を果たしたと言わんばかりに、あっという間に姿を消してしまった。否、実際彼らは当初の目的を果たしたのだろう。

竜王妃の逆鱗の『欠片』を手に入れる、という目的を。

「……遅くなった」

詫《わ》びたアーロンに、一同の視線が集まる。広間には、ラヒム王やジーンの他、キャラバンの面々も集まっていた。

「ああ、来たね。ちょうど今、皆にアーロンとレイのことを話してたところだよ」

ラヒム王の近くに座っていたアースラがそう言い、こっちに、と場所を空けてくれる。

陽翔がアーロンと共に腰を下ろすと、反対側に座っていたジーンが口を開いた。

「レイの様子は……」

「……とりあえずは、無事だ」

答えたアーロンが、ジーンに礼を言う。

「お前のおかげだ。ありがとう、ジーン」

「いえ、他に方法があればよかったんですが……」

首を振るジーンに、近くにいたラビがもどかしそうな顔で尋ねた。

「悪い、オレたちまだ状況がよく呑み込めてないんだけど……。とりあえず、レイが竜王妃の逆鱗の欠片の持ち主で、陽翔とジーンがアーロンとレイに会いに来たってのは、さっき長《おさ》から聞いた。で、レイの胸に刺さったあの矢は、ジーンが方術で放ったんだよな？　なのに無事って、どういうことなんだ？」

あの時、ジーンが放った矢がレイの胸を刺し貫いたのを、その場にいた全員が見ていた。ジーンが方術でレイを助けたということはアースラから説明があったようだが、傍目にはジーンがレイを殺《あや》めたようにしか見えなかったため、疑問だったのだろう。

アースラも方術に詳しいわけではないから、その点を説明しきれなかったらしい。

一同の視線が集まる中、ジーンが話し出す。

「あの時、あの方術使いはレイの瞳に封じられた逆鱗の欠片を取り出そうとしていた。欠片はレイの魂と深く結びついていて、取り出せばレイは死んでしまう。だから俺は咄嗟《とっさ》に、レイの時間をとめたんだ」

「時間をとめた？　そんなことができるのか？」

驚いたように声を上げたのは、アースラの傍らに控えていたワドゥドゥだった。ああ、と頷いて、ジーンが答える。

「かなり高度な術だから、うまくいくかどうかは賭けだったが……。なんとか成功したようだ」

嘆息したジーンを見据えて、アーロンが口を開く。

「……竜人の中でも、あの術を使える奴はそうはいない。ジーンだから、できたことだ」

腕を組んだアーロンは、普段よりもずっと硬い口調で唸った。

「あの場にジーンがいてくれて、本当に助かった。方術に関しちゃジーンの方が俺より上だし、第一あの時の俺は、レイを助けることで頭がいっぱいだった。……間に合わないと、冷静に判断することができなかった」

自分の判断ミスで恋人を死なせかけたと悔やむアーロンを見かねて、陽翔は声を上げた。

「……っ、そんなの当たり前だと思う。誰だって、大切な人の命が危険に晒《さら》されてるのを目の当《ま》たりにしたら、どうにかして助けたいって思うに決まってる。間に合わない、助けられないなんて、思えなくて当然だ……！」

「あたしもそう思うよ、アーロン」

陽翔の言葉に頷いて、アースラが言う。

「それに今は、後悔することより先にやらなきゃならないことがある。そうだろう？」

「アースラ……。……ああ、そうだな」

アースラの一言で、苦渋に満ちていたアーロンの瞳に光が戻る。顔を上げた彼は、一同を見渡して言った。

「ジーンがレイの時間をとめたのは、欠片が奪われる直前だ。つまりレイは今、仮死状態になってる。胸の矢を引き抜けばまた時間は動き出すが、その前に逆鱗の欠片を元に戻さなければ……、……そのまま命を落とすことになる」

ぐっと表情を強ばらせて、アーロンがラヒム王に向き直る。

「……ラヒム陛下《へいか》。逆鱗の欠片を取り戻すため、どうか力を貸していただきたい。レイを、助けてくれ。……頼む」

頭《こうべ》を垂れて助力を乞うアーロンに、ラヒム王が強く頷いて言う。

「顔を上げてくれ、アーロン殿。今回のことは、我が国にとっても他人事ではない。欠片とはいえ、敵方が強大な力を手に入れたことは、大いに脅威だ。カーディアと竜人族の助力を仰いで、バーリド帝国を倒さねば……」

「そのことだが、できるだけ早く動いた方がいい」

口を挟んだのは、ジーンだった。腕を組んだ彼に目配せされて、陽翔は頷いて言う。

「実はさっきまで、ジーンと一緒に尋問をしてたんだ。……雨宮の」

戦いの後、負傷した雨宮は王宮の医師の手当てを受けた。止血の処置が早かったこともあり命はとりとめたが、失血でかなり衰弱していた。

それでも、今は一刻も早く敵方の情報を手に入れなければならない。他に捕虜がいない以上、雨宮を尋問する他なく、陽翔はその役目を自分に任せてほしいとラヒム王に頼んだのだ。

彼の真意を、自分の耳で聞くために。

「ジーンには嘘が匂いで分かるから、立ち会ってもらった。雨宮にもそう伝えたら、正直に全部話したよ。……まず、あの方術使いたちはやっぱり、レオニード帝が差し向けてきた奴らだった」

分かっていたことではあるが、今まではっきりとした証拠はなかったため、これでようやく敵の正体が判明したことになる。

陽翔は他にも尋問で分かったことを、順を追って淡々と続けた。

「方術使いたちは、最初はオレの記憶を封じて拉致するつもりだったらしい。ジーンが竜王の逆鱗を使ってオレを探すだろうから、そこを狙って逆鱗を奪う計画だった」

そこまで言ったところで、ラビが手を挙げる。陽翔が口を噤《つぐ》んで視線で促すと、ラビは不思議そうに聞いてきた。

「あいつらが陽翔を拉致しようとするのは分かるけど、記憶まで封じようとしたのはなんでだ？」

そんな必要ないだろ、と指摘するラビに、陽翔はため息混じりに打ち明けた。

「それが、雨宮がレオニードに出した条件の一つだったらしい。オレのこの一年の記憶……、つまり、オレがこの世界に来てからの記憶を封じることを条件に、協力に応じたって言ってた」

「……なんでそんな条件を？」

さっぱり意図が分からない、とラビが首を傾げる。陽翔は苦笑して告げた。

「雨宮はオレを憎んでたんだ。だから用が済んだら、記憶を封じたままどこかに放り出すつもりだった。この世界で右も左も分からないまま苦しめばいい、自分と同じようにみじめな思いをすればいいって思ってたらしい」

「うわ、底意地悪い……」

嫌そうに顔を歪めるラビに、陽翔は力なく頷いた。

「……うん。でもオレ、二回も会ったのに、そこまで憎まれてるって気がつかなかった」

自白の中で雨宮は、陽翔に会う前から陽翔のことを憎んでいたと言っていた。

『僕は、元の世界に帰りたかった』

十年間ずっと、それだけを願って生き続けてきたのだと、雨宮は言った。

いつか、元の世界に帰れる。いつかきっと、すべてが元通りになる。これは悪い夢で、目覚めたら自分は故郷でパティシエとして店を構えていて、恋人と結婚して、幸せな家庭を築いている――。

けれど、いくら願っても、祈っても、目を開ければそこは知らない世界で、自分は一人だった。

毎日、その日を生きるのに精一杯で、いつしか故郷の風景も、家族や恋人の顔も、はっきりと思い出せなくなっていた。そのことに気づいて、彼は絶望したと言う。

『自殺することも考えた。でもどうしても、ここで死ぬのは嫌だった。もしかしたら明日、日本に戻れるかもしれない。それまでどうにか生きないとと、思った』

そんな日々を十年続けて、彼は疲れ切っていた。

もういい加減元の世界に戻ることは諦めて、前を向いて生きていこう。

そう思い、パン屋を構えた矢先に、現れたのだ。

――陽翔が。

『最初は、異世界から来た人間がいるという噂《うわさ》を聞いて、会ってみたいと思った。もしかしたら帰る方法が分かるかもしれない、そう思って、竜人の里を探したこともある』

だが、竜人の里は限られた者しか知らない秘境だ。当然辿《たど》り着くことができず落胆する雨宮に、レオニード帝の手先である方術使いが接触してきた。

方術使いは、雨宮に言った。

竜王の逆鱗を使えば元の世界に帰れる、と。

実際に陽翔は、一度偶発的に元の世界に飛ばされた際に、竜王の逆鱗の力でこちらの世界に戻ってきたのだ、と。

『理解できなかった。何故元の世界に帰れたのに、戻ってきたのか。何故、こちらの世界を選んだのか』

陽翔が竜人の番だということは聞いて知っていた。だが、それでも納得できなかった。

できるはずがなかった。

自分がこの十年間、なによりも望んでやまなかった元の世界を、捨てたのだ。

たとえ陽翔にどんな理由があったとしても納得できるはずが、――許せるはずが、なかった。

『方術使いには、元の世界に帰してやるから協力しろと言われた。同じ世界から来た僕のことなら信用するだろうと』

そして、雨宮は陽翔に会いに来た。

自分の感情の匂いを誤魔化す方術を、かけてもらって。

『……お前は、よかったと言った。僕たちみたいな人間が他にいなくて、よかったと』

包帯が巻かれた己の手首を見つめながら、雨宮は言った。

『それが一番、許せなかった。そんな台詞は、僕には一生かけても言えないから』

自分と同じ境遇なのに、自分とはまるで違う陽翔を、雨宮はますます憎んだ。

そして、方術使いに頼んだのだ。陽翔の一年間の記憶を奪ってくれ、と。

陽翔が元の世界を捨ててまで選んだ、この世界での日々。それを奪ってやらなければ、気が済まなかった。もう一度なにもかも分からない状況に追い込んで、絶望させてやりたかった。

そうしなければ、自分の十年間の苦しみが、孤独が、怒りが、報われないと思った。

自分と同じ不幸を、味わわせてやりたかった。

『……僕はただ、元の世界に帰りたかったんだ』

それだけだったんだ、と呟いていた雨宮を思い返して、陽翔は唇をぐっと引き結んだ。

自分の存在が、言葉が、雨宮を追いつめたのだと思うと、気持ちが揺らぎそうになる。

だが、どんな事情であれ、彼がソヘイルを危険に陥れ、戦の引き金を引いたことは事実だ。その罪は決して軽いものではないし、擁護の余地はない。

それでも、自分が彼を傷つけたこと、一歩間違えれば自分も彼の立場だったかもしれないことは、忘れてはいけないと思う。

（オレはたまたま、運がよかっただけだ。オレがこの世界のことを大事に思えるようになったのは、周りの皆のおかげだ）

雨宮はこの後、ソヘイルの法で裁かれることになる。どれほどの罰を科されるかはまだ分からないが、たとえ罪を償って牢から出られたとしても、片手を失った彼がこの世界で生きていくのは、これまで以上に困難な道のりになるだろう。

願わくば、その道に少しでも優しい人が現れてくれたらと思う。

雨宮のことを許してはいけないと思うけれど、それとは別に、同じ世界から来た人間として、どうしたって彼が不幸になればいいとは思えなかった。

（……オレはもっと、周りを見なきゃいけない）

方術で匂いを誤魔化すという小細工までした彼の本心に陽翔が気づくことは、難しかったかもしれない。だが、おそらくレイは雨宮の感情の機微に気づいていた。

雨宮に直接会っていないレイが、何故雨宮の悪意に気づけたのかは分からない。けれど彼は、状況や事情を客観的に見て判断したのだろう。

（相手を信じることは、大切なことだ。だから、なんでもかんでも疑ってかからなきゃいけないとは思わない。でも、相手が悪意を隠していたことを、自分が気づかなかった言い訳にしちゃいけない）

もっと早く自分が気づいていればレイを危険な目に遭わせることはなかっただろうし、もしかしたら雨宮とももっと違う関わり方ができたかもしれない。

彼を救うことができたかは分からないが、少なくとも彼を傷つけないよう、言葉を選ぶことはできたはずだ。

（オレのせいで、雨宮は憎しみを募らせて暴走した。大事な仲間を危険な目に遭わせたのは、周りが見えてなかったオレのせいだ）

後悔に苛《さいな》まれる陽翔だったが、そこでジーンが声を上げる。

「……話を元に戻すぞ」

慌てて顔を上げた陽翔をちらりと見て、ジーンが雨宮から聞き出した情報を一同に伝える。

「計画は失敗したが、俺の記憶を封じることができた奴らは、竜人族の動向を探りつつ、雨宮を使って俺たちの動きを探ろうとした。そして、ゼノスが竜人族の里を出発したことと、アーロン隊長の存在を知った」

次期竜王であるジーンの記憶を取り戻すため、ゼノスが竜王の逆鱗を携えているだろうと踏んだ彼らは、最初はゼノスを襲う計画だったらしい。

しかし、アーロンがカーディアからやって来たこと、同行者のレイが逆鱗の欠片の持ち主であることを突き止めた彼らは、一計を案じた。竜王と竜王妃の逆鱗を狙うと見せかけて、より確実に手に入れられるであろう、逆鱗の欠片を狙うことにしたのだ。

レイの命を、奪って。

「……結局全部、オレのせいだったんだ」

拳をぎゅっと握りしめて、陽翔は言った。

悪意に気づけなかったこともそうだが、雨宮がアーロンの存在を方術使いたちに話したのも、自分が彼に直接会って断ろうとしたことが原因だ。

「あの時、オレが自分で直接会うんじゃなく、衛兵に伝えて雨宮を帰してれば、方術使いたちがレイの存在に気づくことはなかった。オレが、レイを危険な目に遭わせる原因を作ったんだ」

「……お前だけのせいじゃない」

俯いた陽翔に声をかけてきたのはアーロンだった。

「お前以外にも雨宮のことを把握している者がいた

方がいいと言ったのは、俺だ。第一、方術で誤魔化されていたとはいえ、悪意の匂いに気づかなかった」

「それを言うのなら俺もです、隊長」

アーロンの言葉に、ジーンが声を上げる。

「記憶を封じられる前、俺も雨宮に会っていたにもかかわらず、悪意に気づきませんでした。そもそも俺が気づくべきだったことです」

自分が悪かったのだと言い出したジーンに、陽翔は慌てて言った。

「違うよ、ジーンは多分気づいてたんだよ。でもオレに心配かけないように黙ってて……」

「それで記憶を封じられていたら世話ないだろう。きちんと忠告しなかったのは俺の手落ちで……」

俺が悪い、いやオレが、と揉め出した三人だったが、その時、様子を見守っていたアースラが苛々《いらいら》と声を荒らげた。

「ああもう、まだるっこしい！　誰が悪いとか悪くないとか、今大事なのはそんなことかい⁉」

「……アースラ」

陽翔はハッとして、アースラを見やった。ジーンとアーロンも、虚を突かれたように黙り込む。

出来の悪い息子たちを呆《あき》れたように眺めながら、アースラが言った。

「よかれと思ってやったことが裏目に出たことくらい、レイにだって分かってるさ。あの子はそんなことで怒ったり、恨みに思うような子じゃないだろう。大体、あんたたちがここでああだこうだ言ってて、事態が改善するのかい？」

「それは……、しないけど……」

もごもごと答えた陽翔に、そうだろうと頷いて、アースラが続ける。

「反省なら、全部解決した後にやりたいだけおやり。今は、一刻も早くレイを助けることを考えな」

いいね、と瞳を和らげたアースラに、ラヒム王が感嘆のため息をつく。

「相変わらず、私のタニリカは惚《ほ》れ惚《ぼ》れするほどいい女だのう」

「さりげなくあんたのにしないでおくれ。いくらあんたが惚れ直しても、復縁はないんだからね」

すげなく振られたラヒム王が、分かっておると苦笑して陽翔に向き直る。

「それで、できるだけ早く動いた方がいいとは？　その雨宮がなにか言っていたのか？」

なにか根拠があってのことなのかと問うラヒム王に、陽翔は頷いた。

「うん。雨宮の話では、奴らは逆鱗の欠片が手に入り次第、ソヘイルに攻め込むつもりらしい。実際、レオニード帝がどれくらい戦いの準備を終わらせているかまでは把握してなかったみたいだけど……」

雨宮はあくまでも協力者の立場であり、ずっとソヘイルにいたため、バーリド帝国で行われている戦支度のことまで具体的に知っているわけではない様子だった。

これればかりはどうしようもないと思った陽翔だったが、その時、思いがけない人物が声を上げる。

「そのことなら、俺も仲間から報告を受けている。レオニードは既に国境近くまで兵を進めている、と」

「……ロディ？」

それまで末席でずっと黙って話を聞いていたロディの突然の発言に、陽翔は驚いて目を瞬かせた。ラビがすかさず立ち上がり、彼に尋ねる。

「その仲間って、あんたがあの鷹で連絡を取り合ってた相手のことだよな？　それってバーリド帝国にいる奴なんだろう？」

「……ラビ」

たしなめるような声を上げたアースラを振り返って、ラビが語気を強める。

「長、やっぱりこいつ怪しいって！　そりゃ、スパイはその雨宮ってやつだったけど、こいつが鷹でバーリド帝国と連絡を取り合ってたのも事実で……」

「いいからお座り、ラビ。……ロディ、あんたからその話題を出したってことは、皆に打ち明けていいんだね？」

　興奮するラビをなだめて、アースラがロディに確認する。ああ、と頷いた彼に、分かったとため息をついて、アースラは告げた。

「ラビ、それから皆も、黙ってて悪かったね。ロディの本当の名は、ロディオン。……レオニード帝の、異母弟さ」

「……え？」

　アースラの言葉に、陽翔は目を見開いてロディを見つめた。

「異母弟って……、弟⁉　レオニードの⁉」

「ああ、そうだ。……隠していてすまなかった」

　大声を上げた陽翔に頷いたロディが、言葉少なに詫びる。

　慌てて周りを見回した陽翔だが、ラビを始めとしたキャラバンの仲間たちは皆唖然《あぜん》としており、なにも聞かされていない様子だった。ジーンとアーロンも言葉を失っている。

　驚いていないのは、アースラとラヒム王、そしてワドゥドゥの三人のみだった。

「もしかして、ワドゥドゥも知ってたの？」

　聞いてみた陽翔に、ワドゥドゥが唸る。

「ああ、アースラ様から、しばらくうちで預かると話があってな」

　難しい顔をしたワドゥドゥは、キャラバンの副隊長として事前に話を聞いていたということなのだろう。深々とため息をついて言う。

「犬猫じゃあるまいし、気軽に引き受けないで下さいと何度も申し上げたのだが……」

「仕方ないだろう。他にいい隠れ蓑《みの》がなかったんだから」

　ひょいと肩をすくめたアースラが、一同を見渡して説明する。

「皆も知っての通り、ここ最近のレオニードは近臣や肉親を処刑したり、追放したりしていた。ロディも、レオニードに逆らって処刑されそうになったところを、ソヘイルに亡命してきたのさ。で、この人から頼まれて、あたしが預かることになった」

この人、とはラヒム王のことだろう。アースラからちらりと視線を投げられたラヒム王が、頷いて付け加える。

「ロディオン殿は、レオニード帝の政《まつりごと》を正そうとずっと努めてこられたのだが、それを煙たく思われてな。見限ってクーデターを起こそうとしたが、先回りされて処刑されそうになり、我が国を頼って来られたのだ」

「じゃ……、じゃあ、ロディが連絡取ってた仲間って……」

すっかり狼狽えながら、ラビが問う。答えたのは、ロディだった。

「バーリド帝国にいる、反皇帝《こうてい》勢力だ。彼らは抵抗を続けながら、今も蜂起の機会を窺《うかが》っている」

「反皇帝勢力……」

ロディの言葉を繰り返したラビは、へなへなとその場に座り込みながら呻いた。

「紛らわしいことすんなよ、もう……」

「……すまない」

ロディも、ラビに疑われていたことは感づいていたのだろう。申し訳なさそうに謝った彼に、ラビはため息をつきながらも謝った。

「いや……、オレこそごめん。疑って悪かった」

「本当だよ、まったく。いくらあたしが大丈夫だって言っても、聞きゃしないんだから」

ひやひやしただろうが、とアースラに文句を言われたラビが、うぐ、と言葉に詰まる。

苦笑した陽翔だったが、そこでロディがじっと自分を見つめてきているのに気づいた。

「ロディ？」

なにかあるのか、と首を傾げた陽翔に、ロディがゆっくりと語り出す。

「……昨日の夜、お前が言っていたことを考えていた。お前は、相手が自分をどう思っているかじゃなく、自分が相手を大切に思っているから助けたいと、そう言っていたな」

「……うん」

オラーン・サランの夜、ジーンに会いに行く前に話したことを思い出して、陽翔は頷く。

あの時ロディは、相手に忘れられていても、愛されていなくても助けるのか、と問いかけてきた。

「俺は、自分が故郷にできることなどもうなにもないのではないかと、諦めかけていた。バーリドの民の中には、ただ兄と血が繋がっているというだけで俺のことを憎む者も少なくない。亡命はしたものの、故郷のことを忘れて新しい人生を生きた方がいいのではないかとさえ、考え始めていた」

普段無口なロディの言葉に、気づけばその場の全員がじっと耳を傾けていた。

低く太い声が、飾り気のない、まっすぐな思いを綴《つづ》っていく。

「だがそんな時、俺はこのキャラバンに出会った。このキャラバンは、困っている者がいれば誰にでも手を差し伸べるお人好し揃《ぞろ》いで……、最初は随分、戸惑った」

一人一人を見渡したロディが、最後に陽翔を見てふっと苦笑を浮かべる。

「特に陽翔、お前はその筆頭だ。お前は相手が大切だから助けると、迷いなくそう言った。相手にどう思われているかではない、自分がどう思っているかなのだ、と。それを聞いて、俺は心が決まった」

ゆっくりと一度瞬きして、ロディが顔を上げる。

その瞳に、迷いはなかった。

「俺は、バーリドの民が大切だ。どう思われていようが、彼らを助けたい。……兄の悪政を正したい」

立ち上がったロディが、ラヒム王の前に進み出る。

あぐらをかいて座った彼は、両膝の上に拳を置くと、深々と頭を下げた。

「ラヒム陛下、そしてアースラ、祖国を助けるため、どうか俺に力を貸してほしい。あなた方の力が必要だ」

どうか、と頭を下げ続けるロディに、ラヒム王が立ち上がる。歩み寄り、傍らに膝をついたラヒム王は、顔を上げたロディの手を取って大きく頷いた。

「ロディオン殿、そなたの気持ち、痛いほど伝わった。たとえ国が違えど、民の安寧を願う心は私も同じだ。微力ながら、力になろう」

「……ありがとうございます、ラヒム陛下」

ぐっとラヒムの手を握り返したロディに、アースラも言う。

「まったく、なにを今更水くさいことを言ってんだい。あんたはもう、あたしらの仲間だろうが」

腕を組んだアースラが、ちろりと流し目でラビを見て問いかける。

「うちのキャラバンに、仲間のために力を奮えない奴はいないよ。ねえ、ラビ？」

「……もちろんです、長」

アースラの言葉に頷いて、ラビが立ち上がる。ロディに歩み寄ったラビは、いつになく真剣な面もちで告げた。

「全力を尽くすって約束する。だから、あんたの力にならせてくれ」

「ラビ……。ああ、頼む」

頷いたロディが、ラビともがっちり握手を交わす。

二人を見守っていたラヒム王が、うむ、と頷いて立ち上がった。

「さて、そうと決まればこうしてはおれぬ。まずはカーディアと竜人の里に知らせを出さねばな。タニリカ、手配を頼む。ロディオン殿、あちらで詳しく話を聞かせてくれ。ワドゥドゥは将軍に急ぎ戦支度を整えるよう伝えよ。それから――」

次々に指示を出すラヒム王の言葉で、各人が慌ただしく動き始める。

陽翔は少し緊張しながら、ジーンに歩み寄った。

「ジーン、ちょっといいかな。二人で話がしたい」

これから戦いに向けて、一気に慌ただしくなるだろう。その前にちゃんと、ジーンと話をしておかなければならない。

昨夜のこともそうだし、レイから聞いた彼の真意についても確かめて起きたい。そう思った陽翔に、ジーンも頷く。

「……ああ。俺もお前に話がある」

じっとこちらを見つめてくる赤い瞳を見つめ返して、陽翔はラビに声をかけた。

「ラビ、ちょっと出てくる。すぐ戻るから」

はいよ、と片手を上げて応える彼に頷いて、陽翔はジーンと共に広間を出た。

「こっちだ」

促したジーンが、廊下の突き当たりへと向かう。月光が差し込む出窓には、誰の姿もなかった。

(ここ……)

ほの赤い月明かりに照らされたジーンを見つめて、陽翔は懐かしさにふっと頬をゆるめた。

一年前、初めてこの王宮に来た夜も、ここでジーンと話をした。

(あの時オレ、ジーンのこと初めて綺麗だなって思ったんだよな……)

出会った当初は、その姿を奇妙としか思えず、化け物呼ばわりしてしまった。

けれど、彼の不器用さを知り、優しさを知って、見た目で判断していた自分を恥じるようになった。

月明かりに艶々《つやつや》と輝く白い鱗と、深い深紅の瞳。人間ではないのに、人間ではないからこそ美しい恋人は、一年前と変わらない姿で立っている。

唯一違うのは、自分のことを覚えていないことだけだ――。

「……先にオレが話してもいい?」

出窓の台にひょいと腰かけて、陽翔はジーンを見上げた。頷いてくれたジーンにありがと、と小さく言って、切り出す。

「まずは昨夜のこと、ちゃんと謝らせてほしい。オラーン・サランだったからって、強引にあんなことしてごめん。後悔はしてないけど、オレがジーンの意思を無視したのは事実だ。ごめんなさい」

頭を下げた陽翔に、ジーンはしばらく無言だった。やがて、ため息をついて唸る。

「……謝らないでくれ。お前が誰のためを思ってあしたか分からないほど、愚かじゃないつもりだ」

「でも、今のジーンにとっては嫌なことだっただろ？」

陽翔の指摘に、ジーンが黙り込む。分かりやすい反応に、陽翔は苦笑した。

「ジーンはオレのこと、運命の対だって認めたがってなかったもんな。それなのに発情が起きて、それだけでも嫌だっただろうに、オレに強引にあんなことされて、ほんと最悪な気分だったと思う。嫌なこととして、本当にごめん」

ジーンのためとはいえ、自分は彼にひどいことをした。そのことは謝らせてほしいと頭を下げた陽翔に、ジーンが不満そうな声で唸る。

「謝るなと言っているだろう。それにお前は、勘違いをしている。俺が嫌だったのは、お前のことじゃない」

「……どういう意味？」

ジーンがなにを言いたいのかよく分からず、首をひねった陽翔だが、ジーンは視線を逸らすと不明瞭な声で呻く。

「だから、お前のことは別に……、ああもう！」

べしんっともどかしそうに尻尾を廊下に叩きつけたジーンに、陽翔は目を丸くした。

「ジーン？」

「何故人間はこうも嗅覚が鈍いんだ！　竜人同士ならこの程度、言葉にせずとも匂いで済むのに……！」

ぶつぶつと文句を言ったジーンは、べしべしと尾の先を床に打ちつけながら無理難題を言う。

「おいお前、俺の番なら少しは嗅覚を鍛えろ！」

「えええ、鍛えるってどうやんの、それ」

理不尽極まりない命令に戸惑う陽翔に、知らん、とジーンが鼻を鳴らす。以前のジーンなら考えられない傲慢さだけれど、それが何故だかおかしくて、陽翔は声を上げて笑ってしまった。

「なんか懐かしいなあ。そうだった、ジーン最初は結構偉そうだったんだった」

「なんだと？」

偉そうと評されたのが心外だったのだろう。ジーンがこちらをじろりと睨む。

怒んなよと苦笑して、陽翔は問いかけた。

「でも、じゃあジーンはなにが嫌だったんだ？」

自分のことが嫌だったわけではないのなら、なにが嫌だったのか。

正面切って聞いた陽翔に、ジーンが渋々といった様子で口を開く。

「……俺が嫌だったのは、お前を傷つけることだ」

思いがけない一言に、陽翔は軽く目を瞠った。

じっと陽翔を見下ろして、ジーンが一言一言、噛みしめるように言う。

「最初は、お前のような人間が俺の番なわけがないと思っていた。お前は強い戦士というわけでも、頭が切れるというわけでもない。容姿が飛び抜けて美しいわけでも、特殊な才能があるわけでもない。異世界から来たという以外、変わったところはなにもない、ごく普通の人間だ」

「……うん」

ジーンの評価に、陽翔は頷いた。

実際、自分は本当にごく普通の人間だ。ここ一年でかなり特殊な人生を歩み始めたけれど、環境が特殊なだけで、陽翔自身は特に変わったところはない、ただの人間である。

深紅の瞳で陽翔をまじまじと見つめながら、ジーンが続ける。

「だが、お前には他の人間にはない美点がある。一言で言うならそれは、純粋さだ」

「純粋さって……、オレ、そんなにいい人間じゃないよ？」

ジーンの言葉に、陽翔は戸惑った。純粋というのは、例えばレイのような心の優しい人や、ニャムのような子供に当てはまる言葉ではないだろうか。

そう思った陽翔に、ジーンが静かに言う。

「善か悪かで言ったら、お前は確実に善人だ。それに、いいか悪いかは関係ない。お前は目の前の相手や物事にまっすぐ向き合って、できる限りのことをしようと最善を尽くすだろう？　記憶を封じられた俺に対してもそうだったし、キャラバンの連中やロディに対してもそうだった」

「……そうかな」

自分ではあまり自覚がないが、ジーンが言うならそうなのだろうか。

いまいち納得がいかない顔つきの陽翔に、ジーンがふっと視線をやわらかくして頷く。

「ああ、そうだ。そういうお前だから、誰とでもすぐ打ち解けるし、人の心を動かすんだ。実際ロディも、お前の言葉で心を決めたと言っていただろう」

「あれは……、たまたまだよ」

自分は思ったままを言っただけで、それがたまたまロディの状況に重なって、彼の心に響いただけだ。

そう思った陽翔だが、ジーンは首を横に振ってそれを否定する。

「ロディだけじゃない。雨宮も、お前の言葉に心を動かされた一人だ。奴があれほどお前を憎んだのは、お前がそれだけまっすぐあいつに向き合ったからだ」

「……でも、それってやっぱり、オレの伝え方が悪かったってことだよね」

雨宮のことを言われると、どうしても後悔が込み上げてくる。

俯いてぎゅっと両手を握りしめた陽翔の前で、ジーンが膝をつく。陽翔の手をそっと取った彼は、深紅の瞳でひたと陽翔を見据えて言った。

「確かに、結果だけ見ればそう思うかもしれない。だが、雨宮は最初から悪意を持ってお前に近づいてきていたし、それを巧妙に隠していた。お前が気づけなかったのは仕方のないことだし、気づいたところで奴らは別の手を使っただろう」

鱗に覆われた長い指が、陽翔の拳を解いていく。

一本ずつ、ゆっくりと強ばった指を解きながら、ジーンは続けた。

「レイの欠片を狙っていたとはいえ、奴らは奪えるものならば竜王と竜王妃の逆鱗を奪おうと考えていたはずだ。最悪の事態を免れたのは、間違いなくお前が機転をきかせたからだ。それは忘れるな」

「……うん」

「それから、人の善意を信じるのはお前の美点だが、自分に対して悪意を持って近づいてくる者がいるということは、心の片隅に留めておけ。おそらく自分でも、もう分かっているだろうが」

「……分かった」

諭すようなジーンの目を見つめて、陽翔は再度頷いた。

後悔に呑まれて現実が見えなくなってしまったら、前に進み出せなくなる。ジーンはそうならないように、道を示してくれているのだ――。

「ありがと、ジーン」

パッと笑みを浮かべてお礼を言った陽翔に、ジーンが苦笑を浮かべる。

「……そういうところが、純粋だと言うんだ」

解いた陽翔の手を包み込んだジーンが、目を伏せて言う。

「お前は、誰の言葉でもまっすぐ受け取る。俺がどれだけ冷たく当たろうと、まるでめげない。しつこくて、しぶとくて、打たれ強くて、……だからこそ、お前を傷つけたくないと思った。どれだけつらくとも、どれだけ苦しくとも、人のためならどこまでも強くあろうとする、お前だから」

大きな手が、きゅっと指先を握り込む。鱗に覆われた竜人の手は、ひんやりと冷たく、優しかった。

「俺が苦しんでいると知れば、お前は躊躇《ためら》いなくその身を差し出すだろう。だが、今の俺はお前を以前と同じように愛してはいない。いくらお前が運命の対でも、俺の渇きが完全に癒えることはない」

静かに語るジーンに、陽翔は頷いた。

「……うん。アーロンさんからもそう聞いた。それでも少しはましになるかも、心は満たされなくても体は治まるかもって、そう思って……」

「だがそれは、お前に現実を突きつけることになる」

陽翔の言葉を遮ったジーンが、ぐっとなにかを堪えるような表情になる。

「いくら頭では分かっていても、愛した相手が自分を忘れていることを、自分を愛していないことを突きつけられて、傷つかないわけがない。オラーン・サランの欲のままお前を抱けば、体だけでなく、お前の心まで傷つけてしまう。……俺はそれが、なにより嫌だったんだ」

「ジーン……」

呻く竜人に、陽翔は思わず息を呑んだ。

まさかあの時、彼がそんなことを考えていたなんて、思ってもみなかった――。

言葉を失くした陽翔から気まずそうに目を逸らして、ジーンが立ち上がる。そっぽを向いた彼は、もどかしげに尻尾を揺らしながら言い募った。

「……俺が言いたかったのは、それだけだ。いくら意に反するとはいえ、俺がお前に助けられたことは事実だ。だというのに、俺の本心が伝わらず誤解させたままなのは寝覚めが悪いからな」

ぶっきらぼうに言ったジーンが、踵を返す。

「お前の話も終わりなら、広間に戻るぞ。ラヒム殿の話を聞かないと……」

「待って！」

歩き出そうとしたジーンを追いかけて、陽翔はその腰に抱きついた。驚いたように息を呑んだジーンが、足をとめる。

「……っ」

「話、まだ終わってない。レイから聞いたんだ。ジーンが本当は竜王と竜王妃の逆鱗を使って、オレを元の世界に帰そうとしてたって」

告げた途端、ジーンの体が強ばる。少し硬くなった鱗に覆われたその巨躯《きょく》を逃がすまいと抱きしめて、陽翔はきっぱりと言った。

「オレの幸せを、ジーンが勝手に決めるな……！」

「な……」

「って、今のはアースラの言葉を借りたんだけど」

肩をすくめた陽翔は、驚いたようにこちらを振り返るジーンを見上げて続けた。

「こっからはオレが一度ジーンに言ったこと、もう一回言うからちゃんと聞いて」

紅の瞳を見つめて、深く息を吸う。そうして、陽翔は一年前にジーンに告げたことをもう一度、言葉にした。

「オレの気持ちを尊重してくれるなら、勝手に結論出すなよ。ちゃんと、大事なことは話して。オレはそれ聞いて、考えて、自分で選ぶから」

「……陽翔」

「ジーン、同じこと繰り返すんだもんなあ。ま、ジーンはジーンだからしょうがないんだけど」

苦笑して、陽翔は恋人の腰に回した腕にぎゅっと力を込めた。

「ジーンが忘れちゃったなら、何度だって言うよ。オレは、自分が進む道は自分で決める。どっちを選んでも後悔するって分かってても、逃げたりしない。ちゃんと自分で考えて、選ぶよ」

「だが……、お前は、優しい」

陽翔のまっすぐな視線に呑まれたように声を詰まらせながら、ジーンが言う。

「自分に危害を加える者のことすら、心から憎むことができないお前が、自分が去れば命を落とすかもしれない恋人を見捨てられるはずがない。こちらの世界に戻ってきた時も、自分の意思で選んだのではなく、本当は選べなかったんだろう？」

「……見損なうなよ」

ジーンの言葉にムッとして、陽翔は目を眇《すが》めた。

「オレはそんなに弱くない。どっちも大事で、どっちも選びたくて、選びたくなくて、それでも決めたんだ。オレの生きる場所はジーンの隣だって」

悩んで、苦しんで、それでも選ばなくてはならないから、心を決めた。

その思いを、葛藤を忘れてしまった男に、選べなかったなんて言われたくない。

「オレがどれだけジーンのこと好きか、ちゃんと思い出しもせずに、オレの気持ちを、幸せを、進む道を、勝手に決めるな！　そんなの全然、オレのためなんかじゃない！」

「はる……」

「オレの幸せは、オレのもんなんだからな！」

たとえジーンでも、否、ジーンだからこそ、それだけは譲らない。

叫んだ後、ふうふうと肩で息をしている陽翔に、ジーンはしばらく無言だった。

ややあってようやく、その口を開く。

「……悪かった」

「……っ、分かればよし！」

パッと笑みを浮かべて、陽翔はジーンから身を離した。まだどこか茫然としている彼に、ニヒッと笑いかける。

「どう？　ちょっとはオレとのこと、思い出したくなった？」

その問いかけに一瞬目を見開いたジーンが、ふっと笑みを浮かべて頷く。

「……ああ。なった」

「よかった！」

じゃあ仲直りな、と差し出した手を、ジーンがぎこちなく握ってくる。

ぶんぶんとその手を遠慮なく振って、陽翔は満面の笑みを浮かべて言った。

「やっぱりジーンはジーンだな！　大好き！」

「……っ」

「よし、じゃあ話も終わったし、皆のとこ戻ろ！

早いとこ作戦会議しないと！」

　充電完了、とばかりにご機嫌でパッと手を離し、廊下を駆け戻る。

　その小さな背に、勘弁してくれ、と低い呻き声が追いかけてきたことに気づかないまま、陽翔は仲間が待つ広間に飛び込んだのだった。

◆◆◆

　迫る夕闇を背に、整然と兵士たちが並んでいる。細身の槍《やり》がひしめく中、風に翻る三角形の軍旗は青地に白蛇――、バーリド帝国の紋章だった。

（兵が平原を埋め尽くしてる……。陣形は横陣、投石機の数は……）

　目を閉じた陽翔の視界は今、大空を飛ぶクアールと方術で繋がっている。

　上空からざっと全体を見渡した陽翔は、クアールに下降するよう指示を出した。矢の届かない高さを維持しつつ、より近くから敵軍の様子を窺う。

　――レイが方術使いに襲われてから、十数日が経った。

　あの後、バーリド帝国軍がすでに国境近くまで迫っていると分かったラヒム王は、敵の進軍ルートとなる可能性のある村や町に避難勧告を出し、急いで戦支度を整えて軍を北上させた。

ソヘイルの国土は大半が砂漠だが、北部には豊かな自然が広がっており、重要な水源もある。少しでも侵攻を食い止めなければならない。

とはいえ、ラヒム王は緊張状態にある隣国に対抗できるだけの兵を国境付近に常駐させていた。彼らの善戦の甲斐《かい》あって、バーリド帝国軍はソヘイルに侵入したものの、ほとんど進軍できず、国境沿いの山を越えたこの平原に陣を敷くのが精一杯だったようだ。

(敵の本陣はどこだ？　レオニード帝がいる陣さえ分かれば……)

ラヒム王が率いるソヘイル軍も、半日ほど前にこの平原に到着し、反対側に陣を構えている。

その本陣で偵察のためにクアールと視界を繋いだ陽翔が、もう少し奥まで飛ぶようにと念じた、その時だった。

突如、クアールの視界いっぱいに真っ白なものが広がる。驚いた陽翔同様、クアールも慌てて翼を羽ばたかせたようで、真っ白なものの間にちらりとオレンジがかった黄色の瞳が見えた。

(……レオニードのフクロウ！)

どうやら偵察に気づいたレオニードが、フクロウを放ったらしい。視界に羽根が舞い散り、クアールとフクロウが激しくやり合っているのが分かった。

(撤退しろ、クアール！　逃げるんだ……！)

一般的な大きさのフクロウなら、鷹であるクアールの敵ではない。だが、レオニードの白フクロウはクアールよりも随分大きく、夜目もきく。

戻ってこいと必死に念じる陽翔だが、フクロウの猛攻にクアールも逃げる隙がない様子だ。

(クアール……！)

抵抗を続けるクアールに、陽翔が焦燥に駆られたその時、視界に灰色がかった翼が飛び込んできた。

「っ、イリーナ!?」

驚いて思わず目を開けてしまった陽翔は、慌てて再度目を瞑《つぶ》り、意識を集中させた。

戻ってきた視界の中、勇猛な灰色の鷹が白フクロウに襲いかかっている様が見える。すかさず攻撃に転じたクアールの爪が、フクロウの喉元に深く食い込んで――。

（……っ、勝った……！）

バタバタと逃げ帰っていくフクロウを追おうとするクアールに、陽翔は待てと念じる。

真っ白なフクロウは、平原に敷かれた陣の中央に舞い降りていった。一際規模の大きなその隊は、大きなヘラジカが幾頭も加わっており、他の隊に比べて防御の層が明らかに厚い。

（……間違いない。あれが、本陣だ）

確信を得た陽翔は、クアールに戻ってこいと念じた。別の方向に飛び立ったイリーナをしばらく見つめていたクアールだが、やがてバーリド帝国軍の上で大きく旋回して方向を変え、帰路につく。

そこまで確認して、陽翔はほっと息をつき、クアールとの繋がりを断った。

「……どうだった、陽翔？」

隣で待っていたジーンに聞かれて、顔を上げる。

「うん、危なかったけど、イリーナが助けてくれた。クアールには戻ってくるように言っておいたから、もう大丈夫だと思う。……色々分かったよ」

天幕には、ジーンの他、ラヒム王やアースラ、ワドゥドゥ、ソヘイルの主立った将校が集まっている。

結果を待っていた一同を見渡して、陽翔は卓上に広げられた地図に向かった。

「敵の陣形は横陣。騎馬と槍部隊が中心で、兵の数は前の戦いの半分くらいだった。本陣は多分、ここ。フクロウが戻っていったし、規模から見ても間違いなくレオニードがいると思う」

敵陣に見立てた色付きの石を並べて、細かな陣形を説明する。

陽翔の説明を聞いて、アースラが眉を寄せた。

「半分くらいの兵力ってことは、大体五万ってとこかい？　予想より随分少ないね」

「さすがに正確な数は分からないけど……、でも、見た感じはだいぶ少ない印象だった」

　いくら陽翔が目がいいとはいえ、さすがに万を超す人数を目測で数えることは不可能だ。

　だが、陽翔は以前バーリド帝国が攻め込んできた際にも上空から敵軍の様子を見ている。その時と比較すると、おおよそだが半数ほどの兵力ではないかと思われた。

「……伏兵を潜ませているかもしれないな」

　スッと目を細めたジーンが、バーリド帝国軍とソヘイル軍の間にある林をトントンと指で示して言う。

「この戦いで、レオニードは起死回生を狙っている。必ず総力戦で挑むはずだ。となれば、その三倍の兵を集めていてもおかしくはない。伏兵を潜ませているとすれば、ここだろう」

「でも、この林にそんなに多くの兵が潜んでるとは思えないよ。そこまで大きい林じゃなかった」

　空から偵察した時、陽翔もこの林が気になってクアールを旋回させて観察したが、とても十万の兵が身を隠せるような林には見えなかった。

　陽翔の言葉に、ワドゥドゥが唸る。

「なら、どこか別の場所にも伏兵がいるということか。だが、他に兵を隠せる場所などないぞ？」

　ワドゥドゥの言う通り、地図上の平原には中央に林がある以外、目立った障害物はない。少し離れたところにはもっと大きな森があるが、戦場とは広い川で隔てられている。川はバーリド帝国軍の背後に聳《そび》える山を水源としており、敵方の船影はなかった。

　一体どこに、と考え込んだ陽翔の隣に立ったジーンが、ラヒム王に問う。

「ラヒム殿、ロディからの連絡は？」

「うむ、すでに位置に着いたと知らせが来ておる」

　十日前、早馬でソヘイルの王都を発ったロディオンは、レオニード率いる帝国軍を避けてバーリド帝国に帰国し、反レオニード軍と合流している。ラヒム王とイリーナで連絡を取り合いながら軍を進めた彼は今、敵軍の背後の山の洞窟に潜んでいるはずだ。計画では、戦いが始まったら合図を出し、挟み撃ちにする予定だった。

「敵方に洞窟の存在が知られてるって可能性はないかい？　そこに兵が潜んでいるとか……」

危惧するアースラに、ラヒム王が頭を振る。

「いや、それはない。あの洞窟は山の双方に出入口があるが、どちらも麓の民がそれと分からぬよう隠した上で、見張っていてくれたからな。敵軍は向こう側の出入り口には気づかず、そのまま山を越えていったと報告を受けておる」

地図上のロディオンが潜伏している山を見つめて、ラヒム王が唸る。

「この山中にまだあと十万の兵が控えている、という可能性はなきにしもあらずだが……。だとすると、いささか本陣が前に出過ぎな気がするしのう」

「……レオニードらしくないね」

呟いた陽翔に、一同が頷く。

レオニードは、前回の戦いでも、自身の身が危うくなったらなりふり構わず国に逃げ帰っていた。

ロディの話では特に武勇に優れているわけでもないようだし、危険をかえりみず前線に出て兵を鼓舞するタイプでもない。むしろ裏で策略を巡らせる方が得意だろう。

一同を見渡して、ジーンが言う。

「いずれにせよ、レオニードが策を巡らせていることは疑いないだろう。奴は逆鱗の欠片を手に入れているにもかかわらず、国境を攻める時には方術を使っていない。挟撃が読まれている可能性もある」

「陛下、作戦を中止しますか？」

ジーンの一言に動揺した将校が、ラヒム王に問いかける。少し考え込んだラヒム王は、顔を上げると首を横に振った。

「いや、こちらの策が読まれているのなら尚更、早く仕掛けなければロディオン殿たちが危なかろう。

昨夜の雨で川が増水しておる故、川の反対側から林を迂回《うかい》して、一気に敵の本陣に切り込む。林に敵が潜んでいた場合の挟み撃ちに備え、本隊はこの場所で待機とする。各人、出撃に備えよ」

ハ、と一礼した将校たちが、慌ただしく自陣へと散っていく。

陽翔は隣のジーンを見上げて言った。

「ジーン、剣貸してもらえる？」

「……どうするんだ？」

するり、と鞘《さや》から抜いた剣を差し出したジーンに、ありがとうと言って受け取る。

重い剣を両手で持つと、陽翔はその刀身に額を近づけ、目を伏せた。

「……この刃がジーンの牙となり、盾となってくれますように」

以前、戦いの前にジーンが他の竜人に頼まれて捧げていた祈りを真似《まね》して、想いを込める。

「ジーンが無事に、帰ってきますように」

敵の方術使いの攻撃に備えるため、ジーンは前線に出て戦うことになっている。ソヘイル軍の準備が整い次第、共に先陣を切ることになるだろう。

どうか無事で、とぎゅっと柄を握りしめて祈りを捧げた後、陽翔はジーンに剣を返した。

「これでよし、と。気をつけてな、ジーン」

一緒に戦場に出たいのは山々だが、陽翔は後方で竜人族の援軍を待ち受けることになっている。竜人族とはクアールで連絡を取り合っており、精鋭部隊がこの戦場を目指して飛んできているという報せを受けている。おそらくこのままだと彼らの到着より先に戦いが始まるだろうから、狼煙《のろし》を上げて戦場の位置を知らせなければならない。

いくら強くなったとはいえ、実戦経験の浅い陽翔は、ジーンと一緒に戦うことはできない。だが、与えられた役目を精一杯果たすつもりだ。

「アーロンさんはカーディアに援軍を呼びに行ってるし、敵の方術使いに対抗できるのは今、ジーン一人だ。だからって、なにもかも全部自分で背負い込まないで。援軍は必ず来るから、それまで絶対無理しないでな」

そう言って、ん、と小指を差し出した陽翔に、ジーンが首を傾げる。

「……なんだ？」

「オレの世界で人と約束する時にする、指切りってやつ。こうやって……」

ジーンの手を取り、小指同士を絡めて歌う。

「ゆーびきーりげんまん、うーそついたーらはーりせんぼんのーます！」

「……っ、針千本⁉」

鱗を猫のようにぶわっと逆立てて驚くジーンに、陽翔は笑ってしまった。

「だから、そういう歌なんだってば！」

指切り自体は忘れてしまっても、反応は同じなんだなと思うと、なんだかおかしい。

くすくすと笑いながら、指切った、と絡めた小指を離そうとした陽翔だったが、それより早く、ジーンがぐっと小指に力を入れて阻む。

「ジーン？」

「お前も約束しろ。なによりも自分の身の安全を優先すると。……無茶をしない、と」

深紅の瞳が、じっとこちらを見据えてくる。

まっすぐ突き刺さるような真剣なその瞳を見つめ返して、陽翔は頷いた。

「……うん、約束する。ジーンとずっと、一緒にいるために」

あの日交わした約束を、今の彼は覚えてはいない。けれど、彼は彼だ。

自分が好きになったのは、間違いなく目の前のこの竜人だ――……。

（なんか、変な感じ。まるでもう一回、ジーンに恋したみたいだ）

照れくさくなった陽翔が、今度こそ小指を解こうとした、――その時だった。

「陛下、山の麓の民から報せが……！　国境側の入り口から、洞窟に敵兵が侵入している模様です！」

天幕に駆け込んできた伝令兵が、慌てた様子で告げる。サッと顔色を変えたラヒム王が、彼に歩み寄って命じた。

「侵入だと⁉　詳しく申せ！」

「は！　見張りによりますと、バーリド帝国から現れた敵の大軍が、一直線に山の洞窟へ向かったと！　洞窟には今、多数の敵兵が侵入している模様です！」

「……っ、陽翔、クアールともう一度視界を繋げるんだ！　山のこちら側の出入り口の様子を……！」

伝令を聞いたジーンが、再度陽翔に方術をかける。

陽翔はすぐに目を閉じて、クアールに旋回するよう念じた。逸《はや》る心を抑えて、バーリド軍の遙か上空を飛び、前方に聳え立つ山へと近づく。

「……いた！」

夕焼けに染まる山の木々の間に、敵兵が行軍しているのが見える。武装した彼らの行く手には、大きな岩の裂け目があって――。

「っ、こっち側の出入り口にも、敵が向かってる！　このままじゃ、ロディたちが洞窟の中で挟み撃ちにされる！」

「やはりか……！」

目を閉じて敵兵の動きを注視しつつ告げた陽翔に、ジーンが呻く。

山向こうの国境側に現れた敵軍が、一直線に洞窟を目指した。それはつまり、洞窟の存在が敵軍に把握されていたということを示す。

となれば当然、レオニードは山のこちら側からも兵を進めて、洞窟に潜む伏兵、ロディオンの軍を殲《せん》滅《めっ》しにかかる――。

レオニード軍の動きを知って、ラヒム王が唸る。

「一刻も早くロディ殿に伝えねば……。陽翔、すぐにクアールを呼び戻して……」

「っ、そんな時間ない！　このままクアールをロディのところに向かわせる！」

ラヒム王を遮った陽翔に、ジーンが低い声で言う。

「だが陽翔、このままクアールを向かわせたところで、ロディに挟み撃ちを報せることはできない。いくらクアールと意識を共有させているとはいえ、人間の言葉を話すよう操ることは不可能だ」

「分かってる」

頷いた陽翔は、クアールに岩の裂け目から中に入るよう念を送って、目を開けた。

「オレに考えがある――」

決然と告げた陽翔に、一同が息を呑む。

じりじりと沈みゆく太陽が、地平線を赤く染め始めていた――。


暗闇の中、松明《たいまつ》の明かりが赤々と仲間の顔を照らしている。強ばった表情で岩に腰かける兵士の一人に、ロディオンは声をかけた。

「……疲れたか？」

「へ……っ、い、いいえ、殿下《でんか》！　大丈夫です！」

サッと居住まいを正した彼に、楽にしてくれと声をかけ、その隣に腰を落ち着ける。緊張した面もちの兵に、ロディオンは静かに語りかけた。

「長い間、よく戦ってくれた。この戦いが終われば、バーリドはよりよい国になる。もうひと頑張り、どうか頼む」

「も……、勿体《もったい》ないお言葉です、殿下……！」

感激したように瞳を潤ませる彼に頷いて、ロディオンは周囲の兵たちにも視線を向ける。

「皆も、ここまでよく頑張ってくれた。行軍で疲れているだろうが、もう間もなくソヘイル軍からの合図があるはずだ。これを最後の戦いにしよう。平和な故郷を、俺たちの手で取り戻そう」

洞窟に響く低く深い声に、兵たちがぐっと表情を引き締めて頷く。

力強い眼差《まなざ》しの兵たち一人一人に頷き返して、ロディオンは肩に乗せたイリーナに頬を寄せた。

以前の自分なら、こうして兵士に語りかけることなどしなかった。追われる身の自分が理想を語ってもむなしいだけだと思っていたし、語らずとも伝わるだろうと、そう思ってもいた。

今なら、それが怠慢だったと分かる。自分はなすべきことを投げ出し、努力を怠っていたのだ。

それに気づけたのは、あのキャラバンに出会ったおかげだ。自分は彼らから、たくさんのことを教わった。

彼らに再び会うためにも、この戦いを終わらせなければならない。

この戦いは、表向きこそ兄のレオニード率いるバーリド帝国対ソヘイルの構図だが、自分たちが平穏を取り戻すための戦いでもある。自分たちの手で、――自分の手で、決着をつけなければならない。

ロディが静かに目を閉じた、その時だった。

不意に、肩に乗っていたイリーナが翼を広げる。

緊張した様子のイリーナに、ロディはサッと警戒を強めた。

「……どうした、イリーナ」

声をかけたが、愛鷹は洞窟の出口をじっと見つめている。そちらは自分たちが入ってきたのとは反対側、レオニード帝が率いるバーリド帝国軍が布陣している平原の方だ。

もしやなにか敵方に動きがあったのだろうかと立ち上がったロディの耳に、イリーナ以外の鷹の鳴き声が聞こえてくる。応えるようにイリーナがひと鳴きした次の瞬間、暗闇から一回り小さい鷹が飛び込んできた。

「クアール!?」

驚いたロディの腕に、クアールが舞い降りてくる。

慌ててクアールを調べたロディだったが、その脚にはなにも書簡らしきものは付けられていなかった。

「……どういうことだ？」

確か先ほど、洞窟の出口を見張っていた兵から、敵軍の上空をクアールが飛んでいたと報告があった。レオニードのフクロウと争いになったところをイリーナが助けて、クアールは自陣に戻っていったという話だった。

兄のレオニードも方術使いに命じてフクロウと視界を繋ぎ、国内の偵察をしていると聞いたことがあるから、クアールもおそらく同じ方術で偵察に出されていたのだろう。アースラ辺りが偵察していたのだろうと思っていたが、その後なにか動きがあったということだろうか。

だが、それなら何故クアールはなにも持っていないのだろうと訝しんだロディの腕から、クアールが飛び降りる。

平たい岩に下りた彼は、近くの石粒を嘴《くちばし》で咥《くわ》えると、それをロディの目の前に置いた。

「……？」

トントン、と嘴の先で石粒を示した後、器用に片脚を上げてロディを指す。その動作をもう一度繰り返した後、クアールはまた別の石粒を咥え、先ほどの石粒から少し離れた場所に置いた。そして、ころころ、と嘴を使って最初の石粒に近づける。

「なんだ……？」

明らかになにか伝えようとしている動作に、ロディはじっとクアールを見つめた。

もしかしたらクアールは、今も方術で誰かに操られているのかもしれない。だとしたら、クアールを自陣に戻す時間も惜しいほど、緊急のなにかが起きている可能性がある。

ロディの見守る中、クアールがもう一つ石粒を持ってくる。最初の石粒を挟んだ反対側にそれを置いた彼は、同じように嘴を使って転がしてみせた。

(三つの石……。両端の石が、真ん中に近づいている……？)

ぴょん、と岩の上を飛んで真ん中の石粒の近くに戻ったクアールが、つんつんと嘴でつついて、じっとこちらを見上げてくる。

澄んだ黒い瞳をしばらく見つめ返していたロディは、ハッと気づいて顔を上げた。

「まさか……！」

慌てて来た道と、出口へと続く道を交互に見やり、クアールに視線を戻して問いかける。

「これは俺たちで……、両端は、敵か!?」

真ん中の石粒を指さし、自分の顔を指さす。するとクアールは、大きく翼を広げてみせた。

間違いない。自分たちは今、敵に挟み撃ちにされそうになっている——……！

「っ、全軍、進軍する！　前後から敵が接近している！　急げ！」

号令をかけたロディに、周りの兵たちが慌てて立ち上がる。急げ、と再度声を張り上げて、ロディはクアールに礼を言った。

「よく報せてくれた！　感謝する、陽翔！」

こんな機転をきかせるのは、おそらく彼だろう。

まっすぐで大胆な友人の顔を思い浮かべ、ロディは仲間と共に駆け出した——。


駆け出したロディの背を見送って、陽翔はふっと目を開けた。

緊張した面もちでこちらを覗き込んでいたラヒム王とアースラに頷いてみせる。

「大丈夫、伝わった！　ロディ、洞窟から打って出るよ！」

「そうか……！　よくやってくれた、陽翔」

ほっとしたように言うラヒムの隣で、アースラも胸を撫《な》で下ろす。

「どうなるかと思ったが、うまくいってよかったよ。お手柄だね、陽翔」

表情をゆるめたアースラに鼻をつままれて、陽翔はニッと笑みを浮かべた。

天幕の中に、すでにジーンの姿はない。翼のある彼は、ロディオンたちが無事洞窟から脱出できるよう、こちら側の出口を死守するために少し前に飛び立っていた。ロディオンたちが洞窟から脱出したら、出口の崖を方術で崩し、背後からの敵を食いとめる手はずになっている。

ジーンが本陣を出発するのとほぼ同時に、ソヘイル軍も林を迂回して敵軍へと向かった。敵軍もそれに合わせて陣形を変えつつあり、まだ刃を交えてはいないものの、すでに戦いは始まったと言っていいだろう。

陽翔は再度目を閉じてクアールに戻るよう伝えると、パッと立ち上がった。

「じゃあオレ、狼煙の様子見てくる！　早く竜人族に報せないと！」

急がなければ、夜はもうすぐそこまで迫ってきている。完全に日が暮れてしまったら、狼煙が見えなくなってしまう。

駆け出した陽翔に、アースラが声をかける。

「先にラビが行ってるから、狼煙が上がったらいったん帰っといで！」

「分かった！」

叫び返して、陽翔は本陣のすぐ後ろに設置された高台へと駆けた。梯子《はしご》を登って櫓《やぐら》に上がる。

上ではアースラの言っていた通り、ラビが狼煙を上げようとしていた。

「ラビ、狼煙どう？　すぐ上がりそう？」

「陽翔！　いや、それが風でうまく火がつかなくてさ」

「ちょっと待って！」

櫓に上がり、ラビの手元を風から遮る。ほどなくして狼煙に火がつき、もくもくと煙が上がり始めた。

「よし、これで大丈夫だな。陽翔、助かった」

お礼を言うラビに、ううんと頭を振って、陽翔は櫓から戦場を見渡した。

「ジーンは……、あそこか」

翼のある彼は、林を飛び越えて、まっすぐ山へと向かっている。と、敵の陣営に差し掛かったその時、ジーンの周囲にいくつか黒い影が出現した。

「っ、方術使い……！」

すぐに応戦したジーンの周囲で、白い光がいくつも弾ける。おそらく敵と方術でやり合っているのだろう。

「負けるなよ、ジーン……！」

並の方術使い相手に、次期竜王である彼が負けるはずはない。だが、相手は欠片とはいえ、竜人族の至宝の力を借りている。いくらジーンでも、一筋縄ではいかないだろう。

せめて竜人族の援軍が到着すれば彼に加勢してくれるのにと、陽翔は逸る気持ちを抑えて里がある方向に目を向け――、息を呑んだ。

「え……」

山から流れている、大きな川。その上を、無数の兵士が行軍しているのだ。

何百、何千もの兵士は、川を挟んだ向こう側の大きな森から続々と姿を現している。よく見ると、川の一部分はその表面が真っ白に凍りついていて――。

「……っ、敵襲だ！」

大声を上げて梯子へと駆け寄った陽翔に、ラビが驚く。

「えっ、敵!?　どこに……、っ、あれか!?」

「ラビはそのまま敵の動きを見張ってて！　オレはラヒム王に知らせてくる！」

分かった、と降ってくる声を聞きながら、夢中で梯子を下りる。途中で飛び降りた陽翔は、すぐさまラヒム王の天幕に駆け込んだ。

「敵襲！　敵が川を渡って来てる！」

「なんだって!?」

「陽翔、それは本当か!?」

驚くアースラとラヒム王に、陽翔は手短に説明した。

「川が凍ってて、そこを渡って来てるんだ！　多分方術で凍らせたんだと思う。奴ら、ロディの軍だけじゃなく、この本陣も後ろから狙うつもりだ！　今、櫓の上からラビに見張ってもらってる！」

「すぐに確認を！」

ラヒム王の命で、兵の一人が櫓へと駆け出す。

陽翔は広げたままだった地図を覗き込み、目に焼き付けた光景を思い出しながら、詳しい位置を説明していった。

「見た感じ、凍ってたのは川のこの辺り。森からはまだ兵が出てきてて、川の向こう側で大勢が待機してた。先頭の部隊はここら辺まで来てたと思う」

「……ちょうど丘の陰になるところだ。我が軍から見つかりにくい位置を計算しての行軍だろう」

唸るラヒム王に、アースラも苦い声で言う。

「ロディのいる洞窟に兵を進ませて挟み撃ちを狙いつつ、こっちが手薄になるのを狙ってたってことかい。まんまと陽動に乗せられちまったね」

やられた、とアースラがため息をつく。陽翔は頷いて補足した。

「しかもバーリド兵たちは、氷の上も問題なく行軍してる感じだった。多分、雪道に慣れてるからだと思う」

バーリド帝国の北半分は、一年のほとんどが雪に覆われている、極寒の地だ。彼らにとって氷の道など、なんの障害にもならないのだろう。

「自軍の利になる戦場を、方術で作り出したというわけか……。敵ながら天晴《あっぱ》れだな」

天を仰いで呻いたラヒム王に、アースラが顔をしかめて問いかける。

「感心してる場合かい。どうする？　林を迂回させてる兵を呼び戻すかい？」

「……いや、それはならぬ」

地図をじっと見つめて、ラヒム王は首を横に振った。陽翔も地図を見つめて考え込む。

林を迂回している兵たちを呼び戻すには、時間がかかる。それに、彼らがバーリド帝国軍と対峙《たいじ》しなければ、ロディオンたち反政府軍に敵が集中してしまう。たとえジーンが洞窟の入り口を塞いで、背後からの敵を阻むことができても、平原の敵軍にやられてしまうだろう。

（となると、残ってる本隊で川を渡って来てる敵軍に対抗するしかない。けど、敵の兵力が読めない今、正面から戦いを挑むのは無謀だ……）

同じ考えに至ったのだろう。しばらく考え込んでいたラヒム王が、口を開く。

「……本隊も、迂回している部隊の後を追う。後方からの敵に注意しつつ、全速で敵本陣に向かうこととする」

至急各将に伝えよ、と部下に命じるラヒム王に、アースラが頷いて言う。

「分かった。なら、殿《しんがり》はうちのキャラバンが務めさせてもらうよ」

「タニリカ!?　それはならぬ！」

「あんたの指図を受ける謂《いわ》れはないね」

慌てるラヒム王をいなして、アースラはくるりと身を翻した。

「元側室のあたしと元近衛隊長のワドゥドゥが殿だと分かれば、少しは兵たちの尻叩きになるだろう。なに、あんたが兵を率いてとっとと進軍すりゃ、敵に追いつかれることもないだろうさ」

「しかし……」

「あたしの身が心配なら、ここでぐずぐずしてないでさっさと軍を動かすことだね」

尚もとめようとするラヒム王にそう言って、アースラがさっさと天幕を出ていく。

陽翔は慌てて彼女を追いかけた。

「アースラ！　オレも……」

「あんたはラヒムと一緒にいな」

しかし、皆まで言う前にそう突き放されてしまう。ちろりと陽翔を見やって、アースラは続けた。

「竜王陛下から預かったあんたになにかあっちゃ、申し訳が立たないからね。あんたも立場ある身になったんだ、わきまえな」

「……っ、分かった」

キャラバンの仲間たちと一緒に戦いたいのは山々だが、アースラの言うことは正しい。陽翔は頷いて言った。

「くれぐれも気をつけて、アースラ」

「ああ、分かってる。……あの人のこと、頼むよ」

最後に少し声を落として、アースラが言う。陽翔は頷いて、ニッと笑いかけた。

「分かった。……アースラって、口ではなんだかんだ言うけど、結構ラヒム王のこと好きだよな」

「おや。あたしをからかおうだなんて、なかなかいい度胸じゃないか」

陽翔の軽口に目を細めたアースラが、それじゃあねと足早に去っていく。こんな場面でもいつも通り、まったく動揺を見せなかった女長に苦笑しつつ、陽翔はラヒム王のところに戻った。

「……タニリカは行ってしまったか」

部下と作戦の詳細を詰めていたラヒム王が、顔を上げて聞いてくる。陽翔は肩をすくめて頷いた。

「うん。あなたのことをよろしくって」

「そうか……。いつまで経っても、いらぬ苦労をかけてしまうな」

少し目を伏せたラヒム王が、ぐっと表情を強ばらせて部下に命じる。

「すぐにこの場を離れる！　荷は最小限とし、少しでも身を軽くせよ！　殿に敵の矢が届くようなことがあれば、すなわち私が射かけられているのと同じと思え！」

「は……！」

慌ただしく動き始めた部下たちに細かい指示を出しながら、ラヒム王が天幕の外に繋がれていた馬へと向かう。

「陽翔、そなたも」

「はい！」

促されて、陽翔もラヒム王と別の馬に飛び乗った。兵たちと共に、急いで敵の本陣を目指す。

「は……っ！」

馬を駆って小高い丘に上がった陽翔は、ぐるりと辺りを見渡した。

真っ赤な夕陽が、山の向こうに消えようとしている。茜に染まる空の下、行く手には無数の敵兵が待ち構えてた。

向かう先、前方の空中ではジーンがまだ方術使いたちとやり合っているらしく、時折白い光が弾けている。

後ろに馬首を巡らせれば、続々と味方が行軍の列に加わっているのが見えた。先ほどまでいた本陣の櫓からは、まだ白い狼煙が上がっている。

（あの櫓が倒れたら、敵があそこまで来たってことになる……。それまでに竜人族とカーディア軍が駆けつけてくれれば……！）

今は挟み撃ちに次ぐ挟み撃ちで後手に回っているソヘイル軍だが、援軍さえ到着すれば、攻勢に転じるチャンスは必ず生まれる。それまで、なんとしてでも持ちこたえなければならない――。

陽翔がぐっと手綱を握りしめた、その時だった。

「敵襲！　林から敵兵が現れました！」

前方から馬を駆ってきた伝令兵が、ラヒム王に告げる声が聞こえてくる。陽翔は慌ててラヒム王の元に駆け戻った。

「敵の数は数百！　ただ今交戦中ですが、方術使いが現れた様子です！　すぐに消えてしまったようですが、多数の兵が負傷したとのこと……！」

伝令の報告を受けたラヒム王が、力強く頷く。

「分かった！　すぐに私が……」

「ラヒム王、あなたは前に進んで下さい！」

自ら向かおうとしかけたラヒム王を遮って、陽翔は叫んだ。

「そっちにはオレが行きます！　あなたはここで足をとめちゃいけない！」

すぐに消えたという報告だが、またいつ方術使いがその場に現れるか分からない。

ただの人間であるソヘイル兵たちに、方術使いの相手は荷が重い。もちろん陽翔も方術が使えるわけではないからどこまで対抗できるかは分からないが、それでもこの場にいる誰よりも方術について知識があるのは自分だ。なにより。

「ここで本陣がとまってしまったら、アースラたちが危ない！　あなたは一刻も早くこの場を抜けて下さい！」

「陽翔……、分かった、頼む！」

頷いたラヒム王が、近くにいた連隊長に命じる。

「兵を率いて、陽翔殿と共に林へ参れ！　彼の命に従い、彼を守れ！」

「承知しました！」

行くぞ、と配下の兵に声をかけた連隊長と頷き合い、陽翔は一直線に林へと向かった。

無我夢中で馬を駆る陽翔の頬に、ビュウッと強い風が吹き付ける。頬を切らんばかりのそれに目を眇めながら、陽翔は懸命に前を睨《にら》み据えた。

「……あそこだ！」

やがて、前方に剣を打ちかわす集団が見えてくる。混戦状態の戦場を目の前にして、陽翔は勢いよく腰の剣を抜いた。

「突っ込め！」

陽翔の隣で、連隊長が背後の兵たちに号令をかける。目の前のソヘイル軍に集中していたのだろう、バーリド帝国軍の伏兵が明らかに動揺し、体勢を崩した。

その一瞬の隙を逃さず、陽翔は兵たちと共に敵の側面に襲いかかる。

「く……っ、この……！」

突き出される槍をかわして奪い取り、ソヘイル兵に迫る敵兵目がけて投げつける。自分を引きずり下ろそうとする敵兵を蹴り返し、無我夢中で剣を突き立てた。

「そう、簡単に……っ、やられてたまるか……！」

夢中で馬を駆り、押されている味方を見つけては駆け寄って剣を振るう。息を切らしながら、ほとんど反射で戦い続ける陽翔に、連隊長が叫んだ。

「陽翔様、敵が！」

彼の指さす方を見やると、敵の一角が総崩れになり、散り散りに逃げていくところだった。目の前の敵兵も、慌てて戦場を離脱し始める。

「追いますか!?」

「いや、それより怪我人《けがにん》の救護をしよう！」

連隊長に叫び返して、陽翔はほっと息をつく。これでこの場はもう大丈夫だ、そう思った、次の瞬間だった。

「……舐《な》めた真似をしてくれる……！」

不意に、ごく近い場所で低い声が響く。咄嗟にバッとそちらを振り向き、剣を突き立てた陽翔だったが、その攻撃は空《くう》を切った。

「っ、方術使い……！」

陽翔の剣が薙《な》ぎ払った黒い靄がパッと掻き消え、上空に現れる。姿を見せたのは、方術使いの首領格であるあの男だった。

ギラギラと怒りを瞳に煮え滾《たぎ》らせた男は、宙に浮いたまま手のひらをソヘイル軍へと向ける。

陽翔は夢中で叫び、馬の腹を蹴った。

「逃げろ！」

「……死ね！」

詠唱を終えた男が、陽翔とソヘイル軍を見下ろしてニタリと笑う。

その手から真っ黒な闇が出現した、その刹那。

「させぬ……！」

突如、ぶわっとその場に突風が巻き起こる。咄嗟に腕で顔を庇った陽翔は、懐かしい声にすぐに顔を上げて叫んだ。

「っ、竜王様！」

見れば、方術使いの男の頭上に、巨大な黄金の竜が出現していた。その周囲には、ゼノスを始めとした竜人たちの姿も見える。

「ち……！」

不利を悟った方術使いが、たちまち黒い靄となって掻き消える。

「逃げ足の速さは主人に似たのかのう」

フンと鼻を鳴らす竜王に、陽翔は馬で駆け寄った。

「来てくれてありがとう！　竜王様！」

「なんの。狼煙が上がっていた故、肝を冷やしたぞ。そなたたちのことだから、すぐに戦いが終わってしまうのではないかとな」

茶目っ気たっぷりに言った竜王に、陽翔は手短に状況を説明する。

「それがそうもいかなそうなんだ。予定してた挟み撃ちがバレて、反政府軍が逆に挟み撃ちされそうになってる。ジーンはそれを助けに、あの山の洞窟に向かってるとこ。オレたちは背後から急襲に遭って、敵の本陣に切り込もうとしてたら、この林の伏兵に襲われたんだ」

「ふむ。来る時に少し見えたが、敵軍は川を渡ってきているようだな？」

「うん。川を方術で凍らせてるみたいなんだ。追撃を絶つには、あれをなんとかしないと……」

眉を曇らせた陽翔に、竜王がゆっくりと瞬きをして言う。

「なるほど、ではそれは我が請け負おう。ただ、我は最近めっきり目が悪くてな。陽翔、指示を頼まれてくれるか」

「え……っ、うん、分かった！」

「ゼノス、そなたは兵を率いて洞窟へ向かえ。途中、隊を分けてソヘイル軍の前線を助けよ」

手短に指示を出した竜王に頷きつつ、ゼノスが部下に指示を出す。

「畏《かしこ》まりました。近衛隊《このえたい》は陛下と陽翔の護衛を！　後の兵は俺と共に行くぞ！」

「陽翔、我の背に」

ドッと地上に降りてきた竜王に促されて、陽翔は馬から飛び降り、その背によじ登った。

「しっかり摑まっておれよ……！」

一声かけた竜王が、その大きな翼を広げる。力強く羽ばたいた竜王のすさまじい風圧に、兵たちが一斉に仰《の》け反《ぞ》った。

「行くぞ！」

「うん！　ゼノス、後で！　ジーンのこと、頼む！」

「分かってる！」

　ふわりと浮き上がった竜王の背でゼノスと言葉を交わし合い、陽翔は身を低くして竜王の角に摑まった。ぐんと一気に高度を上げた竜王が、護衛の近衛兵たちと共に飛び立つと、ワアッとソヘイル軍から歓声が上がる。

　手を上げて見送ってくれるソヘイルの兵たちを見下ろして、竜王がくすぐったそうに笑った。

「ソヘイル軍は、我が一族を随分歓迎してくれているようだのう」

「二度も一緒に戦ったからね。皆、竜人族は仲間だと思ってくれてるよ」

「……人間とこれほど親しくなる日が来るとは、つい一年前までは思わなんだ」

　呟いた竜王が、空を悠々と飛びながら言う。

「だが、これからの我が一族には、人間との親交が必要不可欠となっていくだろう。そなたとジーンが竜人族の新しい未来を作っていくこと、楽しみにしておるぞ」

「竜王様……。っ、はい！」

　改めてそう言われて、陽翔は強く頷く。ぎゅっと角を握る手に力が籠もったのが分かったのだろう、竜王が目を細める。

「うむ。だがそのためにも、今は目の前の敵を倒さねばのう」

　眼下に広がる平原では、ソヘイル軍の最後尾にいるキャラバンの仲間たちが、ちょうどバーリド帝国軍と戦い始めたところだった。

「アースラ！　ワドゥドゥも！」

　仲間たちの先頭に立って敵を迎え撃つアースラたちの姿に、陽翔は思わず声を上げる。すると竜王は、周囲の近衛兵たちに鋭い声で命じた。

「そなたらはアースラ殿たちの援護に回れ！」

「陛下、しかし……！」

「我の護衛は不要！　早《はよ》うせぬか！」

唸り声を上げる竜王に、近衛兵たちが少し迷いつつも戦場へと急降下していく。

キャラバンと共に敵を倒しにかかった近衛兵たちを見やって、竜王はふうとため息をついた。

「隊長のゼノスに似たのか、今の近衛隊はどうにも心配性揃いでいかん。アーロンの頃が一番適当で気楽だったのう」

「今度その話、じっくり聞かせてね」

苦笑しつつ、陽翔は見えてきた光景に表情を引き締めた。

「……あそこだ。竜王様、見える？」

周囲は刻一刻と薄暗くなってきており、川を渡る兵の姿も闇に溶け始めている。目を眇めた竜王は、ため息混じりに唸った。

「まったく、年は取りたくないものだな。思った通り、あまりよく見えぬ。陽翔、指示を頼む」

「分かった。……もう少し左、そのまままっすぐ」

頷いて、陽翔は竜王に敵軍の位置を伝えた。陽翔の指示で飛ぶ方向を調整した竜王が、高度を下げながら吼《ほ》える。

「行くぞ、陽翔！」

「うん……！」

ビュウッと強い向かい風を受けながら、陽翔は竜王の角を強く摑んだ。ぐんぐん近づく川との距離を測りつつ、叫ぶ。

「……っ、今だ！」

陽翔の合図で、竜王が大きく口を開ける。水面に迫った竜王は、そのまま氷の上を渡っている敵軍へと炎を浴びせかけた。

「う……っ、うわあああ！」

「敵襲だ！」

突如現れた巨大な竜に戦《おのの》く敵兵たちだが、逃げ場などあるはずもない。ゴオッと巻き起こる炎に悲鳴を上げ、次々に川へと飛び込む。

一度敵軍の上を飛び越した竜王は、すぐさま旋回して凍っている川へと戻った。敵兵の少なくなった箇所を狙って、更に強く、激しく炎を吐きかける。

竜の炎に炙《あぶ》られた氷の橋が、溶けて汗をかき始める。更に数度、竜王が旋回して炎を浴びせたところで、ビキッと大きな音を立てて氷に亀裂が生じた。

「やった……！」

生じた亀裂から、ドッと音を立てて氷が崩れ落ちていく。水飛沫《みずしぶき》を上げて川に沈む巨大な氷の塊に、川に避難していたバーリド兵たちが悲鳴を上げて逃げ惑うのが見えた。

「うまく行ったようだのう。これで敵の増援は阻止できたであろう」

川を隔てた向こう岸で茫然とする大軍を見やって、竜王が満足気に頷く。最後にゴオッと炎をひと吐きして残りの氷を溶かすと、竜王は力強く羽ばたいて平原に降り立った。

気づいたバーリド兵たちがこちらに向かってくるのを後目《しりめ》に、陽翔に言う。

「陽翔、我の逆鱗の奥に、竜王の逆鱗がある。取ってくれるか？」

「っ、ちょっと待って！」

陽翔は竜王の背から滑り降りると、その喉元に走り寄った。巨大な竜の顔の下に回り、喉元の逆鱗をそっと開いて、間にしまわれていた深紅の逆鱗を取り出す。

「我の近くに」

逆鱗を持った陽翔は、竜王に促されてその顔の近くに立つ。黄金の瞳をゆったりと瞬かせた竜王は、古《いにしえ》の言葉で詠唱を始めた。

歌うような低い声が、暮れゆく平原に朗々と響き出す。呼応するように、陽翔の手の中で逆鱗が紅蓮《ぐれん》の輝きを放ち出す――。

「赤き月によって結ばれた、運命の対よ。我の呼びかけに応え、我が友を導け。闇を照らす光の絆《きずな》を、ここに示せ……！」

低い唸りと共に紡がれた言葉と共に、逆鱗から眩《まぶ》しいほどの赤い光が溢れ出す。と同時に強い風が起こり、陽翔の髪や衣服を巻き上げた。

辺りに白い光が満ち、まるで昼間のように輝き出す。満ち溢れるその光の中、最初に生じたのは青い灯火《ともしび》だった。

じょじょに強く、明るくなっていくその青い灯火が、まるで道しるべのようにまっすぐ、白い光の中を進んできて——。

「……やれやれ。待ちくたびれましたよ、陛下」

やがて、青い灯火を手にした漆黒の竜人の姿が浮かび上がる。——アーロンだった。

「ようやくお呼び下さり、ほっとしました。ああ、陽翔も一緒か」

「アーロンさん！」

収束していく白い光と共に、アーロンの背後に真っ白な鎧《よろい》を身につけた大軍が現れる。

先頭の若い男が、馬から降りて歩み寄ってきた。

「竜王陛下にはお初にお目にかかります。カーディアの王、セリクと申します」

「……っ、セリク王……！」

思わぬ人物の登場に、陽翔は目を瞠った。

陽翔が竜人族の到着を心待ちにしていた理由、それは、単純に竜人族の戦力を期待してというだけではなかった。

ソヘイルの王都からカーディアの王都へ向かう途中には、竜人族の里がある。アーロンには、カーディアに援軍を頼みに向かう道すがら竜人族の里に寄ってもらい、竜王妃の逆鱗を預かってもらっていた。

王と王妃の逆鱗は対になっており、互いに引かれ合う力が強い。

竜王に王の逆鱗を使って王妃の逆鱗を呼び寄せてもらえば、カーディア軍を戦場に召喚することができる。行軍に時間のかかるカーディア軍も、こうすれば一瞬で呼ぶことができ、その分軍備を整えることに集中してもらえる。

（まさか、セリク王自ら来てくれるとは思わなかったけど……）

にこやかに竜王に対峙するセリク王は、二年ほど前に即位したばかりの若く新しい王だ。内紛を収めて王となった彼は、王子だった頃から周辺諸国を周遊して外交の足がかりを作っており、人間ばかりでなくいくつかの獣人族とも交流があると聞いている。

その巧みな外交手腕で次々に友好国を増やし、大国カーディアをますます富ませていると評判の彼は、竜王を見上げてニカッと笑った。

「いやあ、しかしデカいな！　まるで金色の山だ！　これは敵方はさぞ狙いやすかろうな！」

「王！」

そばに控えていた黒髪の武人が、慌てたようにセリク王を制する。

「言葉をお選び下さい！　竜王陛下に対して、あまりにも失礼でしょう！」

「事実を言ったまでのことだ、ベルカント。いかにも的にしやすそうではないか」

「ですから……！」

どうやらセリク王は歯に衣着せぬ性分らしい。

（そういえばラヒム王のことも、涙もろくて暑苦しいオッサンとか言ってたんだっけ）

自由奔放なセリク王にぽかんとした陽翔だったが、なおも揉め続けている二人を前に、当の竜王は愉快そうに笑い出した。

「確かに、戦場ではよく矢を射かけられるな」

「そうでしょう！　一体どうやってかわしているんです？」

「我ら竜人は、鱗の硬さを自在に変えられるのだ。基本的に、我らに弓矢はきかぬ」

「それは羨ましい！　触ってみても？」

声を弾ませたセリク王の背後から、呆れたような低い声が響く。

「お前はまた……。そうやってなんでもかんでもすぐ触りたがるなど、幼児と変わらんぞ」

「え……」

現れた人影を見て、陽翔は目を丸くした。

そこにいたのは巨大な犬歯を持ち、黄金の被毛を煌《きら》めかせた——、サーベルタイガーの獣人だったのだ。

美しい黒の斑紋を風になびかせながら、彼が竜王に一礼する。

「義兄の失礼をお許しいただきたい。お初にお目にかかる。サーベルタイガー一族を預かっている、ディオルクと言う」

彼の名乗りを聞いて、竜王が瞳を輝かせる。

「おお、そなたがあの名高いアルタン・バートルか。一度会いたいと思っていたぞ」

「アルタン・バートル？」

首を傾げた陽翔に、アーロンが教えてくれる。

「黄金の英雄って意味だ。サーベルタイガーの一族は獣人の中でも特に武勇に優れてるんだが、その中でもとりわけ勇猛果敢で高潔な者を英雄と呼ぶ風習があってな。ま、黄金ってのは見りゃ分かるだろ」

「……竜王陛下の黒き翼と謳《うた》われた貴殿にそうまで言われると、いささか決まりが悪いな」

ふっと苦笑するディオルクは、一族の長ということもあってか、とても落ち着いた雰囲気をしている。ジーンも男前だが、それとはまた違う、渋みのある格好よさを感じた。

「……なんか、武士って感じ」

「ブシ？」

思わず呟いた陽翔に、ディオルクが怪訝《けげん》な顔をする。陽翔は慌てて首を横に振って名乗る。

「な、なんでもないです。オレは陽翔と言います」

「ああ、アーロン殿から聞いている。よろしくな」

握手する二人を見守りつつ、アーロンが陽翔と竜王に説明する。

「ディオルクはセリク王の弟、ルシュカ殿と結婚していてな。二人はまあ、竜人族で言うところの運命の対ってやつだ。カーディア軍が出兵するってことで、サーベルタイガー一族を率いて協力してくれることになった」

見れば、カーディア軍の一角にサーベルタイガーの獣人たちもいる。人間を凌駕《りょうが》する体躯の獣人が立ち並ぶ様は、壮観の一言に尽きた。

「俺はユキヒョウ一族の長、ジュストとも交流があってな」

息を呑む陽翔に、ディオルクが告げる。

「ユキヒョウの獣人たちは、バーリド帝国の更に北方に棲《す》んでいる。彼らはバーリド帝国軍を背後から突いてくれる手はずになっている」

「ユキヒョウ一族まで……！」

つまり、ソヘイルとカーディア、竜人族とサーベルタイガー、ユキヒョウ一族からなる包囲網が完成したということになる。

（これなら勝てる……！）

湧き上がる高揚感に、こくりと喉を鳴らした陽翔だったが、そこで何故か仏頂面をしているセリク王に気づく。陽翔の視線で気づいたのか、ディオルクがセリクに声をかけた。

「どうした、セリク」

腕を組んだセリク王が、恨めしそうにディオルクを睨んで言う。

「オレはこんな可愛《かわい》くない義弟なんて認めない」

「えっ」

まさかの否定に驚いた陽翔だが、セリク王のお付きであるベルカントは慣れた様子でハイハイとばかりに嘆息する。

「いつまでそんなことを仰っているんですか、セリク様」

「いつまででも言うぞ！　なにがアルタン・バートルだ！　オレの可愛い可愛いルシュカをかっさらった極悪人め！」

「セリク様……」

どうやらセリク王はかなりブラコンらしい。

今にも地団駄を踏み出しそうなセリク王に呆気に取られた陽翔だったが、ディオルクはサラッとそれを無視して言った。

「それで竜王陛下、我らはこの平原の敵を平らげればよろしいか」

見れば、竜王が氷を溶かす前にこちら側に渡っていたバーリド帝国の兵たちが、ぐるりと周りを取り囲んでいる。

じり、じり、と包囲網を狭めてきている敵兵を見据えるディオルクに、竜王が頷いた。

「うむ。我が竜人族とソヘイル軍は、あの林の向こうで敵の本陣と交戦中だ」

「聞いたか、セリク」

竜王の言葉に、ディオルクがセリク王を見やる。

するとそこには、先ほどまでとは打って変わって不敵な笑みを浮かべたセリク王がいた。

「ああ、もちろん」

スッと目を細めた彼が、自軍の兵に向き直る。十万の兵を見渡して、大国の長は大音声《だいおんじょう》を響かせた。

「諸君、敵の本陣はあの林の向こうだ！　急がねば友軍に遅れを取るぞ！」

セリク王の呼びかけに、カーディアの兵たちとサーベルタイガー獣人たちがオオッと一斉に声を上げる。ひらりと馬に飛び乗ったセリク王は、ディオルクを見下ろしてニヤリと笑った。

「さてディオルク、首級勝負といくか」

「ベルカントと二人がかりでいいぞ」

「抜かせ」

義弟にフンと鼻を鳴らして、セリクが腰の長剣をすらりと抜く。美しい刀身を高く掲げた彼は、自軍の兵たちに勇ましく号令をかけた。

「かかれ！　カーディアここにありと、敵に目にもの見せてやろうぞ！」

「我が一族の武勇を示せ！」

セリクの隣でカッと目を見開いたディオルクが、

怒号を響かせる。

オォオオオッと王と族長に応えた兵たちとサーベルタイガーの獣人たちが、勢いよく目の前の敵に襲いかかる。陽翔も腰の剣に手をかけたが、それは竜王にとめられた。

「待て、陽翔。そなたは竜王の逆鱗をジーンに届けよ。竜王妃の逆鱗の欠片を持っているのは、おそらくあの方術使いであろう。あの様子では、戦場のどこに現れてもおかしくない。竜王の逆鱗で探すよう、ジーンに伝えるのだ」

「……っ、はい！」

我の背に、と促されて、陽翔は再び竜王の背によじ登る。すると翼を広げたアーロンが飛んできて、陽翔に青い逆鱗を差し出した。

「陽翔、これも持っていけ。竜王妃の逆鱗が別の場所にあったんじゃ、流石《さすが》のジーンでも欠片を探しにくいだろうからな」

そっと大切そうに陽翔の手に逆鱗を握らせて、アーロンが言う。

「こっちの敵を片づけたら、俺も駆けつける。必ず、欠片を探し出してくれ。……頼む」

「……うん、分かった！」

二つの逆鱗をそっと懐にしまって、陽翔はアーロンに手を差し出した。少し驚いたような顔をした後、アーロンがニッと笑って手を取る。

鱗に覆われた大きな手をぎゅっと握って、陽翔はアーロンに笑いかけた。

「待ってるから！」

「おう！　では陛下、失礼致します……！」

一礼したアーロンに、竜王が頷く。

「我も陽翔を送り届けたら、こちらに戻ってこよう。向こうの戦場は、我が暴れるにはちと狭そうだったからのう」

「では、お早いお戻りを。このままでは夜が満ちる前に、陛下に矢を射かける敵兵すら残らないかもしれません」

アーロンの言葉はあながち誇張ではなさそうで、真っ白な鎧姿のカーディア兵とサーベルタイガー獣人たちは、濁流のようにバーリド帝国軍を押し戻している。あまりの勢いに、すでに敵軍からはちらほらと逃げ出す者も出始めているほどだった。

「……我も首級勝負に加わりたいものだが」

苦笑した竜王が、翼を大きく広げる。行くぞ、と一声かけた竜王は、力強く羽ばたいてふわりと上空に舞い上がった。

ワアワアと争う両軍があっという間に遠ざかり、ソヘイル軍の最後尾で戦うキャラバンの仲間たちが見えてくる。ちらりと見えたラビに手を挙げて合図して、陽翔は前方に聳え立つ山に視線を移した。

林を迂回したソヘイル軍は、すでにバーリド帝国軍と衝突していた。前線では、応援に駆けつけた竜人たちが方術使いと戦っている。通りすぎざま、バーリド帝国軍の投石機に向かってゴオッと炎を吐いて、竜王はフンと鼻を鳴らした。

「他愛もない……。陽翔、洞窟とやらはどこだ？」

「えっと、山の中腹の崖……、あそこ！」

見据えた先、大きな岩の裂け目がある周辺では、バーリド帝国軍とロディオン率いる反政府軍が戦いを繰り広げていた。平原の敵軍を飛び越えて来たのだろう、竜人の姿もちらほら見える。

その中でもひときわ美しく輝く白い鱗の竜人に、陽翔は叫んだ。

「ジーン！」

「っ、陽翔!?　竜王陛下……！」

声に気づいたジーンが、こちらを見て目を丸くする。目の前の敵を一撃で倒した彼は、翼を広げて飛び立ちつつ、地上の竜人を振り返って声をかけた。

「少しの間、任せる！　反レオニード軍の脱出を最優先にして……」

「……っ、危ない、ジーン！」

だがその時、ジーンの行く手を阻むように、黒い靄が宙に現れる。陽翔は咄嗟に自分の剣を抜き、無我夢中で竜王の背から飛び降りた。

「邪魔、すんなあッ！」

ジーンに向けて術を放とうとしていた方術使いを、背後から貫く。ギャアッと悲鳴を上げて掻き消えた方術使いに安堵《あんど》したのも束《つか》の間《ま》、支えを失った陽翔は眼下の山目がけて落下し始めた。

「あっ、うわ、わ……っ」

「陽翔……！」

バッと方向転換したジーンが、急落する陽翔をドッと受けとめる。逞《たくま》しい腕に摑まった陽翔は、ほっと息をついた。

「助かった……！　ありがと、ジーン」

「っ、助かった、じゃないだろう！　お前……っ、お前は、何度俺の肝を冷やせば気が済むんだ！」

しっかりと陽翔を抱きしめたジーンが、カッと目を見開いて怒りを露《あら》わにする。ごめんって、と首をすくめた陽翔を見て、竜王が低い声で笑った。

「ジーンが記憶を封じられたと聞いて心配しておったが、その様子ではいらぬ世話だったようだな。そなたらはしっかりと縁《えにし》を絆に変えておる」

「……っ、竜王様、私は……」

陽翔を片腕に座らせるようにして抱え直したジーンが、少し視線をさまよわせる。息子同然に見守ってきた跡継ぎに目を細めて、竜王は言った。

「記憶はなくとも、己にとって大切なものはなにか、守るべきものはなにか、そなたの血が覚えているであろう。その心の声に従えばよい」

「心の、声に……」

竜王の言葉を繰り返したジーンが、表情を引き締めて頷く。

「……はい」

「ではな、ジーン、陽翔！　次に会う時は、戦勝の宴だ！」

力強く翼を羽ばたかせた竜王が、大きく山を旋回して戦場を戻っていく。ゴオッと敵陣に炎を吐きかけるその勇猛な後ろ姿に一礼するジーンに、陽翔は声を上げた。

「ジーン！　下！」

眼下では、洞窟から続々と出てくる仲間を守るため、ロディが敵兵を打ち倒している。ああ、と頷いたジーンが、陽翔を抱く手にぐっと力を込めて地上へと急降下した。

「ありがと！　っ、ロディ！」

ジーンに礼を言って飛び降り、陽翔はロディに駆け寄ってその背後から襲いかかろうとしていた敵兵を討ち取る。

ブォンッと大剣で風を切ったロディが、肩で息をしながらこちらを振り返った。

「すまない、陽翔！　お前が来てくれたということは、カーディア軍も……」

「うん！　向こうの平原で戦ってくれてる！　サーベルタイガー獣人族も来てくれたよ！」

陽翔の一言に、ロディが目を瞠る。

「サーベルタイガー獣人族まで……」

「あと、ユキヒョウ一族もバーリド帝国軍を背後から突いてくれるって」

「……蟻《あり》の這《は》い出る隙もなさそうだな」

ありがたいことだが、とロディが苦笑する。だよねえ、と笑って、陽翔は洞窟へ視線をやった。

「あそこ、ジーンの方術で塞ぎたいんだけど、味方が全員出てくるまであとどれくらいかかる？」

「もう少しなんだが、最後尾が敵に追いつかれたらしい。中で戦っていると、先ほど出てきた一人が報せてくれた」

ロディの返事を聞いたジーンが、表情を曇らせる。

「思っていたより敵の足が速いな。最後の一兵が出てきた瞬間を狙って崩したいところだが、うまくいくかどうか……」

洞窟の中が混戦状態の今、誤って味方を残したまま入り口を塞いでしまうことは避けたい。唸るジーンに、ロディが告げる。

「なら、俺が出てくるのを待って、出口を塞いでくれ」

れ。最後の一兵まで外に出してから、撤退する」

「えっ、でも……！」

「頼んだ！」

陽翔が制止するより早くそう叫んで、ロディが洞窟の中へと駆け戻っていく。慌ててその後を追いかけようとした陽翔だったが、その時、敵兵がこちらに突進してきた。

「死ねぇっ！」

「っ、やられて、たまるか……！」

振り下ろされた剣をガンッと受け、跳ね返しざま、ドッと相手の胴を蹴る。近くで敵兵の頭を鷲摑みにして投げ飛ばしながら、ジーンが叫んだ。

「陽翔、ロディを信じて待とう！　敵を洞窟からなるべく遠ざけるぞ！」

「分かった……！」

叫び返した陽翔に頷いたジーンが、くるっと身を翻して、背後から襲いかかってくる敵を鋭い爪で引き裂く。強靭《きょうじん》な尾で敵兵を打ち倒し、同時に目の前の敵の鳩尾《みぞおち》に容赦なく拳を打ち込むジーンを横目に、陽翔も白刃を閃《ひらめ》かせた。

「この……っ！」

「ジーン様！　もうすぐロディ殿が出てきます！」

出入り口を覗《のぞ》き込んでいた竜人の一人が、そう声を上げる。陽翔はジーンに駆け寄り、彼が対峙していた敵に剣を突き立てた。

「っ、行って、ジーン！　ここはオレが！」

「ああ、任せた！」

叫んだジーンが、翼を広げて一気に洞窟の出口へと飛んでいく。ガッと打ち込んできた敵の剣を受けとめ、鍔《つば》迫《ぜ》り合《あ》いの末どうにか押し勝った陽翔の耳に、ロディの声が聞こえてきた。

「……っ、ジーン、頼む！」

「オォオッ！」

目をカッと見開いたジーンが、素早く呪文を唱える。すると、大地がグラグラと大きく揺れ始めた。

「……っ！」

思わず息を詰めて剣を地に突き立て、片膝をついた陽翔の目の前で、ガラガラと崖が崩れ出す。息つく間もなく、岩の裂け目から飛び出ようとしていたバーリド兵めがけて大きな岩が落下してきた。

「う……っ、うわあああ！」

洞窟の中に、大勢の悲鳴が響き渡る。

ズゥン……、と地響きを残して、洞窟の出口は瞬く間に岩で塞がれた。

「すご……！　ジーン、今のなに!?」

体勢を立て直した陽翔が駆け寄ると、ジーンは茫然とした面もちで己の手を見つめながら呟いた。

「いや……、俺もこれほどとは……。どうやらこの一年で、俺自身の力が増していたようだ」

「あらかじめ聞かされていなかったら、天変地異かと思ったところだな」

ロディも珍しく驚いたような表情でそう言う。ともあれ、これで敵兵はこちら側には出て来られない。洞窟の中に残った残党は、背後から迫り来るユキヒョウ一族が一掃してくれるだろう。

周囲の仲間たちの無事を確かめたロディが、ジーンと陽翔に問いかけてくる。

「この辺りの敵はあらかた倒したし、俺たちは山を下って敵の本陣に突っ込む。お前たちはどうする？」

「オレたちは逆鱗の欠片を探すよ。あの方術使いをとめないと」

答えた陽翔にそうかと頷いて、ロディは思い出したように言った。

「そういえば陽翔、挟み撃ちのことを知らせてくれたのはお前だろう？　助かった」

ありがとうと微笑む彼は、どうやら陽翔がクアールを操っていたと気づいていたらしい。へへ、と照れ笑いを浮かべて、陽翔はロディに手を差し出した。

「伝わってよかった！　気をつけろよ、ロディ！」

「ああ、お前たちも」

ロディと握手をかわした陽翔を、ジーンが呼ぶ。

「陽翔、上から探そう」

「うん！」

両腕を広げたジーンに頷いて、陽翔はその首元にしがみついた。流れるような仕草で陽翔を片腕に腰かけさせたジーンが、自分の動作に戸惑ったように首を傾げる。

「……？　ひょっとして、俺はいつもこうしてお前を抱えていたか？」

「え……っ、うん、そうだけど。もしかして思い出したのか、ジーン？」

「いや、違和感がなさすぎてな。……なるほど、それで移動手段か」

複雑そうな顔で唸るジーンに苦笑して、陽翔は懐に手を突っ込んだ。空に上がる前にと、取り出した二つの逆鱗をジーンに渡す。

「ジーン、これ。竜王様から預かってきた。これで逆鱗の欠片を探せって」

「っ、竜王と竜王妃の逆鱗か……！」

陽翔から逆鱗を受け取ったジーンはしかし、すぐに竜王妃の逆鱗を陽翔の手に返す。

「ジーン？」

陽翔は戸惑ってジーンを見上げた。

「これはお前が持つべきものだ。他の誰でもない、陽翔、……お前が」

竜王の逆鱗を胸当てにそっとしまい、じっとこちらを見つめてそう言うジーンに、陽翔は思わず目を見開いた。

「それって……」

「……お前を見ていて、分かったことがある」

陽翔をまっすぐ見据えて、ジーンが言う。

「俺はずっと、人間は弱い生き物だと思っていた。違う生き物である俺を恐れ、理由もなく忌み嫌う、心の弱い生き物だと。……だがお前は、違った」

逆鱗を握らせた陽翔の手を片手でそっと包み込んで、ジーンが続ける。

「お前は、強い。特に腕が立つわけでも、非情なわけでもなく、むしろ誰よりも情が深くて優しいとい

うのに、誰よりも強い。……俺はきっと、そんなお前だからこそ惹かれたんだ」

　陽翔を見つめたまま、ジーンが続ける。

「俺は、俺にない強さを、優しさを、純粋さを持っているお前を守りたい。お前を守るにふさわしい男でありたい。喜びも苦しみもすべてを分かち合って、共に選んだ同じ道を歩いていきたい」

　思いを噛みしめるように言ったジーンが、そっと指の背で陽翔の頬を撫でてくる。

「……お前が俺の、運命の対だ。赤き月の縁があるからでも、俺が竜人だからでもない。俺がお前を愛しているから、お前が俺の運命になったんだ。お前こそが、俺の選んだ運命だ」

　再び陽翔の手をふわりと片手で包み込んで、ジーンは微笑んだ。

「好きだ、陽翔。俺は他の誰でもない、陽翔、お前を愛している」

「ジーン……、……ん」


落ちてきたくちづけを、陽翔は目を閉じて受け入れた。

　唇に当たる鱗も、合間に絡む紅の視線も、しがみついた首筋の冷たさも、なにもかも自分とは違っていて、でも、だからこそ愛《いと》おしい。

　これが、この竜人が、自分が選んだ運命だ。

　唯一無二の、愛する相手だ――。

「オレも、ジーンを愛してる。オレの運命も、ジーンだ。オレが自分で選んだ、運命だ」

　唇を解き、こつんと額を合わせてそう言った陽翔に、ジーンが目を閉じてああ、と頷く。

「竜王の伴侶としてふさわしくないなどと言ってすまなかった。本当は、俺がお前に触れるのが怖かったんだ。あまりにも小さくて、やわらかくて、触れただけで傷つけてしまうのではないかと思っていた」

「ふは、なんだよそれ。オレそんなに小さくないよ」

　思わず吹き出しながら咎《とが》めると、ジーンが不安そうに顔を覗き込んでくる。

「俺からしてみたら、驚くほど小さく思えるんだ。今こうしていても、痛くはないか、苦しくはないか気になって仕方がない。……大丈夫か？」

そういえばさっきから、やたらと慎重に触れられている気がする。記憶を失っていても相変わらず心配性な恋人に、陽翔は破顔した。

「大丈夫だってば！　なんだよ、ユタンポ扱いしたくせに」

「ユタ、ンポ……？」

目を見開いて戸惑いの声を上げたジーンに、陽翔は苦笑して言う。

「ああそっか、それも忘れてるよな。えっと、ユタンポっていうのは……」

「ユタンポ……」

だが、ジーンは陽翔の言葉に耳を貸す様子はなく、なにかを考え込むような表情になる。

「そうだ……。陽翔は俺の、……俺の、ユタンポだ。俺の、俺だけの、大切な……」

「ジーン？　どうかしたのか？」

ぶつぶつと呟き出した恋人を訝しんだ陽翔だったが、その時、ジーンが自分を抱えたままぐっと目を閉じる。ウ、ウ……、と苦しげに唸り出したジーンに、陽翔は驚いて目を見開いた。

「ジーン!?　大丈夫か!?　どうしたんだ!?」

「陽、翔……」

「どうしよう、ロディ呼び戻した方が……」

慌てて飛び降りようとした陽翔だったが、ジーンはそれを阻むようにぐっと腕に力を込める。陽翔はぐいぐいとジーンの胸元を押し返して叫んだ。

「ちょ……っ、ジーン、離して！　すぐにロディ呼んでくるから……」

「……嫌だ。折角お前がこうして俺に身を預けてくれているのに、離すものか。ロディなんていいから、お前の匂いを堪能させてくれ」

「なに言ってんだよ！　今それどころじゃ……」

ないだろと言いかけて、陽翔はハタと手をとめた。

先ほどより更に甘くなった、低い声。

陽翔の匂いを確かめつつ、自分の匂いをつけようと、こめかみに擦《こす》りつけられる鼻先。

腕で抱きしめるだけでは足りないと、足首に巻きついてくる器用な尻尾。

なにより、陽翔を優しく、けれど決して逃がすまいと抱きしめてくる腕の力。

それはまさしく、記憶を封じられる前のジーンと同じで──。

「っ、ジーン⁉　方術解けたのか⁉」

「ああ、どうやらそうらしい。……ただいま、陽翔。待たせて悪かった」

愕然《がくぜん》とした陽翔の頬に一つキスを落として、行くぞ、とジーンが声をかけてくる。

え、と戸惑う陽翔を抱えたまま、ジーンは力強く地を蹴った。大きく広げた翼で力強く風を起こし、星が瞬き始めた空へと舞い上がる。

しっかりと自分を抱える腕の中、陽翔は混乱して声を上げた。

「ちょ……っ、ちょっと待って、ジーン！　えっ、本当に⁉　今⁉　なんで⁉」

「ああ、全部思い出した。お前のおかげだ、陽翔」

「オレのっていうか……、ユタンポのおかげじゃないの、これ……」

茫然とする陽翔に、ジーンが微笑んで言う。

「だとしても、お前のおかげだ。俺のユタンポはお前だけだからな」

「……そういうの屁理屈《へりくつ》って言うんだよ、ジーン」

今まで自分がさんざん頑張って、どうやっても解けなかった術がたった一言で解けるなんて、なんだか悔しい。

むっすりと唇を引き結んだ陽翔に、ジーンが苦笑を零す。

「詫びは後で、いくらでもする。今は俺たちの敵を倒そう」

──空には、真っ白な満月が浮かんでいた。

赤い月の姿はなく、大きな真円の周囲には無数の星が散らばっている。山々は深い青に染まり、溶け残っていた昼のよすがも、地平線の彼方にとぷりと呑み込まれていた。

白き光が満ちる夜、ツァガーン・サランの始まりだ――。

「陽翔」

月明かりに照らされた戦場を眼下に眺めながら、ジーンが陽翔を抱いた手と反対の手を差し出してくる。その大きな手のひらには、紅蓮に輝く竜王の逆鱗が乗せられていた。

「お前の力も、貸してくれ。共に欠片を探そう」

「……うん！」

大きく頷いて、陽翔はジーンの手にそっと、竜王妃の逆鱗を乗せた。上から自分の手を重ね、ぎゅっと指を絡め合う。

「――」

陽翔の手をそっと握ったジーンが、古の言葉で詠唱を始める。

ゆったりと紡がれる呪文が、混沌とした戦場に鎮魂歌のように響き渡った。二人の手の中から、赤と青の光が溢れ出す――。

「赤き月によって結ばれた、運命の対よ。我の呼びかけに応えよ。今こそそなたの居場所を示し、我を導け……！」

ジーンの詠唱が終わった途端、ブワッと強い風が巻き起こる。同時に溢れ出た真っ白な光が、一筋の道となって戦場の一点を指した。

敵陣の中心にある一際規模の大きなその隊は、先ほど陽翔が偵察の時に見た、ヘラジカが幾頭も加わっている隊で――。

「っ、ジーン、あれ、本陣だ……！」

「ああ。おそらくレオニードが戦況の不利を悟って、方術使いを呼び戻したんだろう」

見れば、背後の山からはロディたちの反政府軍が、前方の平原からは林を迂回したソヘイル軍がなだれ込んで来ている。林の反対側に逃げた兵たちは、もれなく押し寄せるカーディアとサーベルタイガー連合軍の餌食になっていた。更にバーリド帝国軍の上空では、あちらこちらで絶え間なく閃光が弾け、竜人たちが方術使いと戦っている。

(ひっくり返った……！)

形勢は、完全に逆転した。

畳みかけるなら、今だ——……！

「……行くぞ！」

眼差しを険しくしたジーンが、竜王の逆鱗を懐にしまって陽翔を抱きしめる。陽翔も自分の懐に竜王妃の逆鱗をしっかりしまって、頷いた。

「うん！」

翼を畳んだジーンが、敵の本陣へと急降下する。巻き起こる風に片目を瞑る陽翔の耳に、お供します、とジーンのあとに続く竜人たちの声が聞こえてきた。

「ジーン！」

近くで戦っていたゼノスも、敵を片づけて加わってくれる。誰よりも信頼する幼なじみにひとつ頷いて、ジーンが唸った。

「来たぞ……！」

急襲に気づいたのだろう、行く手にいくつもの黒い靄が現れる。

「ここは俺たちに任せろ！　ジーンと陽翔は先へ行け！」

来い、と部下の幾人に声をかけたゼノスが、ジーンに向かってきた方術使いに襲いかかる。ドンッと激しく力をぶつけ合い、方術使いと戦う彼らに、ジーンが叫んだ。

「頼んだ！　後の者は俺と共に来い！」

「ジーン、あそこ！」

近づいてきた敵の本陣に目を凝らして、陽翔は指さした。

多くの兵に囲まれたその中心には、一際巨大な角を持つ灰色のヘラジカに跨《また》がった男がいた。

美しい水色の鎧に、濃い灰色のマント。白に近い鼠色の長い髪。

整いすぎていて、どこか歪《いびつ》さを覚える彫りの深い顔立ちのその男が、ギロリとこちらを見上げる。

切れ上がった薄い水色の瞳はゾッとするほど冷たく、優しさや思いやりといったあたたかみは欠落していて——……。

「……っ、レオニード……！」

唸ったジーンの鋭い眼差しが、レオニードのそれと絡み合った、——その時だった。

「……ほう、俺の術を解いたか」

二人のすぐ後ろで、低い声が響く。ジーンの肩越しにバッとそちらを見た陽翔は、咄嗟にジーンの首をぐっと自分の方へと引き寄せた。

「危ない！」

「っ!?」

陽翔が引き寄せたジーンの頭上すれすれを、真っ黒な矢が駆け抜けていく。チッと舌打ちした方術使いが再び手をかざすのを見て、陽翔はバッとジーンの腕の中から飛び出した。

「陽翔!?」

「大丈夫！」

目を見開くジーンに空中で叫んで、ドッと地上に転がり落ちる。受け身を取った陽翔は、すぐに体勢を立て直して膝をついた。ジーンを見上げて叫ぶ。

「ジーンはそっち！　欠片を頼む！」

いくら大きな力を秘めているとはいえ、普通の人間に欠片の力は扱えない。欠片を持っているのは、十中八九あの方術使いの首領だろう。

あの男は、相当な手練《てだ》れだ。自分を抱えたままでは、ジーンが不利になる。

「……っ、気をつけろ！」

陽翔の意図を察したジーンが、もどかしそうに叫んで空中の方術使いに対峙する。

陽翔はワッと一斉に襲いかかってくる敵兵を睨んで、勢いよく剣を引き抜いた。

「っ、うらぁッ！」

引き抜きざま立ち上がり、目の前の敵兵の胴に一撃を叩き込む。

向かってくる敵を無我夢中で倒す陽翔の周囲に、次々に竜人が降り立ち、援護に加わってくれた。

「陽翔様！　レオニードはあちらに！」

「分かった！　行こう……！」

竜人たちと共に一際守りの厚い一団へと突っ込んでいく陽翔の頭上で、ドォンッと大きな力がぶつかり合う。周囲の空気を揺るがすようなその衝撃と共に、ジーンと方術使いの首領の男が空中でがっつりと組み合った。

「……っ、これほどの術者が、何故悪に荷担する！　何故お前はこの力を平和のために、正義のために役立てようとしない……！」

ギリッとすさまじい眼力で睨むジーンに、男がせせら笑う。

「俺だって、平和のために役立てようとしているさ。ただ、お前と俺の目指す平和が、信じる正義が違うというだけの話だ……！」

バッと距離を取った方術使いが、素早くジーンに黒い矢を放つ。鱗のない翼を狙って放たれたそれを寸前でかわしたジーンに、男が一瞬で肉薄し、至近距離で手をかざした。

「く……っ！」

男の手のひらに生じた闇の塊を胸元に喰らったジーンが、低く呻きながらも鋭い爪を閃かせる。ビッと宙に血飛沫が飛び、顔を押さえた男が絶叫した。

「っ、ぐ、あぁあ……っ！」

「なにが正義だ！　無関係の人間を犠牲にし、他国を侵略する行為に、正義などひと欠片もありはしない！　そんなものの上に成り立つものが、真の平和であるものか！」

男の胸ぐらを摑んだジーンが、咆哮《ほうこう》を上げてカッと目を見開く。紅蓮の瞳が、炎のように燃え上がった。

「我が一族の至宝を、そのようなことには使わせない！　返せ……！」

　手を振り上げたジーンが、更に硬化させた爪で再び男を引き裂く。だがその刹那、男はその場にマントだけを残して姿を掻き消した。

「……っ」

「っ、力は使ってこそ意義が生まれるのだ！　後生大事に飾っておいたところで、なんの意味もない！」

　少し離れた空中に姿を現した男が、肩で息をしながら懐に手をやる。引き抜いたその指先には、夜目にも鮮やかな青い逆鱗の欠片が挟まれていた。

「今からそれを証明してやる……！」

　叫んだ男が、欠片を高く掲げる。

　白い月光を受けてキラリと輝いた竜王妃の逆鱗の欠片の真下で大きく口を開けた男を見て、ジーンが叫んだ。

「なにを……っ、やめろ！」

　男の指先から離れた青い光の雫が、ゆっくりと落ちていく。

　ほのかな月明かりに包まれ、青い粒子を散らしながら落下してくる欠片に、男がニタリと目を細めた、──次の瞬間だった。

「……っ、なに⁉」

　突如、飛来した真っ白な影が空中に浮かんだ欠片を奪い、そのまま飛び去っていく。目を見開いた男は、欠片の行方を見やり、すぐさま地上に視線を移して低く唸った。

「レオニード！　貴様……！」

「……なにか勘違いしているようだが」

　ヘラジカに跨がったレオニードが、口を開く。差し出した腕に舞い戻ってきたフクロウから欠片を受け取ると、レオニードはちらりと方術使いを見やって言った。

「私はお前にこの欠片を預けはしたが、くれてやるなどとは一言も言っていない。この力はお前ではなく、私のものだ」

「レオニードォオッ！」

怨嗟《えんさ》の声を上げた方術使いが、レオニードへと急降下する。しかし、氷の皇帝はなんの感情も浮かべない瞳で男から視線を外すと、手にした欠片をおもむろに自身の口へと——、運んだ。

「な……っ！」

地上で周囲の兵と戦っていた陽翔も、その光景を見て思わず手をとめてしまう。

「陽翔！」

空から舞い降りてきたジーンが、陽翔の背後から襲いかかろうとしていた敵を蹴り飛ばす。地上に降り立った彼に、陽翔は慌てて駆け寄った。

「ジーン！　欠片が！　欠片がレオニードに……！」

「ああ。だが、普通の人間に逆鱗の力は扱えない」

陽翔の隣に立ったジーンが、きつく目を眇めてレオニードを注視する。

「レイはたまたま、欠片の力と相性が良かったから無事だったが……、方術使いでもない、ただの人間が欠片を取り込もうとすれば、力に呑まれて命を失うだけだ」

「……っ」

ジーンの言葉に、陽翔はレオニードを見やった。

「ぐ……、お、お……！」

欠片を呑み込んだ彼は、ヘラジカの上に伏せるようにして苦悶の声を上げている。ボコッボコッとその背が不自然に変形しているのを見て、空中で停止した方術使いがニヤリと笑みを浮かべた。

「勘違いしているのはお前の方だろう、レオニード！　たとえ皇帝であろうとも、所詮はただの人間！　お前などに扱える力では……」

哄笑《こうしょう》を響かせた方術使いだったが、その声は不自然に途切れる。なにか、と方術使いを見上げた陽翔は、衝撃にヒュッと息を呑んだ。

「な……！」

男の下半身が、氷柱に閉じ込められていたのだ。おそらく爪先から凍り始めたのだろう、その氷柱は、見る間に男の上半身へと広がり、自由を奪っていく。

「なんだ、これは……っ、誰がこんな術を……！」

狼狽えた男が、ハッとしたように眼下を見やる。

視線の先には、ヘラジカの上に身を伏せたレオニードがいた。

「……確かに私は、ただの人間だ」

シンと不自然に静まりかえった戦場に、抑揚のない声が響く。ピキ、となにかが割れるような音が聞こえてきた。

「だが、それを分かっていて、無策のまま力に手を伸ばすほど愚かではない。代償も犠牲も、すべて承知の上……」

ゆっくりと身を起こしたレオニードが、閉じていた瞳を開ける。薄い水色だったはずのその瞳は光を失い、白目の部分まで人ならざる漆黒の闇に染まっていた。

「これは、私にこそふさわしい力だ……！」

カッと目を見開いたレオニードが、氷柱に閉じ込めた方術使いに向けて手を上げる。次の瞬間、恐怖に目を見開いた方術使いの全身が一気に氷に覆われ、ピキピキピキッと音を立てた氷柱が中に閉じ込めた男ごと勢いよく――、砕け散った。

「……っ！」

目を瞠った陽翔を庇うように、ジーンが覆い被《かぶ》さってくる。

戦場に降り注ぐ氷の欠片は、白い月光にキラキラと輝きながら、すべてレオニードへと吸い込まれていった。

「なるほど……。こうすれば、力を我がものにできるのだな？」

確かめるように手を握ったり開いたりしながら、レオニードが呟く。一体誰に聞いているのか、と息を呑んだ陽翔だったが、その時、思わぬ者が口を開いた。

「……ああ。これでお前は、人知を超えた存在になった」

長い睫を伏せ、低く太い声で答えたのは、レオニードが跨がっている――、ヘラジカだったのだ。

「喋《しゃべ》った!?」

「獣人か……!」

驚いた陽翔に、低く唸ったジーンが言う。

「おそらくあのヘラジカは、運命の対を失った獣人だ。あのヘラジカが、レオニードに力を貸していたんだ……!」

「っ、もしかして、欠片のことも……!?」

レオニードが逆鱗の欠片を呑み込んでも命を失わずにいられるのは、あのヘラジカが手助けしたからなのか。

目を見開いて聞いた陽翔に、ジーンが頷く。

「さっきの方術使いは、レオニードに召し抱えられている方術使いたちの首領だ。首領を欺いて、方術使いがレオニードに手を貸したとは考えにくい。おそらくレオニードはあのヘラジカの獣人の力を借りて、欠片を取り込む準備を整えていたんだ……!」

「そんな……」

ジーンの言葉に、陽翔は思わず呻いた。

だが、猜疑心《さいぎしん》の強いレオニードが、いくらその力を頼りにしているとはいえ、ザラームの配下だった方術使いたちを信用しているはずはない。

己の切り札として獣人を抱き込んでいたとしても、おかしくはない――。

「……っ、なんで、獣人がレオニードなんかに手を貸すんだ……!」

人間よりも遙かに思慮深く、聡明なはずの獣人が、何故悪に荷担するのか。理由が分からず叫んだ陽翔に、ちら、とヘラジカが視線を上げて呟く。

「……利害が一致した。それだけのことだ。お前には関係ない」

「そんな……っ」

反論しようとした陽翔だったが、それより早く、レオニードの冷淡な声が響いた。

「……お喋りはそれくらいにしてもらおうか」

ヘラジカから降りたレオニードが、こちらへと歩み寄ってくる。その腕から飛び立ったフクロウが、ゆっくりと戦場の上を旋回し始めた。

「へ……、陛下……」

狼狽えたように声をかけたバーリド帝国兵に、レオニードが視線を投げかける。と、次の瞬間、彼は瞬く間に氷漬けになり、パンッと砕け散った。

キラキラと輝く氷の破片がスウッとレオニードに吸い込まれるのを見て、バーリド兵たちが息を呑んで後ずさる。

陽翔は思わず叫んでいた。

「お前……っ、その人は味方だろう……！」

陽翔の糾弾を、しかしレオニードはまったく堪える様子もなく受け流した。

「味方なればこそ、だ。私の力となれたこと、喜んでいることだろう」

「……正気で言っているのだとしたら、お前は王の器ではない」

陽翔を背に庇うように前に進み出て、ジーンがレオニードを睨み据える。彼の美しい白銀の鱗は今、怒りに燃え、ギラリと金属的な輝きを帯びていた。

「力を追い求めるあまり、守るべき者を見失うなど、王のすることではない。お前のような者に、民を統べる資格などない……！」

「黙れ……！」

激昂したレオニードが、ダッと地を蹴り襲いかかってくる。ほとんど同時に駆け出したジーンが、降り注ぐ氷の刃を硬化させた鱗で弾き返し、レオニードへと方術を放とうとした。――しかし。

「……遅いぞ、竜人」

「っ、く……！」

パッと身を翻したレオニードは、嘲笑いながら軽々とジーンの攻撃をかわして間合いに入り込んでくる。打ち込まれた剣を、ジーンがすんでのところで己の剣で受けとめた。

「う、ぐ……！」

だが、本来圧倒的な力の差があるはずのレオニードは、次々にジーンに打ち込んでくる。太刀筋こそ滅茶苦茶だが、とにかく速い攻撃に、ジーンは受け流すので精一杯の様子だった。

「ジーン！」

ジーンの元へと駆け出した陽翔だったが、その時、目の前にあのヘラジカが割って入る。

「……お前の相手は、俺だ」

「っ、邪魔すんな！　どけ……！」

じっとこちらを見据える黒い瞳を睨み返して、陽翔は剣を構えてヘラジカに突っ込んでいく。

ガンッと剣と角がぶつかり合うそのすぐ横では、レオニードの猛攻を凌《しの》ぎつつ、ジーンがどうにか攻勢に転じようと試みていた。

「ぐ、う……っ、オォオッ！」

「ジーン様！」

駆け寄った竜人たちが、どうにか二人の戦いに割って入ろうとする。しかし、ジーンに代わって方術を打ち込もうとする竜人に向かって、レオニードは手をかざして叫んだ。

「何人集まろうが、無駄だ！」

「く……っ、ああああ……！」

屈強な竜人が、瞬く間に氷柱に閉じ込められる。絶叫と共に砕け散り、氷の粒となってレオニードに吸収された竜人を見て、ジーンが咆哮を上げた。

「レオニード……！　貴様……！」

「ああ……、やはり竜人の力は素晴らしいな」

力を取り込んだレオニードが、恍惚《こうこつ》と呟く。美酒を味わうようにうっとりとした表情を浮かべたレオニードは、ジーンを見据えてすっと目を細めた。

「雑魚《ざこ》でこれほどの力を備えているのだ。竜人族最強の戦士と名高いお前を取り込んだら、どれだけの力を手にすることができるのだろうな」

「……っ」

「教えてくれないか、竜人……！」

叫んだレオニードが、ジーンに向かって手をかざす。瞠目《どうもく》したジーンの足下が、瞬く間に氷に覆われ始めた。

「ジーン！　やめろ……！」

ヘラジカからパッと距離を取った陽翔が絶叫した、

——その時だった。

「遅くなった……！」

低い唸り声と共に、ブンッとすさまじい風切り音が響く。時を置かずして、バリンッと大きな音と共に、大剣の刀身を強《したた》かに打ちつけられたジーンの足下の氷が砕け散った。

「……間に合ったか」

自由を取り戻したジーンを見て、ふう、と息をついた男が、大剣を肩に担ぎ上げる。背の高い男を見上げて、陽翔は歓声を上げた。

「ロディ！」

「すまない、助かった」

礼を言ったジーンに、ロディが肩をすくめる。

「いや、余計な世話だった。あんたなら自力でなんとでもできたんだろう？」

見れば、ジーンの手の中では発動しかけた方術が淡い光を放っている。指摘されたジーンは、苦笑して言った。

「まあな。だが、物理破壊の方が手っ取り早いのは確かだ」

「物理攻撃で方術をとめるなんざ、ロディの怪力だからこそできたことだろうがな」

苦笑しながら舞い降りてきたのは、アーロンだ。その後ろには、ゼノスの姿もある。

「それにしても、竜人ならまだしも、人間でここまでの怪力はなかなかいないよ……。ロディだっけ、王族やめて本格的に傭兵《ようへい》になったら？」

「……俺には使命があるからな」

ゼノスの軽口に、ロディが低い声で返す。

その目は、こちらを憎々しげに睨む彼の兄、レオニードに向けられていた。

「これを、最後の戦いにする。平和な故郷を、自分たちの手で取り戻す……！」

「……戯《ざ》れ言《ごと》を」

苦々しげに吐き捨てたレオニードが、ふわりと宙に浮き上がる。純白の満月を背にした銀髪の皇帝は、真っ黒なその目をカッと見開き、地上に向けて両手をかざした。

「平穏を乱しているのは、お前たちの方だ！　この慮外者共めが……！」

絶叫と共に、地上にいた幾人もの兵が氷漬けとなり、パンッと弾け飛んで霧散する。敵味方関係なく、手当たり次第に力を貪り始めたレオニードを、ジーンが翼を広げて急襲した。

「やめろ……！」

方術で生み出した光の矢を放つジーンだが、レオニードの周囲にはバリアのようなものが張り巡らされているらしく、弾かれてしまう。

くっと目を眇めたジーンに、再び空中へと飛び上がったアーロンが告げた。

「ジーン、一点を集中して攻撃しろ！」

「俺も合わせる！」

並んだゼノスが、アーロンと共にジーンの傍らで術を唱える。

三人の竜人がレオニードの防御を突破しようとしている真下で、陽翔はロディと共にヘラジカの猛攻を受けていた。

「オォオオオ……！」

野太い声で吼えたヘラジカの角が、ガンッと陽翔の剣を跳ね飛ばす。地面に強かに身を打ちつけ、唇を嚙んだ陽翔だったが、その時、ロディがすさまじい腕力で大剣をひと薙ぎした。

「フン……ッ！」

ガゴンッと大剣を受けたヘラジカの角が、ミシミシと音を立て始める。

「ぐ……っ、ウォオオオッ！」

咆哮を上げたヘラジカが、大剣ごとロディを持ち上げ、ブンッと放り投げた、その時だった。

「く……！」

ヘラジカの動きがぴたりと、とまる。

見れば、彼の頑健な足は真っ白な氷に覆われていて──。

「見誤った、か……」

悔恨の唸りと同時に、ピキピキピキ、と浸食してきた氷が、巨大な角の先まで包み込む。

まさか彼まで、と息を呑んだ陽翔の目の前で、氷の像と化したヘラジカはバンッと弾け、美しい破片となって宙へと舞い上がった。

「う、そ……」

「……っ、バーリドの兵たちよ！」

あまりにも予想外だったヘラジカの最期に茫然とした陽翔の隣で、ロディが声を張り上げる。呼びかけたのは、レオニードの攻撃から逃げ惑うバーリド帝国の兵士たちだった。

「君たちの手にある武器は、本来王を守るためのものだ！　だが兄は、レオニードは、本当に守るべき王か!?」

ロディの叫びに、兵士たちが息を呑む。弓や槍、長剣に目を落とした彼らに、ロディは続けた。

「自分自身の心に、問いかけて欲しい！　否という者は、共に武器を手に立ち上がってくれ！　この夜を、生き抜くために……！」

大剣を高く掲げたロディに、一拍遅れてオォオッと鬨《とき》の声が上がる。一斉に射かけられたレオニードが、煩わしげに眉をひそめた。

「愚かな……！　王に刃向かうとは……！」

唸ったレオニードが、地面に向かってサッと手を払う。すると次の瞬間、地面から幾本もの氷の槍が出現した。

鋭く尖《とが》った刃のような氷が、次々に兵士たちを貫く。串刺しにされた兵たちの絶叫が響く中、陽翔は必死に飛びすさって氷の槍を避けた。

「う、わ、わ……っ！」

「陽翔！」

叫んだジーンが、陽翔の元に急降下する。

邪魔をしようとしたのだろう、レオニードの白フクロウがジーンめがけて飛んでくるも、寸前で地面から突き上げてくる氷の槍に翼を貫かれ、墜落していった。

「く……っ！」

腕をかすめた氷の刃に顔を歪めながら、ジーンが陽翔を抱え上げて飛び上がる。陽翔は慌てて自分のルガトゥルを引き抜き、ジーンの負傷した腕に巻きつけた。

「……すまない、陽翔」

「お礼を言うのはこっちだって！　ありがとな、ジーン！　大丈夫か？」

きゅ、とルガトゥルの端を結びながら言った陽翔に、ジーンが頷く。

「問題ない。しっかり摑まっていろ」

次々に出現する氷の槍を避けて、ジーンが上空へと舞い上がる。

レオニードの防御を突破しようと光の矢を放ち続けているアーロンとゼノスの元に戻ったジーンは、陽翔を見据えて告げた。

「陽翔、竜王妃の逆鱗を。奴から欠片を引き剝《は》がす！」

「……っ、うん……！」

竜王の逆鱗を懐から取り出したジーンが、逆鱗を乗せた手のひらを陽翔に差し出す。陽翔も竜王妃の逆鱗を乗せ、自分の手を重ねた。

ぎゅっと手を握り合った二人に、ゼノスが声をかけてくる。

「ジーン、穴が開くよ……！」

「ああ……！」

頷いたジーンが、目を閉じて詠唱を始める。

古い言葉が一つ、また一つ紡がれるにつれ、陽翔とジーンの周囲にキラキラと星屑《ほしくず》のような輝きが集まり出す。

月の光を反射して煌めくその一粒一粒は、レオニードの吸収から逃れた、いくつもの魂の欠片だった。

「赤き月の縁によって結ばれた、魂の番よ。我の呼びかけに応えよ。そなたのあるべき場所へ、正当なる持ち主の元へ、還《かえ》れ……！」

力強く響いたジーンの言葉と共に、繋いだ手の中から溢れた真っ白な光が、一気にレオニードへと降り注ぐ。アーロンとゼノスが力を注ぐ一点へと集まったその光は、眩い輝きと共に透明な膜を突き破り、レオニードの瞳をまっすぐに貫いた。

「ぐ……っ、あああああ！」

レオニードの絶叫と共に、見開かれた真っ黒な瞳から青い光が溢れ出す。

キラキラと月光を受けて輝く光の粒子は、やがて小さな塊となり、紺碧の欠片の姿を現した。

宙に浮かぶそれを見たレオニードが、焦ったように手を伸ばす。

「待て！　お前は……っ、お前は私のものだ……！」

だが、すうっと宙に浮かび上がった欠片は、降り注ぐ白い光に導かれるように、レオニードから離れていく。

彼の元に欠片を運ぶ者も、彼を手助けする者も、もういない——。

「っ、待て！　戻ってこい……！」

絶叫したレオニードの手が、空を切る。

と、その指先にはらりと、小さな白い氷の粒が落ちてきた。

「な……」

はらり、はらりと、まるで花びらのように降り注ぐ氷の粒は、あっという間にレオニードの指先を覆い、その腕を、全身を、凍らせていく。

「やめろ……っ、来るな！　やめろ！」

喚《わめ》きながら地上に降り立ち、膝をついて振り払おうとするレオニードだが、降り注ぐ氷は勢いを増していく。青白い顔を歪ませたレオニードの前に、背の高い男が立ちはだかった。

「……ロディオン」

「終わりだ、レオニード」

大剣を振りかぶった弟に、レオニードが大きく目を見開く。

「待て、ま……！」

その表情のまま氷に呑まれた兄を、ロディが渾身《こんしん》の力で打ち砕いた。

「……っ！」

ミシミシミシッとひび割れた氷が、パン……ッと砕け散る。

降り積もる無数の氷の粒に、肩で息をしたロディがザンッと大剣を突き立てた。一拍遅れて、戦場に大歓声が沸き起こる。

ふわりと舞い戻ってきた青い欠片に、陽翔はそっと手を伸ばした。包み込むように握りしめるその手に、白い大きな手が重なる。

白い満月の下、夜風に煌めきながら舞い散る氷の欠片が、長い戦いの終わりを告げていた──。


青く輝く小さな欠片が、閉じられた瞼《まぶた》にゆっくりと吸い込まれていく。

真っ白だった頬に、ふわりと確かな血色が戻ったのを見て、寝台の端に腰かけていたアーロンが強ばった表情をほんの少しゆるめた。

「……頼む、ジーン」

それでもまだ緊張した声で、じっとレイを見つめながら言ったアーロンに、傍らに立ったジーンが頷く。ジーンが片手をかざして短く解呪の命を紡ぐと、レイの胸に刺さっていた光の矢が溶け崩れるようにして消えた。

ぴく、と長い睫に縁取られた瞼が震え、緑色の瞳がゆっくりと現れる。

「……っ」

小さく息を呑んだレイを、すかさずアーロンが覗き込んだ。

「……レイ、俺が分かるか？」

そっと問いかけたアーロンを、レイがぼんやりと見つめ返す。

ゆっくりと瞬きしたレイの瞳が、じょじょに焦点を結び出して――。

「アー、ロン……？」

かすれた、しかし確かにレイ自身の声が、最愛の者の名を紡ぐ。

「僕……」

戸惑うような声を上げたレイを、アーロンが掻き抱いた。

「……っ、レイ……！」

安堵のあまり、なにも言葉にならないのだろう。まだどこか茫然としている恋人をしっかりと抱きしめる漆黒の竜人の背を見つめて、陽翔もほっと胸を撫で下ろした。

――戦いが終結して、数日が過ぎた。


あの後、逆鱗の欠片を取り戻した陽翔たちは、急ぎラヒム王の居城へと戻った。

ジーンの方術で時をとめているとはいえ、今のレイは魂が抜けてしまっているような状態だ。なるべく早く、欠片を彼に戻さなければならない。

アーロンとジーン、陽翔の三人ですぐにレイの元に向かい、欠片を彼に戻したのだが、どうやらうまくいったらしい。

カルルルッと喜びの声を上げてレイの肩に飛び乗ったフクロウのククに、アーロンが微笑みかける。

「ああ。レイのこと守っててくれてありがとうな、クク」

ちょいちょいと、黒い鱗に覆われた長い指で嘴を撫でられたククが、ふっくらした胸毛を誇らしげに膨らませる。二人のやりとりを見て、レイが戸惑いの声を上げた。

「アーロン……、僕、どうなったんですか……？確か、方術使いに欠片を奪われて……」

けほ、と小さく咳《せ》き込んだレイに、陽翔は急いで用意してあったお茶をアーロンに手渡す。すまん、と受け取ったアーロンが、手ずからレイにお茶を飲ませながら説明した。

「欠片を奪われる寸前、ジーンが方術でレイの時をとめたんだ。お前は仮死状態になって……、俺たちはバーリド帝国と戦って勝利した」

「っ、じゃあ、欠片は……」

大きく目を見開いたレイに、アーロンが優しく目を細める。

「……ああ。お前の中に戻った」

お茶を脇のテーブルに置いたアーロンが、レイの肩からククを自分の肩に移す。ゆっくりとレイを寝台に寝かせたアーロンは、そっとその前髪を梳《す》きながら囁《ささや》いた。

「無事に欠片を戻せたとはいえ、まだ無理は禁物だ。ゆっくり休んでろ」

な、と言い聞かせるように言ったアーロンが、ジーンと陽翔を振り返って頭を下げる。

「ジーン、陽翔も。今回は本当に世話になった。二人ともありがとう」

「……ありがとうございました。ジーンさん、それに陽翔も」

アーロンの背後で、寝かせられたレイもお礼を言う。陽翔は頭を振って、アーロン越しにひょいとレイの方を見やった。

「ジーンはともかく、オレはなにもしてないから。……レイ、お帰り。本当によかった。オレたちはいったん竜人族の里に戻るから……」

レイに欠片を戻すにあたって、なにかあった時に対処できるようにと、二人は竜王と竜王妃の逆鱗を携えている。ジーンも陽翔も、すでに逆鱗の持ち主として認められているとはいえ、竜人族の至宝をあまり長く外に持ち出しているわけにもいかない。

少しレイの様子を見て、問題なさそうなら早めに竜人族の里に戻らないと、と思った陽翔に、レイが慌てて身を起こす。

「あ……、ま、待って、陽翔、……っ」

しかし、急に起き上がったせいか、レイは小さく呻いて俯いてしまう。慌ててアーロンが再度レイを寝台に寝かせた。

「無理するんじゃねえ！　いくら欠片を元に戻したとはいえ、お前の体は二十日近く動いてなかったんだぞ……！」

「大丈夫です、アーロン。ちょっと、目眩《めまい》がしただけだから……」

「それでも安静にしてろ！」

過保護に磨きがかかっているアーロンに、はい、とレイが首をすくめつつ言う。

「あの、じゃあ寝たままでいますから、少し陽翔と二人で話をさせてもらえませんか？　どうしても今、彼と話しておきたいんです」

「オレと？」

意外な言葉に、陽翔はきょとんとした。目線で心当たりはと聞いてくるジーンに、小さく頭を振る。

「陽翔とか？　だが……」

レイの望みは叶えたいが、心配が拭《ぬぐ》えないのだろう。唸るアーロンに、レイが苦笑する。

「話をするだけです。ちょっとだけ。ね？」

困ったように小首を傾げ、上目で言うレイを見て、アーロンの肩に乗ったククもキュルッと鳴いて小首を傾げる。

二人がかりでおねだりされては敵《かな》わなかったのだろう。アーロンは渋々頷いて言った。

「……分かった。くれぐれも無理はするなよ。陽翔、なにかあったらすぐ呼んでくれ」

隣の部屋にいる、と言った彼が、ジーンと共に出ていく。陽翔は少し緊張しながら、寝台の脇の小さな椅子《いす》をレイの近くまで引っ張ってきて座った。

「……本当に大丈夫か、レイ？」

本人の希望とはいえ、彼はずっと仮死状態にあったのだ。ただ話をするのだって体力を消耗してしまうだろう。

「オレならまた来るから、無理しないでくれよ。こんなことになったのも、元はと言えばオレのせいなんだから……。雨宮のこと、本当にごめんな」

俯いて謝った陽翔に、レイがくすりと笑う。

「顔を上げて、陽翔。君のせいじゃないよ。それに君にそんな顔は似合わない」

よいしょ、とかけ声をかけて、レイが身を起こす。陽翔は慌ててその背を支えた。

「レイ、寝てないと……」

「大丈夫。それに、寝たままだと話しにくいから」

微笑むレイは、確かに先ほどよりは顔色もよくなっている。陽翔は少しほっとして頷き、レイの背にいくつもクッションを挟んで促した。

「それで、話って？」

「うん。本当はあの時、話そうと思ってたことなんだ。僕がどうして、雨宮さんが怪しいって思ったのか……」

静かに切り出したレイに、陽翔は少し緊張して居住まいを正した。

「オレもそれ、聞きたいと思ってた。……どうしてだったんだ？」

「……陽翔はまだ、正式には竜王妃の逆鱗を受け継いではいないんだよね？　だとしたら、まだ実感が湧かないかもしれないんだけど」

ふう、と一つ深い息をついて、レイが告げる。

「……竜人と同じ寿命を授《さず》かるって、いいことばかりじゃないんだ」

ぽつりと落ちたその一言に、陽翔は目を見開いた。まさかレイがそんなことを言うなんて、思ってもみなかった——。

戸惑いつつも、黙って言葉の続きを待つ陽翔に、レイが問いかけてくる。

「陽翔は、逆鱗を授かったら自分の成長がとまることは知ってるよね？」

「……うん。正確には、ものすごくゆっくりになるんだよな？」

人間である陽翔は、逆鱗を授かれば、竜人と同じ寿命になる。だがそれは、決して不老不死になるわけではない。

普通の人間よりもゆっくり老いていくというだけで、病気や怪我で死ぬこともある。逆鱗を授かったからといって、竜人と同等の力や頑健な体が手に入るわけでもない。ただ、竜人と同じ時を生きられるようになる、というだけなのだ。

陽翔に頷いて、レイが続ける。

「僕たちは、たまたま好きになったのが竜人で、幸運にも逆鱗の力を授かって、好きな人と同じ寿命を生きられることになった。……でもそれって、今まで自分がいた人間の世界からは取り残されることになるんだ」

ふっと視線を落として、レイはゆっくり噛みしめるように言う。

「五年前、僕は自分が欠片の力で、普通の人より長い寿命を得ていることを知った。その時は、アーロンと一緒に生きられることが嬉《うれ》しかったし、もちろん今でもこの幸運に感謝してる。今回のことも、何度お礼を言っても足りないと思ってる」

「……うん。オレも」

頷いた陽翔に微笑み返したレイは、しかし再び俯いて言った。

「こんな幸運、滅多にないことだって分かってる。でも最近、自分が周りの人たちに置いていかれているような気がしてならないんだ」

「置いていかれてる……？」

聞き返した陽翔に、レイが頷いて言う。

「……僕と違って、周りの人たちはどんどん年を取っていく。五年前、アーロンと遊んでた村の子供たちの中には、もう外に出て働き始めた子だっている。赤ん坊だった子には弟や妹ができていて……、お年寄りの中には亡くなった方もいる」

きっと親しくしていた人だったのだろう。きゅっと、レイが悲しげに眉を寄せる。

「この先僕はずっと、皆のことを見送らなきゃいけない。大切な人たちがどんどん先に逝ってしまうのを、見送り続けなきゃいけない」

人が成長し、老い、死ぬことは、当たり前のことだ。医者であるレイにとって人の死は普通の人間よりも身近なもので、だからこそ見送ることが、見送り続けなければならないことがつらいのだろう。

彼は命を救いたくて、医者になったのだから。

（……オレも、久しぶりに会ったニャムの成長にびっくりした）

この旅の始まり、キャラバンの皆と再会した時のことを、陽翔は思い返した。

たった一年離れていただけでも、ニャムは驚くほど成長していた。彼はきっと、これからもっと背も伸びるし、声だって低くなる。数年後には、キャラバンで活躍する一人になるかもしれない。

でも自分は、今の姿のままだ。

十年、二十年、――百年経って、今関わっている大事な人たちがみんな、いなくなっても。

（取り残されるって、そういう意味か……）

レイの言葉の重みが分かって、陽翔は黙り込む。

きっとレイは、その孤独感にずっと悩み続けてきたのだろう――。

穏やかに手を組んで、レイが話を続ける。

「でもそれは、大概の人からすれば贅沢《ぜいたく》な悩みなんだ。僕たちの事情をよく知らない人は特に、そんなことで悩むなんてって思う人が多い。努力もせず永遠にも近い寿命を手に入れるなんてずるいって、そう思う人もいる」

「もしかしてレイ、今まで誰かから似たようなこと言われた？」

陽翔の問いかけに、レイが困ったように視線を落として小さく頷く。

「ん……、でも、もう済んだことだから。アーロンには内緒にしてね」

「……うん」

レイがそう言うなら仕方ないが、それでも彼の友人として気分はよくない。ありありと不満を顔に浮かべた陽翔に苦笑して、レイが告げる。

「けど、そういうことがあったから、雨宮さんの気持ちが想像できたんだ」

俯いたレイが、じっと自分の指先を見つめて言う。

「日本人の彼がこの世界で生きるのって、きっとすごく大変だったと思う。文字も読めなければ、電気もガスもない、誰一人知り合いのいない世界だ。それなのに、アーロンは彼から陽翔への負の感情を感じなかったって言ってた。それで、変だなって思ったんだ」

ゆっくりと言葉を探しながら、レイが違和感を感じた理由を話し出す。

「陽翔とあの人は、似たような境遇だった。でも、陽翔は彼と違って早いうちに運良くいい人たちに助けられて、しかも永遠に近い寿命まで手に入れた。普通なら羨ましいとか、妬ましいとか思うはずだ。本心では嫉妬していて、それを抑えてるだけならアーロンが気づくはずだけど、そういうこともなさそうだった。それで、もしかしたらなにか裏があるのかもしれないって思ったんだ」

「……そうだったんだ」

陽翔は一年前にジーンと結ばれてから、すぐに竜人の里で生活を始めた。元々長寿である竜人たちの中に、陽翔を羨む者などいない。

だが、普通の人間なら自分の幸運をどう思うか。ましてや同じ境遇の人間ならどんな感情を抱くかなど、想像に難《かた》くない。

(もしオレが雨宮の立場なら、同じ境遇なのに自分よりずっと幸運な人間がいたら、羨ましいって思うに決まってる)

改めて自分の考えの至らなさに嘆息して、陽翔は肩を落とした。

陽翔が落ち込んだのに気づいたのだろう、レイが慌ててフォローしてくれる。

「あ……、で、でも、同じ世界から来た人がやっと見つかったら、普通は嬉しくてそこまで考えられないと思うよ。同じ日本人なんだし、疑いたくないって思うのは当然で……！」

「ありがとう、レイ。でも、実はジーンも、レイと同じような理由で雨宮を警戒してたらしいんだ」

一生懸命自分を庇おうとしてくれるレイに苦笑いを返して、陽翔は戦いが終わってこちらに戻ってくる道中、ジーンから聞いた話を打ち明けた。

「記憶を封じられる前、ジーンは、オレが次に雨宮と会う時は自分も同席させてくれって言ってた。それは、雨宮からあまりにもなんの匂いもしなかったのが逆に怪しいと思ったからだったんだって」

ただ、あの時はジーンもまさかそれが方術で匂いを消されているためとは分からなかったし、雨宮がどういう人間か計りかねていたため、陽翔に忠告するのを躊躇ったらしい。

『奴がお前を羨んでいないのは不自然だと思ったが、陽翔にとっては自分のいた世界のことを知る、貴重な同郷の人間だ。喜ぶお前に水を差したくなかった』

結局はそのすぐ後に自分が記憶を封じられてしまい、気遣いが禍根となってしまったことを悔いていたジーンだが、そんなことになるなんて誰も思いもしなかったのだから仕方がない。

しょげていたジーンを思い出してちょっと苦笑しつつ、陽翔は改めてレイにお礼を言った。

「雨宮のこと、気づいてくれてありがとう、レイ。オレ、もっと気をつけるよ」

自分はこれから、もっと責任ある立場になるのだ。竜王の伴侶である自分に向けられる感情に、もっと敏感にならなければならない。

（人の言葉の裏を読むとか、悪意を察するとか、一番苦手だけど……、でも、苦手だからって目を背けてちゃ、いけない。オレは、オレにやれることを精一杯やらなきゃ）

亡くなった祖母の教えを思い出しつつ言った陽翔に、レイが少し眩しそうに目を細める。

「……陽翔は、強いね。寿命のこととか、覚悟した方がいいよって言うつもりだったけど……、必要なかったね」

ごめん、と申し訳なさそうに謝るレイに、陽翔は慌てて言った。

「そんなことないよ！　オレ全然強くないいし、覚悟もまだまだ足りないと思う。だから、レイの気持ち聞けてよかったよ」

本当だよ、と重ねて言って、陽翔はレイをまっすぐ見つめた。

「オレが強く見えるんだとしたら、それはきっと、ジーンのおかげだと思う。ジーンがいてくれたから、オレは前に進んで来れたんだ」

少し照れくさかったけれど、はっきりと言葉に出して言ったのは、気づいたからだ。

きっと竜王はこの話をさせるために、レイを自分に引き合わせたのだ、と。

「……オレね、レイ。前にアースラに言われたことがあるんだ。オレがこっちの世界に残るって決めた時、悲しい思いしてるの気づかれたくなくてジーンを避けてたんだけど、そしたら、そんなの一朝一夕に消えるものじゃないだろうって。オレが失うものの重さとかつらさとかは、ジーンに一緒に背負ってもらうしかないんだから、もう腹くくれって」

一年前、最も信頼する女長から言われたことを、レイにも伝える。

思えばレイは、逆鱗の欠片を方術使いに奪われる直前も、なにか思い悩んでいる様子だった。きっと彼は、自分の悩みを誰にも打ち明けられず、思いつめていたのだろう。

真剣な面もちでじっと聞いてくれる彼の心が少しでも軽くなればと願いつつ、陽翔は懸命に彼に言葉を贈った。

「オレもきっとこの先、レイと同じ苦しみを抱えていくことになるんだと思う。今はまだレイほど実感はないけど、でも、キャラバンの皆のこともいずれは見送らないといけないんだなって思うと、すごく苦しい。……でも、オレたちには、それを分かち合える相手がいる」

「分かち合える、相手……」

繰り返したレイに頷いて、陽翔は言った。

「オレにはジーンがいるように、レイにはアーロンさんがいる。喜びも悲しみも、嬉しいのも苦しいのもなにもかも、分かち合える相手が」

「…………」

「レイは優しいから、アーロンさんに余計な心配かけたくないって思うのかもしれない。でも、自分に置き換えて考えてみてよ。自分の知らないところでアーロンさんがなにか悩んだり苦しんでたりしたら、レイだって絶対嫌じゃない？」

問いかけた陽翔に、レイが頷く。

「それは……、……確かに」

「だろ？　相手に寄りかかるのって、相手を信頼することだと、オレは思うんだ」

アースラが言った、腹をくくれというのも同じ意味なのだと、今なら分かる。腹をくくって相手を信頼しろと、彼女はそう教えてくれたのだ。

「生きてくのって苦しいことの連続で、なんでこんなつらい思いしなきゃならないんだろうって思うことも多いと思う。でも、オレは自分で進む道は自分で選びたいし、その選択を後悔したくない。だから、今やれることを精一杯やって、周りの大事な人たちのことを大切にしていきたいと思ってる」

まっすぐ見つめて話す陽翔を、レイもまたまっすぐ見つめ返してくる。澄んだ緑色の瞳をひたと見据えて、陽翔は続けた。

「オレはきっと、元の世界を選ばなかったことを、心のどこかでずっと苦しみ続けるんだと思う。でもそれは、仕方のないことなんだ。それだけ元の世界が大事だったから」

なんの苦しみも、後悔もない道なんて、きっとどこにもない。それは自分やレイだけじゃなく、誰にとっても同じことだ。

「失うことは苦しいけど、それはそれだけ大事に思ってたからだ。大切に思う場所を、仲間を、オレたちはこの先もたくさん作れる。それってすごく、すっごく幸せなことじゃないかな」

「……うん」

陽翔の問いかけに、レイが頷く。

「僕も、そう思う」

嚙みしめるように言う彼に、だろ、と微笑んで、陽翔は言った。

「だからさ、レイも腹くくって、アーロンさんに寄りかかったらいいよ。相手に寄りかかって、自分も相手を支えて、そうやって信頼し合って生きてくことが、きっと苦しみも悲しみも、喜びも分かち合うことだと思うから」

「信頼し合う……」

陽翔をじっと見つめたレイが、胸に刻み込むように繰り返す。

陽翔は大きく頷いて、ニカッと笑いかけた。

「もちろんアーロンさんだけじゃなく、オレにも寄りかかってほしい。ジーンもいるし、竜王様も、キャラバンの皆だってレイの味方だ。悲しいのも苦しいのも皆で少しずつ分け合えばなんとかなるよ。だってレイだって誰かが苦しんでたらそうするだろ?」

ね、と笑いかけた陽翔に、レイはしばらく無言だった。やがて、ふっとその形のいい唇が解ける。

「……うん、そうだね。陽翔の言う通りだ」

ふわりと、花が咲くような笑みを浮かべたレイが、嚙みしめるように言う。

「僕は少し、臆病になってたのかもしれない。いずれ見送らなきゃいけないのが分かってるから、人と深く関わるのが怖いなって、そう思ってたんだ。でも、そうだね。苦しいのは自分にとってそれだけ大事だからで……、仕方のないことなんだね」

ふう、と一つ息をつき、レイはゆっくりと瞬きをして言った。

「苦しみたくないから大事なものを作らないなんて、そんなことはやっぱりできない。だから僕も陽翔を見習って、アーロンに少し荷物を持ってもらうようにするよ。アーロンならきっと、全部受けとめてくれると思うから。……信じてるから」

こちらを見つめ返すレイは、すっかり穏やかな顔つきをしている。気持ちが晴れた様子の彼にほっとした陽翔は、自分の言葉を思い返して照れ笑いを浮かべつつ立ち上がった。

「すっかり話し込んじゃってごめん、レイ。オレもう行くから、ゆっくり休んで」

無理は禁物の彼に結構重たい話をしてしまった。こういうところがまだまだなんだよなあと反省しつつ、レイが横になるのを手助けする。

ふわりと掛け布をかけると、レイがじっとこちらを見つめて言った。

「陽翔、出発する時はまた来てくれる？」

「うん、もちろん！　絶対顔出すから、安心して休んで」

「……うん」

嬉しそうに笑ったレイは、やはり少し無理をしていたのだろう。すうっと瞼を閉じ、すぐに寝息を立てて始める。

穏やかに眠る彼を起こさないよう、陽翔は足音を忍ばせてそっと部屋を出た。静かに扉を閉め、ふう、と一息ついたところで、すぐ脇の壁に寄りかかる白い影に気づく。

――ジーンだった。

「ジーン……、聞いてたの？」

「すまない、気になってな」

少しバツの悪そうな顔になったジーンに、陽翔は思い当たって問いかける。

「もしかして、アーロンさんもいた？」

「……レイには秘密にしてくれるか？」

ということは、アーロンも先ほどの話をここで聞いていたということだろう。

陽翔はため息混じりに頷いた。

「しょうがないなあ、もう。で、アーロンさんはどこに行ったの？」

「その……、レイの想いに感動して、な……」

言葉を濁すところを見ると、どうやらアーロンはちょっと泣いちゃったらしい。

本当にしょうがないなあと苦笑して、陽翔はジーンと共に廊下を歩き出した。

「……ジーンは泣かなかったんだ？」

自分が言った内容の照れくささから、少しからかうように問いかけた陽翔だったが、ジーンは案外真剣な表情で頷く。

「ああ。泣くというより、申し訳なくなってな」

「申し訳ない？」

どういうこと、と首を傾げた陽翔に、ジーンは低い声で唸った。

「今回のことだ。方術で記憶を封じられたせいとはいえ、お前にさんざん冷たく当たっただろう？　お前は俺のことを信頼して、腹をくくって人生を預けてくれているというのに……、すまなかった」

改めて詫びるジーンに、陽翔は慌ててしまう。

「そんな、ジーンが謝ることじゃないだろ。そもそもジーンは、オレを庇って記憶喪失になっちゃったんだし。気にしないでよ」

「……だが俺は、陽翔があんなにも頑張ってくれていたのに、素っ気ない態度ばかり取っていた。しかも、またお前の意思を無視して元の世界に戻そうとまでして……。……俺は、番失格だ」

しゅん、と肩を落としたジーンの鱗は、心なしかくすんだ色合いになってしまっている。目に見えて落ち込んでいるジーンに、陽翔は思わず笑ってしまった。

「もー、気にすんなって言ってんのに。そりゃ、ちょっと大変だったけど、でもオレ、嬉しかったよ。

ジーンはやっぱりジーンだなって思ったし、それにオレも、今までジーンに甘えっぱなしだったんだなって気づけたから」

頭の後ろで手を組んで、陽翔はゆっくりとジーンの隣を歩きながら言う。

「オレ、今まで恋人らしいこととか、恥ずかしくていつも拒否っちゃってたけど、でもいざジーンからハグとかキスとかされなくなったら、すごく寂しかった。……このまんまジーンがオレのこと思い出さなかったらどうしようって、不安だった」

あの時のことを思い出すと、どうしてもしんみりしてしまう。似合わないなとちょっと苦笑して、陽翔は話を続けた。

「だから、ジーンが寒くてオレの布団に潜り込んできた時、すごく嬉しかったし、記憶が封じられたまま、もう一回オレのこと好きになってくれたのもすごく、すごく嬉しかった。この先なにがあってもオレたちはきっと大丈夫だなって、そう思えた」

「……陽翔」

「そう、思っててい い?」

駄目かな、と首を傾げた陽翔に、ジーンが足をとめる。つられて足をとめた陽翔は、いきなり横から降ってきた影に息を呑んだ。

「ちょ……っ、ジーン?」

がばりと覆い被さってきたジーンが、ぎゅうぎゅうに陽翔を抱きしめて言う。

「いいに決まっている……！　好きだ、……っ、好きだ、陽翔……！　俺はもう二度と、お前に寂しい思いはさせない！」

「待て……っ、待てってば、ジーン！　分かった！　分かったから！」

逞しい腕を叩いて落ち着けと促すが、久しぶりに恋人をすっぽり胸に納めた感覚が嬉しかったのか、ジーンは夢中で陽翔の顔中にくちづけてくる。

雨のようにそこかしこに降り注いでくる、さりさりとした鱗の感触がくすぐったくて、陽翔はくすくす笑い出してしまった。

「もー、犬みたいだな、ジーン。オレ、足浮いてんだけど」

「……っ、すまない」

ぎゅっと抱きしめられた体勢のまま、ぷらんと足が浮いてしまっていた陽翔を、ジーンが慌てて抱え直す。いつもの片腕に腰かける格好に、陽翔は照れ笑いを浮かべた。

「ん、やっぱこれが落ち着くな」

こちらまで戻ってくる間は、アーロンも一緒だったこともあって、あまり恋人らしい触れ合いもなかった。

本当に久しぶりだな、とほっとした陽翔を、ジーンがじっと見つめて言う。

「陽翔……、記憶を封じられていた間、お前が誘ってくれていた分、改めて応えたいんだが……」

「……っ」

深紅の瞳に、とろりとした熱が宿る。

こちらを焦がすようなその視線に、陽翔が頬に熱を上らせた、――その時。

「……っ、あれ？」

廊下の端の出窓から、突然見覚えのある鷹が飛び込んでくる。スーッと廊下を飛んできたその鷹は、翼を畳むと器用に陽翔の肩に舞い降りた。

「クアール？　あっ、手紙持ってる！　ジーン、読んで」

クアールの脚に付けられていた書簡に気づいた陽翔は、暗号で書かれたそれをジーンに手渡した。

いいところを邪魔された形になったジーンが、しぶしぶ手紙に目を通す。

「アースラからだ」

そう告げたジーンはしかし、手紙に視線を走らせるにつれ、どんどん仏頂面になっていった。

「…………」

「ジーン？　なにが書いてあったんだ？」

戦いは終わったし、緊急事態になるようなことはもうないと思うけれど、それならどうしてジーンがこんな顔をするのか。

不思議に思った陽翔だったが、ジーンは読み終えると無言で手紙を懐にしまった。

「ジーン、アースラはなんて……」

「……なんでもない」

問いかけた陽翔に、恐ろしく低い声でジーンが答える。ベチンッと背後で大きく鳴った尻尾に、陽翔は首を傾げた。

「なんで不機嫌なんだ？」

「………」

「おーい、ジーン？」

呼びかけた陽翔には答えず、ジーンがくるりと方向転換して歩き出す。一体どこに、と驚く陽翔に、ジーンは低く唸った。

「帰るぞ、今すぐ！　竜人の里へ！」

「えっ、今？　すぐって……」

ずんずんと歩き出したジーンの腕の中、陽翔は戸惑って声を上げた。

出発前に顔を出すとレイとも約束したし、それにこの城ではニャムが留守番をしている。まだ彼とも会っていないのに、今すぐ出発するなんていくらなんでも急すぎる。

「ちょっと待ってよ。少し落ち着いてから……」

「駄目だ！　今出発しないと、今度こそ本当に新婚旅行じゃなくなる……！」

「それどういう意味……、ジーン！」

抗議の声を上げる陽翔の肩で、クアールが呆れたように首を傾げる。急ぎ足で去るジーンの懐から、ひらりと手紙が落ちた。

『竜人の里に無事に送り届けるまでが、あたしらの仕事だからね。すぐに追いつくから、ニャムと一緒に城で待っておくれ』

たまたま通りかかって拾ったアーロンが、手紙に書かれたその内容を陽翔に教えてくれるまで、あと少し。

――赤い月に、光が満ちる。

竜王の城にある二人の寝室には、オラーン・サランの深紅の月光が差し込んでいた。

白銀の鱗を艶めかせた恋人に深く抱きしめられた陽翔は、ほとんど真上から降ってくるキスに甘く息を弾ませていた。

「ん……、ジー、ン、んん」

普段、行為の始めは少しひんやりとしているジーンの舌は、今日ばかりは最初から熱く蕩《とろ》けている。寝間着越しに背を撫でる大きな手も、自分が触れている広い肩も燃えるように熱くて、それだけで陽翔も体の奥に火が灯ってしまっていた。

レイが目覚めた後、アースラたちの到着を待って、陽翔とジーンはソヘイルの王都を出発した。

帰り道くらい二人きりがよかったとごねるジーンに、キャラバンの皆はようやくいつものジーンが帰ってきたと笑っていて、口々によかったなと陽翔に声をかけてくれた。

ラビなどは、記憶が封じられていた間のことでしつこくジーンをからかって、いい加減にしろとうるさがられていたけれど、実はラビのからかい通り、自分の塩対応っぷりに凹《へこ》んでいたジーンは、結構堪えていたらしい。

『俺は何故あの時、記憶を失っていたんだ……。いや、記憶を失っていたからこそ、陽翔が自分から抱きついてくれたり、食べさせ合いっこをねだったりしてくれたんだが……』

記憶を封じられていなければ、陽翔があんなに積極的になることはなかった。だが、記憶を封じられていたから、自分はそれを素っ気なく断ってしまった。

『俺は……、俺は、なんてもったいないことを……！』

尻尾をベンベン打ちつけてジレンマに悶えるジーンにラビは大爆笑していたが、もう拒否しないからせめて食べさせ合いっこだけでもさせてくれ、と食事の度に迫られる陽翔は大変だった。最後の方などはもう断るのが面倒くさくて、心を無にしてアーンされるままになり、ジーンはいたくご満悦だった。

あんたたちのことだから、万が一ジーンの記憶が戻らなくてもまあ大丈夫だろうとは思ってたがね、とはアースラの談だ。

『あんたたちは、お互いがどれだけの想いで一緒にいることを選んだのか、ちゃんと分かり合ってるだろう？　これまで積み上げてきた絆は、どんな運命にも負けやしないさ』

そうだろう、と笑ったアースラは、竜人の里まで着いてすぐ、湿っぽいのは嫌いだからね、と別れを惜しむキャラバンの仲間たちを急《せ》かして、さっさとソヘイルに帰っていった。彼らと旅した最後の数日間を、陽翔はきっと一生忘れないだろう。

アースラたちを見送ってすぐ、陽翔とジーンは逆鱗を神殿に納めに行った。

あるべきところに戻った逆鱗は、一ヶ月後に迫った戴冠式《たいかんしき》と結婚式で、改めて自分たちに授けられることになっている——。

「……ん、ふは」

キスの合間に笑みを零した陽翔に、ジーンが目を細めて聞いてきた。

「ん……、どうした、陽翔」

「なんか、改めてジーンと結婚するんだなあって思ったら、ちょっとくすぐったくて」

だって、結婚だ。

つい一年前までは、自分が結婚するなんてまだまだ遠い未来だと思っていたのに、異世界で出会った竜人と結婚するなんて。

「いろんなこと、あったね」

こつんと、胸元に額を預けて言う陽翔に、ジーンが頷く。

「ああ。これからもきっと、色々なことが起こるだろう。……もう記憶を封じられるのは勘弁だが」

苦い声で言うジーンに、陽翔は思わず小さく笑ってしまう。

「そしたら今度は最初から、オレはジーンのユタンポだって名乗るよ。そしたらすぐ思い出すだろ」

「運命の対じゃなくてか」

「オレたちにとっては、どっちも同じ意味じゃない？」

くすくす笑う陽翔に、ジーンがそうだな、と目を細める。

さり、さり、と目元に落ちてくるキスに陽翔が片目を瞑ると、不意にジーンが陽翔、と呼んできた。

「……なに？」

やわらかな、しかし真剣な響きを伴った声に聞くと、ジーンがじっとこちらを見つめて告げる。

「まだ、お前にちゃんと言っていなかったと思ってな。……俺と結婚してくれ、陽翔」

「ジーン……」

赤い月光に照らされた真っ白な竜人を、陽翔はまっすぐ見つめ返した。

——最初は、自分の世界にはいなかった竜人という存在を、なかなか受け入れられなかった。

でも、彼の優しさや孤独、気高さや生真面目《きまじめ》さを知って、一緒にいると楽しくて、いつの間にか誰よりも頼りにするようになっていた。

人間とは違う彼を、だからこそ美しいと思うようになって。彼が命がけで自分を守りたいと、自分の願いを叶えたいと思ってくれるように、自分も彼を守りたいと思うようになっていって。

元の世界に戻ってしまった時、なにを置いてもジーンの元に帰りたいと、帰らなきゃと思った。

ジーンが自分を必要としてくれているからじゃない。自分が、ジーンを必要としているのだ。

他のなにを諦めても、ジーンのことだけは諦められないと、そう思って、この世界で生きていく覚悟を決めた。

　まさかジーンが自分のことを忘れてしまうなんて思ってもみなかったけれど、それでも自分の気持ちはなにも揺らがなかった。

　この先なにがあったって、どんなことが待ち受けていたって、自分はジーンのことが好きだ――。

「……うん。オレも、ジーンと結婚したい。ずっと、ずっと一緒にいよう、ジーン」

　何度もした約束を改めてするために、小指を差し出す。すぐに自分よりずっと長い小指が絡んできて、陽翔はジーンとしっかりと指切りを交わした。

「ああ、ずっと一緒だ。……愛している、陽翔」

「へへ、オレも！」

　照れくさいけれど嬉しくて、自分からジーンに抱きつく。じゃれ合うようなキスを繰り返しながら、お互いの服を剝ぎ取るようにして脱がせあって、陽翔はころんと寝台の上に寝転がった。

「ジーン、早く！」

　相変わらず色気もなにもない誘いだけれど、両手を広げて催促すると、恋人は嬉しそうに微笑んで覆い被さってくれる。

「……ようやく、お前に触れることができる」

　旅の間はずっとキャラバンの仲間と一緒の天幕だったし、宿に泊まった時も、陽翔が他の部屋に声が聞こえるのを嫌がって、抱きしめ合って眠るくらいしかしていなかった。しかも前回のオラーン・サランでは、ジーンが記憶を封じられていたせいもあって、触り合いっこ程度のことしかしていない。

　は、とオラーン・サランの発情に息を荒らげ、低く唸りながら貪るようなキスを繰り返すジーンに、陽翔も夢中で応えた。

「ん……っ、は、んんっ、ジーン……っ」

「陽翔……」

　ジーンの少しかすれ気味の低い声が、絡ませ合った舌を震わせる。竜人の長い舌でくすぐられている舌の根元が甘痒《あまがゆ》くて、焦《じ》れったいのに気持ちがいい。

我慢できずに腰をすり寄せ、熱くなったそこをさらりとした鱗に覆われた逞しい腿に擦りつけると、ジーンがくちづけを解いて低く笑った。

「オラーン・サランに発情するのは、竜人か獣人だけだと思っていたが？」

白い鱗に覆われた口元をぺろりと舐めたジーンが、すん、と陽翔のこめかみ辺りの匂いを嗅いで、いい匂いだ、と目を細める。

艶っぽいその表情にカアッと顔を赤くしながら、陽翔は唇を尖らせた。

「……前にも言ったろ。ジーンが発情してんのに、オレが平気でいられるわけないじゃん」

欲情の匂いを嗅がれて恥ずかしくて仕方ないのに、嫌じゃない。それがまた、恥ずかしい。

照れ隠しにえいっと抱きついて、陽翔はジーンだけに聞こえる声でぼそっと告げた。

「オレはジーンのユタンポなんだから、ジーンが熱くなったら、もっと熱くなっちゃうの。……責任、取れよな」

ジーンのせいなんだから、とぎゅうぎゅうと抱きつき、赤い顔を隠す陽翔に、ジーンが呻く。

「お前はまた、そういうことを……」

はあ、とため息をついたジーンは、陽翔の耳元に顔を寄せてきた。

「……喜んで、取らせてもらう」

「……っ」

お返しのように、自分にしか聞こえない声で囁かれて、ぞくりと腰に甘い痺《しび》れが走る。

濃くなった匂いが伝わったのだろう。ジーンが先ほどよりも熱の籠もったため息を零した。

「陽翔……」

「あ……っ、あっ、ん、んんっ」

するりと伸びてきた手が、もう兆し始めていた互いの熱をまとめて包み込む。

唇をやわらかく喰まれながら、自分のそれより大きな雄をぐりぐりと押しつけられて、陽翔はたちまちとろりと瞳を蕩けさせた。

「んん、は……っ、それ、気持ち、い……っ」

「……っ、ああ、俺も、いい……」

呻いたジーンが、ねっとりと腰を揺すり出す。

ぬめる雄茎をマーキングするように擦りつけられて、陽翔は目の前の広い肩にしがみついた。自分も腰を浮かして、もっともっととねだるように快楽を貪る。

「あっあっあ……っ、んんっ、ふああ……っ」

くちづけの合間に切れ切れに上がる嬌声《きょうせい》に、ジーンがいちいち可愛い、愛していると小さな囁きを落とす。恥ずかしいからやめろと言いたいのに、とろとろに溶け合った熱が気持ちよすぎて、結局キスすることしかできない。

せめてもと絡んでくる舌に嚙みついても、すぐに敏感な上顎をくすぐられて、くにゃくにゃに蕩けさせられてしまって。

「んん……っ、あっ、ん、んっ」

「ん……、陽翔、いいか……？」

びくびくと身を震わせ、先走りの蜜を零し続ける陽翔に、は、と息を荒らげたジーンが囁きかけてくる。同時にぬるりと、ぬめる指先で開いた足の奥を撫でられて、陽翔はこくりと頷いた。

「うん……、そこ、して……」

恥ずかしいのを堪えて、大きく足を開く。ひくりと震える後孔に、ジーンがスッと目を眇めた。

「……ああ」

グルル、と込み上げる唸りを喉奥で堪えながら、ジーンが陽翔のそこに顔を寄せる。ぬるり、とあらぬところを舐める舌先に、陽翔はきゅっと身を縮こまらせて目を瞑った。

「んん……っ、ふ、あ、んん……！」

何度されても慣れない感覚に、どうしても最初は体が緊張してしまう。けれど、強ばる腿を優しく撫でられながら幾度も甘く喰まれ、舐め濡《ぬ》らされるうち、そこを愛される快楽を知っている花弁は淡く色づき、ふわりと解けていった。

「ん……！　あ、あ……っ、あ……！」

「……ん」

ぐちゅり、と蜜音を立てて花襞《はなひだ》を押し開いた舌が、すぐに陽翔のいい場所を探り当てる。性器の裏側にある膨らみを、ねっとりと長い舌で舐め上げられて、陽翔はたまらず敷布をぎゅっと握りしめた。

「ジー、ン……！　そ、こ……！」

「ん……、ここ、だな」

かすれた声で呟いたジーンが、熱い吐息と共に一層深く舌を押し込んでくる。

太い根元でいっぱいに開かれながら、ぬるぬるの舌先で思うさま舐めくすぐられて、陽翔はあっという間に追い上げられてしまった。

「あっ、んんんっ、ジーン、もう……！　っ、あ、あ、あ！」

ぎゅうっと隘路《あいろ》を満たす舌を締めつけながら達した陽翔に、ジーンがグルル、と低く唸る。ぬるりと舌を抜いた彼は、陽翔の下腹に散った白蜜を丁寧に舐め取ってからようやく身を起こした。

「……陽翔」

ハ……ッと熱い息を零したジーンが、逃げ場を塞ぐように陽翔の顔の真横に両手をつく。

最愛の番を前にし、情欲に支配された獣の瞳は、熱く赤く燃え滾っていた。

今にも暴走しそうな野性を堪えるようにその爪を深く寝台に突き立て、反り返った本能から濃い雄蜜を滴らせている。

激情にフーッフーッと荒く肩が上下する度、深紅の月光に照らされた白銀の鱗がまるでさざ波のようにサアッと逆立ち、煌めいていた。

「俺、は……」

せめぎ合う獣欲と理性で、もう言葉を発するのも難しいのだろう。ウ、ウ、と唸り声を上げて、それでも自分を傷つけないよう、必死に体を強ばらせている恋人を、陽翔は両手を広げて迎え入れた。

「……来て、ジーン」

「陽、翔」

「うん、オレもジーンが欲しいよ」

たとえ言葉がなくたって、目を見ればもう、ジーンがなにを言いたいのかなんて分かる。

ニッと笑って抱きついた陽翔を、ジーンがウゥウウウッと唸り声を上げて掻き抱いた。

「陽翔……っ！」

「ん……っ、あっ、あ、あ！」

がむしゃらに押しつけられる熱塊を早く受け入れたくて、腰を上げてすり寄せる。しっとりと濡れそぼっていた花弁は、大きすぎる熱杭を拒むことなく包み込んだ。

「ふあっ、あー……！」

「……っ、は……！」

グルルッと短く唸ったジーンが、すぐに陽翔の唇を奪い、腰を揺すり出す。

舌の根が痛くなるほどのキスも、奥までいっぱいに開かれた蜜路も、目の前の恋人への愛おしさが膨れ上がって弾けそうな今は、もう快楽しか感じない。

ジーンが自分を求めてくれていることが、愛してくれていることが嬉しくて、もっともっとお互いの全部を混ぜ合わせたくて。

「んっ、んんっ、ジーン……っ、あっんっんっ！」

きゅうっと隘路を絡みつかせながら名前を呼ぶと、ぐっと肩を強ばらせたジーンがより一層奥を突いてくる。過ぎる快楽に反射的に逃げかけた腰は、するりと回ってきた強靭な尾に引き寄せられ、一切の逃げ場を奪われた。

ぐちゅうっと、あられもない音を立てて、恋人の全部が入ってくる。

「逃がす、ものか……！　お前は俺の……っ、俺だけの、ものだ……！」

「あ、んっ、んんん……！　やっ、奥……っ、お、く……！」

びくびくっと脈打った雄茎に、これ以上ないと思っていたその先をぐりっと抉《えぐ》られて、陽翔は大きく目を見開いた。ピンと伸びた爪先が、叩きつけられる快楽に卑猥《ひわい》に揺れる。

「そ、こ……っ、そこ、駄目、ジーン……っ、だ、め……！」

人間ではそうそう入り込めない場所まで侵されて苦しいのに、苦しいだけじゃないのが怖い。

こんなの駄目だと、拒まないとと思うのに、久しぶりの恋人の熱に悦ぶ体は、奥の奥まで満たしてくれる異形の雄を嬉しそうに全部受け入れてしまっている。

ちゅうちゅうと、体の奥のいけない場所が、ジーンの雄茎にねだるように求愛のキスを繰り返すのが分かって、陽翔は自分ではもうどうしようもない愛悦に溺れていった。

「あ、あっんんっ、や、や……っ、そんな……っ、ああぁっ、そんな、しちゃ、あ、あ、あ……！」

「……っ、な、んだ、この匂いは……！」

陽翔をほとんど覆い隠さんばかりに抱きしめ、大きく息を吸って匂いを確かめたジーンが、酩酊《めいてい》したような呻き声を上げる。

淫《みだ》らに、健気《けなげ》に、一途にひくつく襞をゆっくりと太竿で擦り立てたジーンは、ぐじゅっと一気に深くまで突き上げ、絡みついてくる奥をねっとりかき混ぜてきた。あ、あ、と濡れきった声を上げる陽翔をうっとりと見つめ、一番濃くて甘い匂いをたっぷりと吸い込み、心ゆくまで堪能する。

とろりとした熱い先走りを塗り込まれたそこが、もっと熱い、もっと濃い蜜を欲しがって、ひくひくと雄に吸いついた。

「や……っ、ジーンっ、ジーン……！　もう、も……っ、気持ち、よすぎて……っ、……っ、かしく、なっちゃ……っ、んんん……！」

どうにかなりそうなほどの快楽に翻弄され、どうしようもなくてジーンにすがりついた陽翔に、ジーンが唸る。

「ああっ、あっ、ジーン……っ、ジーン……！」

ぐっと回された尾で更に腰を持ち上げられ、肌の境目がなくなりそうなほど密着させられる。熱く滾った鱗が、腿に、限界まで膨れ上がった性器に、胸に、腕に、唇に、――全部に、擦りつけられて。

「つ、ああ、俺も、もう……っ」

「ん――……っ！」

「……っ、陽、翔……！」

真っ白な光が明滅した瞬間、ジーンの鱗が真珠のように艶めく。

虹色の輝きに心まで奪われながら、陽翔は目の前の恋人にしがみついて白花を散らした。

「んんんっ！　は、あ……っ、あ……！」

同時に達したジーンの熱蜜が、どぷりと奥壁に叩きつけられる。

びくびくと脈打ちながら、びゅううっと幾度も精液を注ぎ込んでくる雄茎に、陽翔は目眩がするような快楽を味わわされ続けた。

「んん……っ、あ、あ……っ、あ、ん……っ、まだ、熱いの、出てる……」

「……っ」

無意識に、その『熱い』場所を腹の上から撫でた陽翔に、ジーンが瞠目する。

「あっ、ん……っ、また……」

「お、前は……！」

グルルルッと、何故かさっきよりも獰猛《どうもう》な唸り声を発したジーンが、ぬうっと長いそれを引き抜く。んっと息をつめた陽翔は、くるりと体を引っくり返されて間抜けな声を上げた。

「へ……？　ジーン、なに……、っ！」

とろんとした頭で、一体どうしたのかと聞こうとした陽翔だったが、寝台の上にあぐらをかいたジーンにひょいと抱え上げられ、息を呑む。

ぬるぬるになった蜜孔に、一度吐精したというのに萎えていないどころか、一層猛《たけ》る雄茎を突きつけられて――。

「え……っ、ちょっ、待って！　ちょっと休んでから……、っ、んあああああっ！」

慌てて抗《あらが》おうとした途端、摑んだ腰を引き落とされ、ずっぷりと貫かれる。

滴り落ちてきた自身の精液を、番の奥深くにしっかりともう一度なすりつけて、ジーンは快楽に身を震わせる陽翔の前に、するりと尾を回した。

尾の裏側のやわらかな鱗を、さらりと陽翔の花茎に、乳首に擦りつけ、細くなった先で器用に陽翔の唇をくすぐる。

「……もっと奥まで、熱くさせてやる」

「あ……っ、ジーン……！」

そんなの無理、と抗議しようとした口を、ちゅぷりと尾の先で犯される。

あっあっと再び甘い声と匂いをまき散らしながら愛に溺れる恋人たちを、赤い月はただ、やわらかな光で包み込んでいた——。

◆◆◆

高原の空は、手が届きそうに近い。

この日、真っ青な空には一つの雲も浮かんでいなかった。

切り立った山々の間に、竜王の朗々とした深い声が響き渡る。

「——ここにジーンを竜王と認め、陽翔をその伴侶と認める。二人とも、末永くこの竜人族を導き、互いに支え合っていくがよい」

素朴な野の花が咲き乱れる高原には、数多《あまた》の竜人たちが集っている。

その中には、ラヒム王やアースラを始めとしたキャラバンの面々、レイとアーロン、カーディアの王セリクとディオルク、ユキヒョウ一族の長であるジュスト、そして新しく共和国として生まれ変わったバーリドの指導者となったロディオンがいた。

「逆鱗をこれに」

竜王の言葉に、ゼノスが逆鱗を捧げ持って来る。

深紅の竜王の逆鱗を受け取ったジーンは、それを己の逆鱗の上に身につけると、紺碧の竜王妃の逆鱗を手に取った。

「……陽翔」

促されて、陽翔はジーンの方を向く。

ジーンと揃いの真っ白な衣装を着たその首には、台座だけのペンダントが下げられていた。

「俺の運命の対よ。どうか、俺と共に生きてくれ。俺はお前だけを生涯愛し抜くと、ここに誓う」

まっすぐ見つめてくる紅蓮の瞳に、陽翔も頷いて誓う。

「オレも、生涯ジーンだけを愛し抜く。オレはこの世界で、ジーンと一緒に生きていく」

ペンダントの台座を持ち上げた陽翔に、ジーンが頷く。

カチリと竜王妃の逆鱗が台座にはめ込まれた瞬間、ワッと歓声が上がった。

「おめでとう、ジーン、陽翔。……仲良うな」

優しく目を細める黄金の竜のそばで、ゼノスも微笑む。

「これからもよろしく、二人とも」

「たまには息抜きに遊びにおいで」

いつでも歓迎するよ、と陽翔の鼻をつまんだアースラの後ろでは、ワドゥドゥが涙ぐんでいた。

「まさか本当に、陽翔を嫁に出す日が来るとは……！」

「ワドゥドゥ、ハイ！」

これで洟《はな》かんで、と布を渡すニャムに、ラビが素っ気なく言う。

「放っておけって、ニャム。どうせそんなんじゃ足りないくらい、この後号泣するぜ、このおっさん」

「ニャム、私もそちらを借りていいかのう」

だあっと滝のような涙を流すラヒム王に、アースラが呆れかえる。

「あんたはまた……。そんなんだから、暑苦しいなんて言われちまうんだろうが」

いつも通りの皆にひとしきり笑って、陽翔はジーンに向き直った。

「愛してるよ、ジーン。オレとずっとずっと、一緒にいて！」

「ああ、陽翔。……一緒に幸せになろう」

目を細めたジーンが、陽翔を抱き上げる。

高い空から降り注ぐあたたかな陽を受け、二人が白い光に包まれる。

優しく美しいその煌めきには、幸せな香りがいつまでも満ち溢れていた——。

後書き

こんにちは、櫛野ゆいです。この度はお手に取って下さり、ありがとうございます。

竜人と運命の対、三巻目となりましたがいかがでしたでしょうか。今回は赤い月の世界のあちこちから主要キャラにも参加してもらい、盛り沢山になりました。懐かしのキャラも出てきておりますので、関連作をお読みの方は楽しんでいただけたら幸いです。

さて、五年前に一巻目が発売となった本作ですが、このシリーズは私にたくさん新しい景色を見せてくれました。お話を書く上で、いつも主人公の成長を描くよう心がけているのですが、陽翔は特にいろんな経験をして強くなってくれた子だなと思います。彼を通して、私もいろんな感情や世界を体験することができました。また、竜人攻めという珍しいテーマだったこともあり、これまであまりBLを読んでいなかった読者さんがお手に取ってくださったりもして、新しい出会いもたくさんありました。挫折も苦労もありましたが、作家として得難い経験をさせてくれたジーンと陽翔には、本当に感謝しています。二人とも幸せになってね。

シリーズを通してイラストをご担当下さった高世先生も、本当にありがとうございました。関連作もそうですが、文章を書くだけの私には到底描けない景色、思いつけないアイディアを毎回ご提案下さって、嬉しくも心強かったです。特に今作ラストの幸せいっぱいの二人と皆の一枚は、たくさんの困難を乗り越えてここに辿り着いたんだなととても感慨深く、私もしみじみと幸せを噛みしめました。高世先生の描いて下さる雄大な自然、魅力的なキャラクターあってこその竜人シリーズでした。ありがとうございました。

竜人というテーマを最初にご提案下さった担当さんも、ありがとうございます。最初に竜人をとご提案いただいた時はどう料理したものかと思いましたが、たくさんアドバイスをいただいたおかげで、大切な作品になりました。毎回ページ数ではご迷惑をおかけし申し訳ありません。本当にありがとうございました。

陽翔とジーンの恋を最後まで見届けて下さった方も、ありがとうございました。二人の物語はこれでいったん完結となりますが、またいつかどこかで書くことができたらいいなと願っております。その時は是非、また彼らにお付き合いいただけたら幸いです。よろしければご感想もお聞かせ下さい。

それではまた、お目にかかれますように。

櫛野ゆい　拝

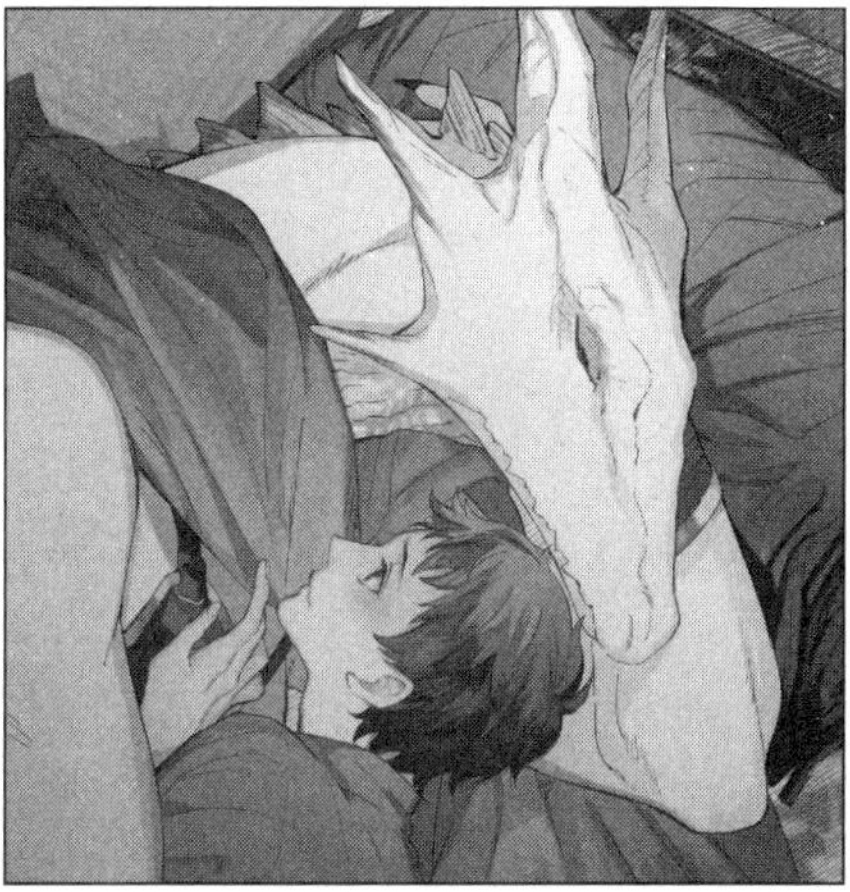

◆初出一覧◆
竜人と運命《さだめ》の対3 紅蓮の誓い ／書き下ろし

ビーボーイノベルズをお買い上げ
いただきありがとうございます。
この本を読んでのご意見・ご感想
をお待ちしております。

〒162-0825 東京都新宿区神楽坂6-46
ローベル神楽坂ビル4F
株式会社リブレ内 編集部

アンケート受付中
リブレ公式サイト https://libre-inc.co.jp
TOPページの「アンケート」からお入りください。

BBN B●BOY NOVELS

竜人と運命《さだめ》の対3 紅蓮の誓い

2022年2月20日 第1刷発行
著　者——櫛野ゆい

発行者——太田歳子
発行所——株式会社リブレ
〒162-0825
東京都新宿区神楽坂6-46ローベル神楽坂ビル
営業　電話03(3235)7405　FAX03(3235)0342
編集　電話03(3235)0317
印刷所——株式会社光邦

Printed in Japan
ISBN978-4-7997-5604-1